DREAMBOOKS

DREAMBOOKS★

DREAMBOOKS★

단우비 7

박찬규 신무협 장편소설

ORIENTAL FANTASYSTORY & ADVENTURE

dream books
드림북스

단우비 7 자객과 묵인

초판 1쇄 인쇄 / 2014년 7월 2일
초판 1쇄 발행 / 2014년 7월 9일

지은이 / 박찬규

발행인 / 오영배
책임편집 / 편집부
펴낸 곳 / (주)삼양출판사 · 드림북스

주소 / 서울특별시 강북구 솔샘로67길 92
대표 전화 / 02-980-2112 팩스 / 02-983-0660
편집부 전화 / 02-980-2116 팩스 / 02-983-8201
블로그 / blog.naver.com/dreambookss

등록번호 / 제9-00046호
등록일자 / 1999년 3월 11일

값 8,000원

ISBN 978-89-542-4962-1 (04810) / 978-89-542-4634-7 (세트)

* 지은이와 협의하에 인지는 생략합니다.
* 잘못된 책은 구입한 곳에서 바꾸어 드립니다.

이 도서의 국립중앙도서관 출판시도서목록(CIP)은 서지정보유통지원시스템홈페이지
(http://seoji.nl.go.kr)와 국가자료공동목록시스템(http://www.nl.go.kr/kolisnet)에서
이용하실 수 있습니다. **(CIP제어번호: 2014020054)**

단우비
7
자객과 묵인
박찬규 신무협 장편소설
ORIENTAL FANTASYSTORY & ADVENTURE
dream
books
드림북스

목차

단우비

황금 천 냥

초겨울의 쌀쌀한 밤, 이름 모를 숲을 두 인영이 질주했다. 사 척 단신의 꼽추 노인과 십 대 후반의 아리따운 여인이었다.

바람같이 달리건만 미약한 숨소리나 발소리조차 들리지 않았다. 간헐적으로 뿜어지는 희뿌연 입김만 아니라면 유령이라고 착각할 정도였다.

여인의 가슴팍엔 갓난아기가 곤히 잠들어 있었다.

아기의 얼굴과 몸 군데군데엔 피가 말라붙어 있었다. 아기의 피는 아니었다. 조금 전에 죽은 생모의 피였다.

여인은 아기가 품에서 떨어질까 두려워 한 손으로 꼬옥 끌어안은 채 달렸다.

그 모습이 못마땅해 꼽추 노인, 살왕 묵노는 끊임없이 투덜거렸다.

"토끼를 사냥해 오랬더니 그딴 먹지도 못할 애를……. 피곤해 죽겠는데 쉬지도 못하고, 에구구……."

청부받은 표적을 제거하고 기분 좋게 집으로 돌아가는 길이었다. 밤이 깊어 이 숲에 하루 노숙을 할 요량이었다. 배가 출출해 여인더러 토끼 두어 마리만 잡아 오라고 시켰다.

그런데 여인이 토끼는커녕 갓난아기를 데려왔다. 그뿐 아니라 추적자마저 있어 이렇게 쫓기는 신세가 되었다.

그야말로 불평을 하지 않으려야 않을 수가 없는 것이다.

지긋지긋해 진저리를 친 여인, 유하가 차갑게 쏘아붙였다.

"그만 좀 해! 사정 다 설명했잖아?"

그러나 묵노의 불만은 사그라지지 않았다. 어린애처럼 입술을 한 사발이나 내밀며 미심쩍은 투로 내뱉었다.

"이 먼 사천 땅에 제비의 아들이 왜 있담? 더구나 다른 이도 아닌 우리 유하의 눈에 뜨여? 허헐헐, 당최 믿을 수가 있어야지."

"사실인 걸 어쩌란 말이야!"

복잡한 감정을 있는 그대로 드러내는 유하를 물끄러미 쳐다보는 묵노의 눈매가 가늘어졌다.

"설사 제비의 아들이 맞는다고 할지라도 우리와는 아무런 상관없다. 연을 끊겠다고 이 사부와 약속했지 않느냐?"

그의 목소리에는 의심이 다분히 묻어 있었다. 그리고 유하를 힐난하고 있었다.

움찔한 유하는 애써 단호하게 외쳤다.

"지금까지 약속을 지켰고, 앞으로도 그럴 거야. 두 번 다시 제비를 만날 마음은 없어."

은근하게 미소 지은 묵노는 턱짓으로 곤히 잠든 아기를 가리켰다.

"헐헐, 말과 행동이 다르지 않누?"

"그래서 이 아이를 죽게 내버려 둬야 했다고? 그렇게 말하고 싶은 거야?"

묵노는 가볍게 어깨를 으쓱였다.

"그게 그 아이의 운명이라면 그래야지."

잔인하기 그지없는 말에 유하는 묵노를 이글거리는 눈으로 노려보았다.

한편으론 필사적으로 머리를 굴렸다.

궁하면 통한다고 했던가? 다행히 바로 좋은 계책이 떠올랐다.

그녀는 의식적으로 목소리에 힘을 주었다.

"다시 묻겠어. 사부를 능가할 뿐 아니라, 역대 최강의 살왕이 될지도 모르는 이 아이를 죽게 내버려 둬야 했다고 말하는 거야?"

말이 끝나기 무섭게 묵노의 눈에 이채가 번뜩였다. 그는 흥분을 억누르지 못하며 유하를 닦달했다.

"뭐라고?"

작전이 성공해 유하는 비릿하게 웃었다.

"내가 아무리 노력해 봤자 사부를 능가할 수는 없어. 사부도 그걸 알고 있잖아?"

묵노는 슬그머니 유하의 시선을 회피하며 고개를 저었다.

"허헐헐, 아니에요. 우리 유하는 젊어. 엄청난 속도로 성장 중이고. 이대로 가면 이 사부를 뛰어넘는 것도……."

유하의 날카로운 일갈이 묵노의 말을 끊었다.

"마음에도 없는 소리 하지 마! 사부가 내게 바라는 최대치는 현상 유지야. 살왕의 명성을 유지하는 것, 그 이상은 바라지 않아. 불가능하다는 걸 아니까. 그걸 알면서도 사부는 나를 택했어. 더 뛰어난 제자를 찾을 시간이 없어 현실과 타협한 거지."

그녀의 말 한마디 한마디가 비수가 되어 묵노의 심장을 찔렀다. 그는 아무런 반박도 하지 못했고, 유하는 옳다구나 아기의 머리를 쓰다듬으며 쐐기를 박았다.

"이 아이의 몸엔 제비의 피가 흘러. 그 무시무시한 괴물의 피가! 보물이 제 발로 우리 앞에 굴러 왔다는 거야!"

깊은 숨을 토해 낸 묵노는 지그시 아기를 바라보았다. 마음가짐이 변해서 그런지 더는 불쾌한 기분이 들진 않았다. 오히려 꽤나 귀엽고 사랑스러워 보였다.

입가에 잔잔한 미소를 그린 그는 유하에게로 시선을 옮겼다.

"그 아이를 우리 유하의 제자로 받아들이자는 게냐?"

유하는 힘주어 고개를 끄덕였다.

"응! 반드시 역대 최강의 살왕으로 키워 보이겠어!"

여전히 웃는 묵노의 눈에 오싹한 기운이 떠올랐다.

"우리 유하는 워낙 영악해서 말이야…… 제비의 아들을 살리려고 입에 발린 말로 이 사부를 속이는 걸지도 모른다는 생각이 드는구나. 헐헐헐, 사부가 죽으면 우리 유하는 마음대로 할 수 있게 되지. 그 뒤 그 아이를 제비에게 돌려준다면, 그놈은 우리 유하가 바라는 건 뭐든지 줄 게야. 설령 그게 사랑이라고 할지라도 말이다."

노골적인 도발과 의심에도 불구하고 유하는 눈 한 번 깜빡하지 않았다. 더없이 진지한 어조로 말했다.

"가는 길에 이 아이와 체구가 비슷한 갓난아이의 시체를 하나 구하자. 불에 구워 살을 발라낸 뒤 뼈만 남겨두고 떠나는 거야."

뜬금없는 데다 살벌한 말에 묵노는 고개를 갸웃했다.

"갓난아이 고기를 좋아하는 식인마의 소행으로 꾸민다?"

"바로 그거야. 추적자가 그걸 보면 끝이야. 어차피 이 아이를 죽이려고 한 인간이니까 신이 나서 뼈를 들고 제비에게 가겠지. 제비는 아들이 죽었다고 믿을 테고. 그의 마음속에서 아들은 죽은 거야! 그 후에는 누가 아들이 살아 있다고 말을 해도 믿지 않아. 믿지 못해. 자기를 엿 먹인다고 생각해 길길이 날뛸 뿐. 설사 그 말을 한 게 나라고 할지라도 말이야. 이제 만족해?"

"흐음, 그럴 듯하구먼. 그래도……."

"후우우, 벌써 오 년이나 지났어. 대체 언제쯤 돼야 나를 완전히 믿을 거야? 약속할게! 내 목숨을 걸겠어! 나도, 이 아이도 남은 평생 제비를 만나지 않아! 아이가 크면 너는 고아라고 말하겠어. 부모 따윈 없다고, 살왕으로서의 삶에만 충실하라고 말이야."

"허헐헐, 유하야."

"또 뭐야? 아직도 부족한 거야?"

"지켜볼 게다. 이 사부가 살아 있는 마지막 그때까지 지켜볼 게야. 그리고 만에 하나 조금이라도 의심스러운 구석이 있다면……."

"내 목숨을 걸겠다고 했잖아? 그땐 나를 죽여."

묵노는 설레설레 고개를 저었다.

"그럴 수는 없지. 우리 유하는 이 사부의 소중한 제자니까."

한 번 말을 끊은 그는 빙그레 웃으며 유하의 품에 안긴 아기를 지목했다.

직후 그의 두 눈이 섬뜩한 살기로 뒤덮였다.

"죽는 것은 그 아이가 될 게다. 헐헐헐헐."

유하는 저도 모르게 꿀꺽 마른침을 삼켰다.

대별산을 내려간 단우비 일행은 인근 마을의 마방에 들러 말 다섯 필을 구입했다.

한 대의 마차, 일곱 필의 말, 일곱 명의 남녀는 부지런히 남하했다.

이틀 후 하남과 호북의 경계에 다다랐다.

주요 길목마다 호남무림과의 전쟁에 참여하지 않은 인근 강호방파의 호북무림인들이 경비를 서고 있었다.

다행히 그들의 역할은 다른 성의 대규모 침공을 감시하는 것이었다. 단우비 일행 같은 소규모 인원까지는 신경 쓸 여력이 없었다.

그렇기에 단우비 일행은 별다른 문제없이 호북성 내부로 들어갈 수 있었다.

호북 북부의 사람들은 남부와 달리 전쟁을 그리 실감하지 못했다. 여전히 생업에 종사하며, 마치 남의 일처럼 전쟁을 이야깃거리로 삼아 웃고 떠들었다.

무리도 아니었다. 호북에서 마지막으로 전쟁다운 전쟁이 벌어진 건 무려 오백여 년 전이었다. 그것도 다른 성과의 전쟁이 아니라 내부의 전쟁이었다.

오백삼십 년 전, 호북의 주인은 무당파였다. 도가 계열 무학의 최고봉이자 무려 천 년 이상 호북을 다스려 온 명문정파로 이름 높았다.

한때 흑천마황에게 패해 휘하에 들어간 적이 있긴 하나, 그의 실종 후 호북의 주인 자리를 되찾았기에 명성에 그리 흠집나지도 않았다.

당시엔 모든 방파가 사천마황의 발밑에 무릎을 꿇었던 까닭이다.

아무튼 그런 무당파에 후계자 싸움이 발발했다. 곧 종식될 거란 예상과 달리 사태가 걷잡을 수 없이 커져 무당파의 모든 문도들이 두 패로 나뉘어 전투를 벌이는 지경에 이르렀다.

그것은 무당파 자체의 전력 약화를 가져왔다.

그 틈을 놓치지 않고 축신방(築信房)을 중심으로 모인 삼십여 개 방파가 무당파를 기습했다. 무당파의 천 년 영화는 겨우 일주일 만에 처참히 무너지고 말았다.

그 이후 그대로 축신방이 새로운 호북의 주인이 되는가 했더니 아니었다. 천지태극회가 세력을 모아 축신방의 야욕을 저지하고 나섰다.

축신방과 천지태극회의 전쟁은 무려 십 년을 이어졌다.

마지막에 웃은 쪽은 당금 호북의 패자, 천지태극회였다.

여기까지는 단우비 일행도 아는 사실이었다. 그러나 그 뒤의 무당산이 어떻게 되었는지는 전혀 몰랐다.

동쪽으로 이삼일 정도만 가면 무당산에 도착하니, 그 전에 최대한 많은 정보를 입수해 두어야만 했다.

정보 수집 첫 날, 단우비는 흥분했고 나머지는 절망했다.

무당파 멸문 후 지금까지 무당산의 주인은 무려 네 차례나 바뀌었다.

사백 년 전까진 오도회, 이백 년 전까진 진도파, 사십삼 년 전까진 우사문이었다.

그런데 우사문이 무당산의 주인이 된 지 겨우 일 년이 지났을 때, 이십 대 후반의 한 청년이 홀연히 나타났다.

그 청년은 다짜고짜 우사문에 쳐들어가 불과 반나절 만에 삼백 문도 전원을 몰살했다. 그뿐 아니라 무당산에 터전을 잡고 살아가던 촌민들과 노후를 보내던 은거고수들까지 하나도 남김없이 쫓아내었다.

그 후 그는 앞으로 무당산은 자신의 것이며 누구의 입산도 불허한다고 공표했다.

쫓겨난 은거고수들 중 몇몇이 천지태극회에 달려가 하소연을 했다.

천지태극회는 무당산의 평화를 어지럽힌 청년을 단죄하기 위해 정예 병력을 보냈다.

청년과 천지태극회 정예 병력 사이에 무슨 일이 있었는지는 밝혀지지 않았다. 그저 그 만남 이후 천지태극회가 정식으로 청년을 무당산의 주인으로 인정했다는 것만 알려졌을 뿐이다.

그 청년의 정체는 다름 아닌 후에 풍황으로 만천하에 이름 떨친 금영호였다.

한마디로 현재 드넓은 무당산을 풍황 금영호 한 사람이 독차지하고 있다는 것이다!

단우비는 풍황을 다시 만나게 되었다고 들떴다. 그러나 나머지 일행의 생각은 달랐다. 그 괴팍한 영감탱이가 무슨 짓을 저지를 지 상상만 해도 끔찍했기 때문이다.

최악의 경우 사천마황의 비급을 모조리 빼앗길 지도 몰랐다.

그런 이유로 그들은 절대 풍황을 만나선 안 된다고 단우비를 협박했다. 꽤나 설득력 있어 단우비는 아쉽지만 너희 뜻대로 하겠다고 백기를 들었다.

사흘 후 정오 무렵, 일행은 무당산이 있는 균현에 들어갔다. 거기서 보다 정확한 정보를 입수하게 되었다.

풍황의 집은 무당산 북서쪽, 옛 무당파의 건물 중 하나를 개조한 곳이었다. 현재 그는 그 집에 틀어박혀 부상을 치료 중이었다.

그리고 그 집 주변을 백 명의 호북무림인들이 철통같이 지켰다. 개중엔 천지태극회의 고수도 다섯 명 포함되어 있었다.

그들의 역할은 완치된 풍황을 전쟁터로 모셔가는 것이었

다. 그가 가세하기만 하면 팽팽한 전황을 단번에 호북무림쪽으로 끌어올 수 있을 테니까 말이다.

머리를 맞대고 상의한 결과, 단우비 일행은 풍황과 정반대 편인 남동쪽부터 수색하기로 결정했다.

얼마 후면 풍황은 백 명의 고수들과 함께 무당산을 떠날 터, 그때까지 절대 들키지 말자고 다짐했다.

무당산은 지형이 험해 마차는 짐만 될 뿐이었다. 그래서 일행은 균현에서 마차와 말들을 팔고 대신 수레를 한 대 샀다. 그 수레에 마차 안의 짐을 모두 옮겨 실었다.

음식과 생필품도 가득 사서 수레에 실은 일행은 무당산으로 들어갔다. 한 버려진 도관에 임시 거처를 마련한 뒤, 모두 흩어져 의심스러운 장소부터 순서대로 철저하고 은밀하게 수색을 시작했다.

그렇게 시간이 흘러갔다.

해가 바뀌고 일월도 어느덧 중순으로 접어들었다.

사천성 중부의 성도는 어제 내린 폭설로 인해 전역이 새하얗게 물들어 있었다. 그래도 사천의 중심지답게 수많은 이들이 분주하게 돌아다니며 저마다 먹고 살기 위해 애썼다.

하지만 남서쪽의 빈민가는 사정이 달랐다. 빽빽이 늘어선 수십, 수백 개의 낡아빠진 상점들이 호객 행위에 힘썼으나 손님은 눈으로 셀 수 있을 정도로 적었다. 대부분 보다 나은 상점가로 가서 물건을 사고 식사를 했기 때문이다.

그 낡아빠진 상점들 중엔 간판 없는 대장간도 하나 있었다.

오 평 남짓한 규모에 조잡한 품질의 농기구들과 주방 도구들을 주로 판매했다.

언제부터인지 알 수 없을 만큼 오래 영업한 나름 전통 있는 곳이었는데, 애석하게도 그 유구한 역사 동안 손님이 붐볐던 적은 단 한 번도 없었다. 그 정도로 질이 떨어졌다.

대대로 주인의 성격이 괴팍한 것 또한 한몫 거들었다. 내킬 때만 장사하고 아니면 문을 닫기 일쑤였다. 이번 주인은 특히 더 심해 한때는 무려 십 년 이상 문을 닫은 적도 있었다.

다들 그 성질 더러운 꼽추 영감이 죽었다고 생각했는데, 놀랍게도 육 년 전에 다시 문을 열었다. 그것도 어디서 데려왔는지 예쁘장한 계집아이와 함께 말이다.

더 재미있는 건 계집아이에서 아리따운 처자로 성장한 여인이 얼마 전에 아비도 모르는 사내아이를 낳았다는 것이다. 몸이 약해 젖이 적게 나온다며 여기저기 동냥젖을 다녀 아기의 배를 채웠다.

물론 이 빈민가에서만 가끔 술안주로 거론되는 화제일 뿐, 누구도 이 허름한 대장간에 관심을 가지지 않았다.

어느덧 날이 저물었다. 오늘 대장간을 방문한 손님은 아무도 없었다. 아침부터 지금까지 찬바람만 날렸다.

하나둘씩 상점들의 문이 닫히고 불이 꺼져갔다. 시간이 더 흐르자 캄캄한 어둠이 빈민가 전체를 뒤덮었다.

자시 초가 되었다. 그러자마자 빈민가 뒤편의 나지막한 산 어딘가에서 시퍼런 도깨비불이 일렁거렸다. 너무도 선명하고 귀기 넘쳐 멀리 떨어진 곳에서도 한눈에 보였다.

집으로 돌아가던 사람들 중 일부가 그 도깨비불을 보았다. 어떤 이는 몸서리를 치며 재빨리 도망쳤고, 어떤 이는 경건하게 합장을 했으며, 어떤 이는 비릿하게 웃었다.

그렇게 저마다 대응은 달랐지만 속마음은 같았다.

'또 하나의 생명이 사라지겠군.'

대장간 이 층의 방에서 창문을 열면 뒷산이 한눈에 들어온다. 그리고 유하의 하루 마지막 일과는 자시 초에 창문을 열고 뒷산을 확인하는 것이었다.

도깨비불, 의뢰인이 지정 장소에 걸어 놓은 청등을 본 그녀는 몸을 일으켰다. 품에 안고 있던 아기, 소묵(小墨)이를 손수 만든 침상에 조심스레 눕혔다.

소묵은 다행히 잠든 상태라 안아달라고 보채지 않았다. 이불로 꼼꼼하게 소묵을 감싸준 그녀는 일 층으로 향했다. 구석의 바닥을 열고 지하로 이어진 계단을 내려갔다.

무려 이십 장을 내려간 끝에 거대한 대공동을 중심으로 사방에 수십 개의 방들이 만들어져 있는 천이백 년 살문의 본거지에 도착했다.

대부분의 방들은 저마다 다른 목적을 지닌 수련 공간이었다. 음식과 생필품을 쌓아둔 곳도 있었으며, 암살 도구들을 비축해둔 곳 또한 여러 개였다.

묵노는 대공동 구석의 탁자에 앉아 초절한 암기들을 하나씩 만들고 있었다. 이미 방 두 개가 암기들로 가득 채워져 있었지만, 많으면 많을수록 좋기 때문이다.

유하는 수련 공간 중 하나를 노려보았다. 근래 저기서 훈련을 받는 중이었다. 오늘도 마찬가지라 조금 전까지 소묵을 품에 안은 묵노의 지도하에 끔찍한 수업을 받았다.

그때가 생각나 한 번 몸서리를 친 그녀는 묵노에게 쪼르르 달려가며 외쳤다.

"사부! 돈이야! 돈!"

느릿하게 고개를 돌린 묵노는 눈살을 찌푸렸다.

"돈이 아니라 의뢰라고 했지 않니?"

"그게 그거지 뭐."

"에잉, 우리 유하는 돈을 너무 밝혀. 우리는 이미 엄청난 부를 축적해 놓은 상태이거늘."

"시, 시끄러워! 아무튼 보고했으니까 다녀올게."

그렇게 하라고 고개를 끄덕이려던 묵노는 문득 무슨 생각이 들었는지 일을 중단하고 몸을 일으켰다.

"아니, 아니야. 사부가 가마."

"응? 직접 가게?"

"헐헐, 그래. 밤중에 소묵이가 울면 난감해져. 사부가 아무리 달래 줘도 울음을 안 그치니. 우리 유하가 안으면 바로 생글생글 웃으면서 말씀이야. 에잉, 괘씸한 녀석 같으니!"

투덜거리는 말과 달리 묵노의 두 눈은 자애로 넘쳐흘렀다. 그의 성을 따서 그런지 하루가 다르게 무럭무럭 크는 소묵이가 너무도 사랑스러웠다.

별달리 할 말이 없어 유하는 그저 살짝 어깨만 으쓱였다.

두 사제는 나란히 지상으로 올라갔다. 유하는 소묵이에게, 묵노는 대장간을 떠나 뒷산으로 향했다.

묵노가 돌아온 것은 한 시진 뒤였다. 그답지 않게 상당히 흥분한 상태였다. 잠들지 않은 채 대기하고 있던 유하는 눈을 빛냈다.

"거물인가 본데? 비싸? 얼마? 얼마짜리야?"

역시 돈이 먼저였다. 묵노는 저도 모르게 피식 웃었다.

"허헐헐, 황금 천 냥짜리구나."

유하의 입이 턱이 빠질 정도로 벌어졌다. 두 눈은 튀어나올 만큼 부릅떠졌고 숨조차 제대로 내쉬지 못했다. 묵노는 그 모습을 재미있다는 듯이 웃으며 감상했다.

입을 뻐끔거리던 유하가 힘겹게 말을 토해 내었다.

"처, 처, 천…… 냥? 황금? 이런 액수는 듣도 보도…… 신이라도 암살하래? 그런 거야?"

묵노는 은근하게 돌려 말했다.

"평상시라면 거절했겠지만 상황이 너무 좋단 말이지. 원래 멀쩡한 놈보다 상처 입고 빌빌거리는 놈을 괴롭히는 게 더 재미있는 법이거든. 그래서…… 하기로 했다, 수락했어! 흐헐헐헐."

유하도 마주 웃었다.

"어휴, 하여튼 성격 고약하다니까. 누구야? 언제 출발해? 얼마나 걸려? 옆집 아주머니한테 소묵이 얼마 동안 돌봐 달라고 할지 알아야 해."

묵노는 단호하게 고개를 저었다.

"아니야. 이번엔 사부 혼자 가야겠구나. 우리 유하 훈련까지 병행할 상대가 아니란다."

단번에 유하의 안색이 딱딱하게 굳었다.

"과연 황금 천 냥짜리로군. 누구야?"

묵노는 지그시 천장을 올려다보았다. 그의 두 눈이 소름끼칠 만큼 강렬하게 번뜩인 것은 직후였다.

"황이라 거들먹거리는 놈도 살왕 앞에선 한낱 인간일 뿐! 이 기회에 노부가 천하제일살수란 것을 만천하에 똑똑히 각인시켜주마! 후헐헐헐헐!"

지독한 놈들

겨울이 가고 봄이 무르익은 사월 중순이 되었다.

단우비 일행은 넉 달 넘게 무당산을 뒤지고 있었으나 성과는 전무했다.

무당산은 더럽게도 넓고 전설이나 괴담이 깃든 장소가 부지기수였다.

게다가 경험에 따르면 삼천마황은 하나같이 성격이 괴팍했다.

혈천마황은 아무런 특징도 없는 흔한 동굴에 보고를 만들었고, 염천마황은 극한의 땅인 화룡옥에 보고를 만들었으며, 흑천마황은 대충 신을 모신 사당 중 하나에 천검을 금창으로 위장해 던져 놓았다.

이런 종잡을 수 없는 인간 셋이 모여 보고를 만든 것이니, 대체 어디에 있을지 감조차 잡히지 않았다.

더 큰 문제는 소극적으로 수색을 할 수밖에 없다는 거였다.

호북무림과 호남무림의 전쟁은 장기전으로 접어들어 지금도 계속되고 있는데, 풍황은 좀처럼 무당산을 떠날 기미가 보이지 않았다.

부상 치료를 시작한 지 벌써 십 개월이 넘었다. 풍황 정도의 고수라면 오래전에 완치되어야 정상이었다.

그런데 지금도 그는 거처에 틀어박혀 꼼짝도 하지 않는 것이다!

그쪽 사정을 전혀 모르다 보니 단우비 일행의 짜증은 극에 달해 있었다.

사마영영은 사마후와 보름에 한 번 꼴로 연락을 주고받았다. 흑응 두 마리만 사용한 까닭에 그 정도 간격이 되었다.

흑사방은 안정되고 있으며, 강서무림의 전력도 빠르게 회복 중이었다. 단우세가 역시 순조롭게 세를 불리는 중이고, 정검회는 죽은 듯이 조용했다.

그나마 다행스럽게도 수색을 계속할 여유가 있는 것이다.

그래서 단우비 일행은 짜증과 조바심을 억누르며 하루하루 부지런히 무당산을 뒤져 나갔다.

오늘도 마찬가지였다.

현재 단우비 일행의 거처는 북동쪽의 도관에서 중부의 동굴로 바뀌어 있었다.

밤이 되자 단우비를 제외한 여섯 명은 각자 할당 받은 지역으로 뿔뿔이 흩어졌다.

한 번 거처를 떠나면 일주일 후에야 다시 얼굴을 보게 된다. 그동안은 일절 연락을 주고받을 수 없다. 문제가 생겨도 스스로의 힘만으로 해결해야 한다는 뜻이다.

그렇기에 각자 음식을 가득 챙겼고, 긴장감으로 무장했다.

그런 그들과 달리 단우비는 언제나처럼 동굴에 남았다. 그에겐 수색보다 더 우선시해야 할 사안이 있었다. 바로 통검과 천검을 합친 형태, 통천검에 익숙해지는 일이었다.

사 척의 길이와 넓어진 전투 간격은 이미 적응되었다.

문제는 무게 중심이었다.

통천검은 일반 장검과 무게 중심이 완전히 달랐다. 그래서인지 아무리 노력해도 좀처럼 이질적인 기분을 떨치기 힘들었다. 그 때문에 아직도 예전처럼 환상검법을 자유자재로 펼칠 수 없었다.

단우비의 성장은 그 무엇보다 중요했다. 그걸 알기에 사마영영과 장무 일행은 그를 수색에서 배제한 것이었다. 옆에 있으면 방해만 될 뿐이라 사마영영마저 수색에 참여 중이고 말이다.

혼자가 된 단우비는 동굴 안쪽의 주거 공간 중심에 섰다. 꽤 넓어 밖에 나갈 필요 없이 이곳에서 수련을 해도 되었다. 천장에 염천마황의 보고에서 가져온 야명주를 박아 두어 내부도 밝았다.

내력을 끌어올리며 스스로를 다독인 그는 곧바로 통천검을 휘두르기 시작했다. 이질감을 떨치려면 한 번이라도 더 많이 휘두르는 수밖에 없으니까.

그렇게 근 하루 동안 수련을 한 그는 식사를 한 뒤 단잠을 청했다. 저녁 무렵 타의에 의해 눈을 떴다.

'이게 무슨 냄새지?'

흠칫한 그는 빠르게 주변을 훑었다. 입구와 이어진 통로 쪽에서 주거 공간으로 희뿌연 연기가 스멀스멀 흘러 들어왔다.

나무를 태울 때 발생하는 매캐한 냄새뿐 아니라 다른 냄새도 섞여 있었다. 머리가 어지럽고 눈앞이 흐려졌다. 몸마저 둔했다.

'독! 빌어먹을!'

한 손에 통천검을, 다른 손으로 코와 입을 막은 그는 통로 근처의 벽에 바짝 붙었다. 청각을 집중했으나 아무런 소리도 들리지 않았다.

적이 동굴 안으로 들어오지는 않았다는 것!

다행이라고 여기며 그는 내력을 끌어 올려 몸 구석구석으로 퍼뜨렸다. 그의 내력은 극양의 성질이라 웬만한 독쯤은 순식간에 태워 버릴 수 있었다.

음한 계열의 독은 예외인데 순조롭게 태워지는 걸로 보아 아닌 것 같았다.

잠시 후 그는 몸에 침입한 독을 하나도 남김없이 태워 버렸다.

그리고 내력을 거두지 않고 그 상태를 유지했다. 지금도 연기는 주거 공간을 침식해나가고 있으니까.

시간이 느리게 흘러갔다. 바깥은 연기 외엔 죽은 듯이 조용하고, 단우비도 석상이 된 채 귀만 열어 두었다.

이건 인내심 싸움이었다.

그가 계속 반응을 보이지 않으면 적은 계획이 성공했다고 판단해 연기를 거둔 채 내부로 들어올 것이다.

좁은 공간에선 머릿수의 차이가 무시된다. 적의 숫자를 모르니 이 주거 공간을 전장으로 삼는 것이 좋았다.

초조해서 단우비의 입술이 바짝 말라갔다. 연기는 이미 주거 공간 전체를 짙게 뒤덮은 상태였다.

그때, 불현듯 어떤 두려움이 단우비의 머릿속을 장악했다.

'헙! 출구는 저거 하나뿐이잖아? 적이 만약 여기에 화약을 무더기로 던져 넣는다면?'

적의 목적이 생포인지 제거인지 알 수 없다. 후자라면 정말 화약을 쓸 가능성도 있었다.

제아무리 삼십사 두의 고수라고는 해도 수십 발의 화약에 두들겨 맞으면 죽는다. 설사 산다고 할지라도 폭발로 인해 동굴이 무너질 터, 생매장당해 죽음을 기다리는 신세가 될 것이다.

'제길! 한 수 앞만 내다봤지, 두 수 앞을 내다보지 못했네!'

똑똑해지는 일은 참으로 요원하다고 투덜거리며 그는 서둘러 바닥을 뒤져 철궁을 어깨에 걸쳤다. 양쪽 허벅지에 화살통도 하나씩 묶었다.

통천검을 분리하려고 중간 부분을 잡았다. 제어하지 못하는 무기는 쓸모가 없기 때문이다. 그러나 분리 시 큰 소리가 발생할 것이기에 포기했다. 같은 이유로 귀곡도도 회수하지 못했다.

어찌할 바를 몰라 발을 동동 구르던 그는 이내 결심을 굳혔다. 통천검을 등허리 춤에 꽂고 오른손에 철궁을, 왼손에 화살 세 발을 꺼내 들었다.

평생을 함께한 궁술에 목숨을 걸어보기로 한 것이다!

각오가 서자 그는 바닥에 납작 엎드렸다. 그 상태로 엉금엉금 기어 통로로 들어갔다. 통로는 구불구불했고 입구까지 십 장이었다.

육여 장을 전진하자 눈앞에 모퉁이가 나타났다. 저 모퉁이만 돌면 입구까지 일직선이었다. 그가 적을 볼 수 있듯 적도 그를 볼 수 있을 것이다.

일단 멈춘 그는 감각을 집중했다. 족히 일백이 넘는 기척이 느껴졌다. 위치로 보아 입구를 중심으로 이중 삼중의 포위망을 구축해 놓은 것 같았다. 정신이 바짝 들 정도로 오싹한 기운을 내뿜는 기척도 무려 둘이나 있었다.

'절정고수 둘에 일류고수 백여 명? 뭐야, 이거? 누구야? 어떻게 내가 여기 있는 걸 안 거지?'

의문에 의문이 꼬리를 물고 피어올랐다. 세차게 머리를 흔든 그는 독기를 품었다. 모조리 박살 낸 뒤 우두머리를 생포하면 자연스레 답을 알게 될 테니까.

단우비는 시위에 화살 한 발을 건 뒤 속으로 셋을 세었다. 그 즉시 번개같이 모퉁이를 돌아 세 발을 연속으로 날렸다.

세 발 모두 맹렬하게 회전하고 있었다. 자욱한 연기를 찢어발기며 동굴 밖으로 튀어 나가 입구 앞에 만들어져 있던 커다란 모닥불을 덮쳤다.

모닥불이 폭발하듯 터지며 연기와 불티가 사방으로 비산했다.

통천궁의 위력은 조금도 줄어들지 않았다.

모닥불 뒤에서 열심히 부채질해 연기를 동굴 안으로 흘려보내던 흑의괴한 셋의 머리를 터뜨렸다. 거기서 그치지 않고 각각 다른 궤도로 방향을 꺾으며 흑의괴한들을 덮쳤다.

"으아악!"

"아아아악!"

무려 다섯 명이 더 통천궁의 제물이 되었다. 난데없는 사태에 그들은 아무런 대응도 하지 못했다.

뒤이어 세 발의 화살이 재차 흑의괴한들을 덮쳤다. 네 명이 몸의 일부가 터져 나가며 끔찍한 최후를 맞이했다.

통천궁의 관통력은 가히 일절이었다.

그 사이 단우비는 입구 앞에 도착했다. 좌측에 오십 대 중반의 역삼각형 얼굴 노인이, 우측에 사십 대 후반의 큰 머리 중년인이 무시무시한 살기를 뿜어대었다.

그들은 가타부타 말 한마디 없이 검을 굳게 움켜쥔 채 단우비를 공격했다.

흑의괴한들을 채찍질한 것은 뒤편 중앙에 서 있던 사십 대 초반의 사각턱 중년인이었다.

"우왕좌왕하지 마라! 놈은 중독된 상태! 침착하게 대응하면 쓰러뜨릴 수 있다! 계획대로 한다! 계획대로!"

반응은 즉각적이었다. 구십여 명의 흑의괴한들 전원 눈에 흔들림이 사라졌다.

단우비는 대번에 상황을 파악했다. 쥐 대가리와 왕 대가리는 조력자, 사각턱이 지휘관이었다.

그는 쥐 대가리에게 철궁을, 왕 대가리에게 화살 두 발을 손으로 잡아 힘껏 던졌다. 그들이 철궁과 화살을 막는다고 잠시 멈칫한 순간, 쾌속하게 전면으로 질주했다. 최우선 목표는 사각턱이었다.

단우비는 등허리 춤에 꽂아둔 통천검을 꺼내 분리했다.

청명한 소리와 함께 통검과 천검이 양손에 하나씩 들렸다.

'속전속결!'

분리되기 무섭게 통검과 천검이 뜨겁게 불타올랐다.

태양환광검이 전개된 것이다!

사각턱과 그의 주변에 있던 흑의괴한들은 혼비백산했다. 먼저 정신을 차린 건 사각턱이었다. 그는 바로 단우비의 의도를 파악했다.

'빌어먹을 놈!'

속으로 욕설을 퍼부은 그는 부리나케 부하들 속으로 몸을 숨겼다. 그러며 고래고래 악을 질러 부하들을 채근했다.

태양환광검이 무차별적으로 휘둘러지고 눈 깜짝할 새에 십여 명의 흑의괴한들이 폭죽처럼 터졌다. 쥐 대가리와 왕 대가리가 단우비의 배후에 일검을 찌른 것은 그때였다.

그러나 단우비는 그들을 상대하지 않았다. 흑의괴한들 무리에 파고들며 집요하게 사각턱을 추격했다. 흑의괴한들의 몸이 장해물이 되어 쥐 대가리와 왕 대가리의 운신을 어렵게 만들었다.

흑의괴한들은 원래 전투가 발생할 경우 세 겹의 촘촘한 진법을 구축하기로 되어 있었다. 사각턱도 어서 진법을 구축하라고 열변을 토했다.

그러나 단우비, 쥐 대가리, 왕 대가리, 세 명으로 인해 진형이 난장판이 된 상태라 무리였다.

다섯 명이 더 태양환광검의 제물이 되었을 때, 단우비는 드디어 사각턱의 코앞에 다다랐다.

"이 괴물! 죽어랏!"

진저리가 처져 사각턱은 악을 질렀다. 더는 피할 시간이 없었다. 벌써 태양환광검이 절반 이상 휘둘러진 상태였다.

그 역시 산전수전 다 겪은 십팔 두의 고수, 쉽게 당하진 않는다고 독기를 품으며 사력을 다한 일검을 휘둘렀다.

그의 검과 태양환광검이 격돌하려는 찰나, 어느새 접근한 쥐 대가리의 검이 먼저 태양환광검을 후려쳤다.

요란한 폭음이 터지며 쥐 대가리의 몸이 크게 휘청거렸다. 그는 오만 인상을 찌푸리며 세 걸음 물러났다.

단우비도 타격을 입었는지 허리가 위태롭게 꺾었다. 그러나 쥐 대가리와 달리 그는 그 충격을 반동으로 한 바퀴 매섭게 회전하며 사각턱의 측면으로 이동했다. 기어이 사각턱의 허리에 태양환광검을 때렸다.

"크아아아아아!"

척추가 박살 난 사각턱은 하늘이 떠나가라 비명을 질렀다. 피도 한 사발이나 토했다. 그것으로 끝이었다. 생기를 잃은 그는 바닥에 허물어졌다.

지휘관이 사망하자 안 그래도 난잡하던 흑의괴한들의 진

형은 더욱 엉망이 되었다. 다들 진법이고 뭐고 마구잡이로 단우비를 공격하기만 했다.

쥐 대가리와 왕 대가리는 울화가 치밀었다. 단우비를 공격하고 싶어도 아군인 흑의괴한들로 인해 접근을 할 수가 없었다.

일각이 지났다. 백 명이 넘던 흑의괴한들의 머릿수가 어느새 사십 명으로 줄어들었다. 산중에 비명이 메아리쳐 멀리멀리 울려 퍼지고 전장에 진한 혈향이 감돌았다.

참다못한 쥐 대가리가 일갈을 터뜨렸다.

"에잉, 쓸모없는 것들! 모두 물러나라! 방해만 되니 물러나서 주변을 포위해!"

그 말이 기폭제가 되었다. 흑의괴한들은 누가 먼저랄 것도 없이 꽁지 빠져라 도망쳤다.

다들 이제 한숨 돌리겠다고 안도했는데, 빌어먹게도 단우비가 악착같이 추격해 한 번에 한 놈씩 착실하게 머릿수를 줄여나갔다.

다시 세 명이 더 죽었다. 단우비가 막 세 명째의 머리를 박살 내었을 때, 그의 좌우에서 쥐 대가리와 왕 대가리가 동시 공격을 감행했다.

두 사람은 흑의괴한들의 머릿수가 줄어들어 조금이나마 운신이 자유로워졌다. 덕분에 전투가 시작된 후 처음으로 전력을 다한 공세를 시도할 수 있었다.

무지막지한 살기가 좌우에서 짓쳐 들자 단우비는 다리를 멈추었다. 지금 이 두 명에게 적당한 타격을 입혀 놓아야 잔챙이를 먼저 쓸어버린다는 작전을 계속 시행할 수 있다고 판단해서였다.

두 자루의 태양환광검과 쾌를 기반으로 한 쥐 대가리의 검, 중을 기반으로 한 왕 대가리의 검이 격돌했다.

귀가 찢어질 정도의 날카로운 폭음이 장내를 뒤덮었다. 단우비가 전력을 다했기에 쥐 대가리와 왕 대가리는 신음성을 터뜨리며 뒤로 튕겨져 나가 무려 사 장여를 데굴데굴 굴렀다.

"아아아악!"

그리고 단우비는 처절한 절규를 토했다.

심장 바로 아랫부분에 한 자루의 검이 삐죽 튀어나와 있었다. 뒤에서 찔러진 검이었다.

문제는 등 뒤에 아무도 없었다는 것이었다. 흑의괴한들은 모두 도망치는 중이라 분명 등 뒤에선 아무런 기척도 느껴지지 않았다.

그런데 이 검은 대체 무엇이란 말인가?

놀란 것은 쥐 대가리, 왕 대가리, 흑의괴한들 또한 마찬가지였다. 그들의 눈에 단우비의 등 뒤에 서서 검을 절반 정도 찔러 넣은 흑의괴한이 보였다.

좀 전까지만 하더라도 특출한 실력을 보여 주지 못한 자였다. 운 좋게 살아남은 삼십칠 명 중 하나일 뿐이었다.

그런데 누구도, 절정고수인 쥐 대가리와 왕 대가리조차 그가 어떻게 단우비의 뒤에 접근해 검을 찔렀는지 파악하지 못했다.

그야말로 귀신이 곡할 노릇이었다.

그들이 놀라거나 말거나 공격을 성공시킨 흑의괴한은 즉각 검을 올려 그었다. 검이 위로 세 치만 올라가면 단우비의 심장을 베어 버릴 수 있었다.

단우비는 이를 피가 나올 정도로 앙다물어 혼미해지는 정신을 다잡았다. 재빨리 천검을 버리고 오른손으로 흑의괴한의 검 끝을 움켜쥐었다.

흑의괴한은 두 손을 사용해 검을 올려 그으려고 사력을 다했다. 그러나 단우비의 오른손 힘이 더 셌다. 그의 검은 단우비의 심장 세 치 아래에서 미동조차 하지 않았다.

그때, 단우비가 느닷없이 오른손을 앞으로 쭈욱 내질렀다. 스스로 절반쯤 박힌 검을 자루 부근까지 박히게 만든 것이다. 그로 인해 흑의괴한과 단우비의 거리가 바짝 좁혀졌다.

바로 그게 단우비의 노림수였다. 그는 머리를 거세게 뒤로 젖혔다. 그의 뒤통수가 흑의괴한의 면상에 직격했다.

삽시간에 흑의괴한의 코뼈가 부러지고 안면이 함몰되었다. 정신을 못 차리는 그에게 단우비가 왼발을 뒤로 차올렸다. 발뒤꿈치로 흑의괴한의 낭심을 으깨버렸다.

어찌나 통증이 큰지 흑의괴한은 저도 모르게 검을 놓고 말았다. 그와 동시에 매섭게 허리를 꺾은 단우비가 통검을 일직선으로 찔러 휘청거리는 흑의괴한의 심장에 깊숙이 쑤셔 박았다.

흑의괴한의 두 눈이 빠른 속도로 생기를 잃어갔다. 이내 그는 추욱 늘어져 생에 작별을 고했다. 시작부터 끝까지 그는 단 한마디도 하지 않았다.

"허억! 헉! 허으허어……!"

단우비는 가쁜 숨을 토해 내었다. 당장 쓰러져도 이상하지 않을 치명상을 입어 몸에 힘이 들어가지 않고 다리가 후들거렸다.

심장 아래에 박힌 검을 뽑고 싶어도 그럴 수 없었다. 그 즉시 피가 분수처럼 뿜어져 생명을 더욱 위태롭게 만들 테니까.

쥐 대가리, 왕 대가리와 삼십육 명의 흑의괴한들은 오도카니 서서 헐떡대는 단우비를 구경했다. 상황 파악이 전혀 되지 않은 까닭이다.

그런 그들의 심정을 안 것일까?

전장 끄트머리에 한 인영이 유령처럼 나타났다. 복면으로 얼굴을 가린 사내였다. 그는 산책 나온 것처럼 유유히 단우비에게 다가갔다.

그런 그의 앞을 몇 명의 흑의괴한들이 검을 들어 제지했다. 자신들과 복장은 비슷하나 분명 동료가 아니었다. 그들은 이후 어떻게 대처해야 할지 몰라 쥐 대가리를 바라보았다.

쥐 대가리는 왕 대가리와 함께 복면사내에게 접근하며 추궁했다.

"너는 누구지?"

복면사내는 가볍게 어깨를 으쓱였다. 사십 대 초반의 중후한 목소리가 흘러나왔다.

"정보 제공자."

흠칫한 쥐 대가리와 왕 대가리는 빠르게 시선을 교환했다. 왕 대가리가 일갈을 터뜨렸다.

"무슨 소리를 하는 거냐? 우리는 각주님께 직접 정보를 받았다!"

"그 각주의 정보를 가져온 게 누구지?"

"그야……."

말끝을 흐린 왕 대가리가 머릿속을 뒤져 기억을 끄집어내고 있을 때, 복면사내가 비릿하게 웃었다. 그는 품에서 돌돌 말린 인피면구 두 장을 꺼내 보란 듯이 펼쳤다.

단우비를 제외한 모두가 극심한 충격에 휩싸였다. 다들 두 눈을 부릅뜬 채 두 장의 인피면구를 뚫어져라 노려보았다.

왕 대가리가 덜덜 떨리는 손을 들어 인피면구들과 복면사내의 면상을 번갈아 가리켰다.

"으, 음영전(陰影殿)! 본각의 정보 단체인 음영전 소속 무사! 두, 둘 다 네놈이었다고?"

"훗, 보시는 대로. 한 달 전 하남성을 헤매던 너희에게 무당산으로 가라고 한 것도, 사흘 전 이 동굴로 가라고 한 것도 다 나였어."

"말도 안 돼! 각주님의 친필 서한이었다. 음영전을 풀었으니 그들의 지원을 받으라고 하셨어! 각각 신분을 증명하는 패를 지녔고 목소리와 체형, 풍기는 기운마저 완전히 달랐어!"

"그런 것들 위조, 변조하는 것쯤 내겐 일도 아니야."

"맙소사! 그렇다면 저놈은?"

왕 대가리는 단우비에게 치명상을 입히고 죽은 시체를 가리켰다. 복면사내는 별것 아니란 투로 입을 열었다.

"역시 한 달 전에 너희들이 흩어져 수색하는 틈을 노려 한 놈을 처리했다. 그놈으로 위장해 너희 무리에 끼어들었지."

"으드드득! 대체 정체가 무어냐?"

왕 대가리의 노골적인 살기가 전신을 옭아매건만 복면사내는 눈 한 번 깜짝하지 않았다. 그저 단우비를 가리켰을 뿐이다.

"조금 전, 저 녀석이 허점을 노출하는 그 한순간의 기회를 만들기 위해 몇 달 동안 인내하며 치밀하게 계획을 꾸민 족속이지."

가만히 듣고 있던 쥐 대가리가 단정적으로 내뱉었다.

"자객이로군."

복면사내는 부인하지 않았다. 단우비가 고래고래 악을 지른 것은 그때였다.

"자객? 자객이라고! 이, 이이!"

그는 치를 떨며 당장이라도 씹어 먹을 것처럼 복면사내에게 다가갔다. 복면사내는 얼른 손을 들며 뒷걸음질 쳤다.

"더 접근하면 이대로 도망칠 거다. 그거 하난 꽤 자신 있거든. 그러면 너는 의문을 해결하지 못해."

"빌어먹을!"

협박이 주효해 단우비는 다리를 멈추었다. 복면사내는 피식 비웃음을 던졌고, 단우비는 거칠게 내뱉었다.

"이름을 밝혀! 그리고 누가 나를 죽이라고 의뢰했는지도 말해!"

"내 질문이 먼저다."

복면사내의 두 눈이 소름 끼칠 만큼 강렬하게 이글거렸다. 울분을 노골적으로 드러내고 있었다. 단우비도 지지 않고 복면사내를 노려보았다.

"가지가지 하는구만. 뭐야?"

"각주는 네 실력을 과소평가했다. 뚜껑을 열어보니 이들은 네 적수가 아니었으니까. 그것은 우리 역시 마찬가지. 그러나 이미 일은 벌어졌다. 전투가 시작되었고, 이런 기회가 언제 다시 찾아올지 모르는 이상 어떻게든 살릴 방도를 찾아야 했지."

한 번 숨을 돌린 그는 빠르게 말을 이었다.

"그리고 조금 전 최고의 기회가 만들어졌다. 두 절정고수의 전력을 다한 양방향 공격. 너 역시 전력을 다해 응수했지. 세 사람이 격돌한 직후, 너는 허점투성이였어! 그 한순간의 빈틈! 나였어도 그 기회를 놓치지 않았을 거야. 그야말로 완벽한 순간에 완벽한 살초가 뿌려졌다. 그런데…… 어떻게 심장을 피할 수 있었던 거지? 어떻게 세 치, 무려 세 치나 몸을 움직일 수 있었던 거냐?"

복면사내는 지극히 진지했다. 정말로 의혹에 가득 차 있었다.

단우비는 혼잣말을 중얼거렸다.

"저놈이 실수한 게 아니라, 제대로 심장을 노린 거였어? 그러면…… 에…… 뭐지? 검이 살을 파고들 때까지 기척을 못 느꼈는데? 아! 아하하! 또 내 몸이 알아서 반응한 거구만."

씨익 웃은 그는 복면사내에게 으스대었다.

"좋아, 대답해 줄게. 생존 본능이야! 내 몸은 아주 끝내주거든."

어이가 없어 복면사내는 헛웃음을 터뜨렸다.

"허헛, 목숨이 위태로워지면 육체가 의식보다 먼저 반응해 버린다는 건가?"

"뭐, 그래. 으하하하!"

"상정한 것 이상의 무력과 사기적인 육체! 그걸 변수에 넣지 못한 게 패인이었군."

미소를 지운 단우비는 자책하는 복면사내를 차갑게 윽박질렀다.

"이젠 내 차례야. 대답해!"

복면사내는 순순히 대답해 주었다.

"본문은 육 년 전에 너를 제거하라는 의뢰를 받았다."

충격으로 단우비의 입이 쩍 벌어졌다. 그는 주먹을 부들부들 떨었다.

"하! 하하! 밀살문! 이 지독한 것들! 아직까지 포기하지 않았다니!"

"우리는 꽤 집요하거든."

"네가 문주야? 그래?"

"아니. 네가 죽인 그분이 문주님이시다."

흠칫한 단우비는 반사적으로 밀살문주의 시체를 바라보았다. 아무런 기척을 느끼지 못한 이유도, 이렇게 치명상을 입은 이유도 이제야 납득이 되었다.

그는 복면사내에게로 시선을 옮겼다.

"그러면 네가 밀살문의 이 인자, 이 호겠구나."

"조금 전까진 그랬지."

"지금은 아니라는 거야?"

"육 년 전 네 암살에 실패한 이후로 어떻게 소문이 퍼졌는지 의뢰가 전부 끊겼다. 밥줄을 걱정할 정도가 되었지. 너를 찾아내 이번 암살을 준비할 때 문주님께서 내게 명령하셨다. 당신이 너를 제거한다면 본문은 재기할 수 있다. 그러나 만약 실패한다면, 나를 중심으로 다른 곳에서, 다른 이름으로, 처음부터 다시 시작하라고 말이야."

무거운 한숨을 내뱉은 그는 나직이 덧붙였다.

"그래서 나는 문주님을 돕지 못했다. 문주님의 뜻대로 지켜보기만 했지. 그리고 결과는 실패다. 너는 살아 있고, 문주님은 돌아가셨으니까. 그러니 나는 오늘 이후 남은 문도들을 이끌고 다른 성으로 가서, 다른 문파 명을 사용해 살업을 처음부터 다시 시작할 거다. 네 암살 의뢰는 밀살문 시절에 받은 것, 밀살문은 이미 멸망했으니 더는 네 목숨을 노릴 이유가 없다. 그래서 이렇게 네 앞에 나타나 친절하게 설명해 주는 거야."

단우비가 뭐라고 말하려 할 때, 복면사내가 한 박자 빨리 손을 들며 입을 열었다.

"잘 있어라. 그리고…… 다시 보게 되길 바란다. 누군가가 내가 새로 만들 단체에 네 암살을 의뢰할 날을 손꼽아 기다리고 있겠다. 후후후후."

말을 끝낸 그는 미련 없이 몸을 돌려 한순간에 유령처럼 사라졌다. 주변에 있던 흑의괴한 몇몇이 반사적으로 추격하려 했는데, 쥐 대가리가 막았다.

"멈춰라. 시간 낭비일 뿐이다."

경공 하나만 봐도 상대가 특급자객이란 것을 알 수 있었다. 흑의괴한들의 능력으론 도망치기로 마음먹은 복면사내를 잡는 건 무리였다.

다들 지시 받은 대로 추격을 중단했고, 왕 대가리는 주먹으로 손바닥을 치며 분개했다.

"제기랄! 천한 자객놈들에게 완전히 놀아났어. 철저하게 이용당한 거야!"

쥐 대가리가 부드러운 말투로 그를 달래었다.

"좋게 생각하려무나. 이제 통천귀는 너와 나를 당해 내지 못해. 당초 목적대로 각주님께 데려갈 수 있게 되었지 않느냐?"

왕 대가리는 분노를 지우고 음흉하게 웃었다.

"후후훗, 과연 그렇군요."

눈빛을 교환한 두 사람은 전의를 끌어 올리며 한 걸음씩 단우비에게 접근했다. 삼십육 명의 흑의괴한들 또한 포위망을 구축해 나갔다.

단우비는 속에서 천불이 나 악을 질렀다.

"너희는 또 누구야? 뭐하는 놈들이냐고?"

대답은 쥐 대가리가 해 주었다. 그는 왕 대가리를 지목하며 말했다.

"나와 이 친구는 삼우각주님의 호위대인 은팔우(銀八牛)의 일원이다. 각주님의 명으로 토우대(土牛隊)와 함께 근 십 개월 가까이 너를 추적 중이었다."

단우비는 극심한 혼란에 빠졌다.

"삼우각? 호남성의 패자? 왜 나를 추적한 건대? 이유가 뭐야?"

"자세한 건 우리도 모른다. 그저 네가 어떤 정보를 가졌고, 각주님께서 그걸 원한다는 것만 알 뿐. 또한 너와 풍황은 한패이니 절대 두 사람을 만나게 해선 안 된다는 명도 받았다. 여기서 풍황의 거처까지는 불과 사흘 거리. 적지인 무당산이긴 하나 우리로선 더 지체할 여유가 없었다. 그래서 오늘 행동에 나선 게야."

당최 이해 안 되는 말투성이라 단우비는 머리가 지끈거렸다. 그러나 생각하고 있을 때가 아니었다. 지금도 적들은 착실하게 거리를 좁혀오고 있었으니까.

"뭔가 단단히 오해를 하고 있구만!"

씹듯이 내뱉은 그는 이를 앙다물었다. 몸을 꿰뚫은 길쭉한 검의 살갗 바로 앞부분을 부러뜨렸다. 눈물이 나올 만큼 아팠지만, 그 대가로 보다 원활하게 왼팔을 휘두를 수 있게 되었다.

그 뒤 빠르게 바닥을 뒤져 천검을 회수했다. 맨손으로 검날을 잡았던 탓에 그의 오른 손바닥은 뼈가 보일 정도로 깊숙이 베어진 상태였다. 그래도 통증을 꾹 참고 천검을 굳게 쥐었다.

그런 후 그는 필사적으로 상체를 곧추세워 당당히 섰다. 전신을 덮은 식은땀도, 창백한 얼굴과 경련을 일으키는 몸도 무시했다. 그 모든 고통을 고스란히 독기로 바꾸었다.

그야말로 상처 입은 야수에게서나 볼 듯한 처절한 투기가 사방으로 내뿜어졌다.

삼우각도들은 마른침을 삼켰다. 부상자라고 방심하면 오히려 당하고 만다며 다들 경각심을 일깨웠다.

쥐 대가리는 진심으로 경탄했다.

"대단하구나. 실로 놀라운 정신력이야."

"헹! 내가 원래 이래."

"네 부상은 당장 치료해야 할 정도로 심각하다. 이제 우리는 굳이 싸울 필요 없이 시간만 끌면 된다. 지금도 네 생명력은 빠르게 소진되어 가고 있으니까."

"그래서, 그게 어쨌다는 건데? 앙?"

"우리 임무는 살해가 아닌 생포다. 순순히 포박을 받는다면 더는 해코지 하지 않겠다. 부상도 치료해 주마. 각주님이 계신 호남성까지는 먼 여정, 너는 그때까지 살아 있어 줘야

하니까. 어떠냐? 그리 나쁘지 않은 제안이라고 생각한다만."

단우비의 눈망울이 크게 흔들렸다. 너무 아프고 고통스러워 당장이라도 고개를 끄덕이고 싶었다.

하지만 그는 고개를 끄덕이는 대신 좌우로 세차게 흔들었다.

"헛소리하지 마! 구차하게 목숨을 부지하는 건 내 자존심이 허락하지 않아! 내 생사는! 나 스스로 결정한다!"

자신에게 다짐하듯 외친 그는 번개같이 신형을 날렸다. 쥐 대가리와 왕 대가리의 반대편, 포위망의 한 면을 향해 일직선으로 돌진했다.

눈살을 찌푸린 쥐 대가리와 왕 대가리는 신속하게 단우비를 추격했다. 전면에서 단우비가 달려오는 것을 본 토우대도 포위망을 세 겹으로 늘렸다. 저마다 절대 길을 열어주지 않는다고 독기를 품었다.

다른 방위를 지키던 자들 역시 포위망을 유지하며 우르르 단우비에게 달려갔다.

쥐 대가리와 왕 대가리가 단우비의 하체를 노리고 검을 반쯤 휘둘렀을 때, 단우비가 세 겹의 포위망과 충돌했다.

아니, 충돌은 일어나지 않았다. 단우비가 일방적으로 포위망을 박살 내고 한순간에 돌파해 버렸다.

그의 이동 경로에 있던 토우대 아홉 명의 목이 동시다발적으로 터지며 피와 살점을 뿌렸다.

단순한 돌진이 아니라 직선상의 궤도에 존재하는 모든 사물을 파괴하는 환상검법 제십이초식 추환이었기 때문이다.

포위망을 뚫은 뒤에도 단우비는 추환을 거두지 않았다. 계속 달려 수풀 속으로 들어갔다.

그때, 왕 대가리가 검갑을 있는 힘껏 던졌다.

단우비의 몸이 정상이었다면 우습게 피했을 텐데, 애석하게도 부상을 당한 상태라 검갑을 피할 수가 없었다. 검갑의 길쭉한 옆면이 단우비의 등짝을 후려갈겼다.

신음을 토해 낸 단우비는 바닥에 처박혔다. 바닥을 쓸며 이 장여를 나아갔다. 다시 일 장을 데굴데굴 굴러 몸을 바로 잡은 뒤, 네 발로 대지를 박차고 전면으로 쏘아졌다.

욕지기가 목구멍까지 치밀어 올랐는데 필사적으로 억눌렀다. 입맛이 비릿한 것으로 보아 토사물이 아니라 피인 것 같았다. 내장이 심하게 손상되었다는 뜻이다.

'빌어먹을!'

분통을 터뜨린 그는 죽기 살기로 달리고 또 달렸다.

일각이 지났다. 그러나 추적자들을 뿌리치지 못했다. 오히려 거리가 조금씩 좁혀지고 있었다.

더 심각한 상황이 발생했다.

갑자기 단우비의 몸이 휘청거리더니 바닥에 꼬꾸라졌다. 다시 공격을 받은 건 아니었다. 다리에 힘이 들어가지 않아서였다. 빌어먹게도 몸이 한계에 다다른 것이다.

헐떡대며 주저앉은 그는 힐끔 뒤를 돌아보았다. 회심의 미소를 지으며 달려오는 삼우각도들의 재수 없는 면상이 보였다.

그의 눈이 절망으로 물들어 갔다. 삼십사 두의 절정고수가 고작 자객 하나 때문에 이런 비참한 처지에 놓이다니, 복장이 터져 미칠 지경이었다.

귓가에 이질적인 소리가 들려온 건 그때였다. 적들이 짓쳐드는 전면이 아니라 오른쪽 수풀에서였다.

삼우각도들이 단우비의 삼 장 앞까지 다다랐을 때, 오른쪽 수풀에서 한 인영이 튀어나왔다. 왼쪽 눈에 안대를 한 이십 대 중반의 청년이었다.

외눈박이 청년과 단우비의 눈이 부딪쳤다. 두 사람은 동시에 입을 쩍 벌렸다.

"통천귀?"

"금자강?"

불청객의 정체는 삼우각도가 아니었다.

풍황의 친손자, 권풍(拳風) 금자강이었다!

당신이 잠든 사이에

십 개월 전, 무당산에 도착한 풍황은 금자강에게 명령을 내렸다. 부모와 함께 다른 성으로 피신한 후, 상황이 종료될 때까지 숨어 있으라는 것이었다.

딸 가족이 사망해 이제 그의 피붙이는 아들 내외와 금자강 뿐이었다. 그들마저 잃을 수는 없었다.

금자강은 복수를 돕게 해 달라고 간청하지 못했다.

삼우각과의 전투로 그는 잔부상만 입었을 뿐이지만, 풍황은 치명상을 입었다. 무인의 생명이라고 할 수 있는 단전마저 손상되었다.

모두 그를 보호하다가 입은 부상이었다.

풍황 혼자만 싸웠더라면 유유히 삼우각주의 숨통을 끊은

뒤 사라질 수 있었을 텐데, 자신이라는 짐 때문에 풍황은 생에 처음으로 패배의 쓴잔을 마시게 된 것이다.

그래서 금자강은 눈물을 머금고 짐을 꾸려 부모님과 함께 호북을 떠났다.

세 사람은 두 달 동안 은밀하게 이동한 끝에 대륙 북부의 으슥한 곳에 정착했다.

그때부터 금자강은 뭐에 홀린 것처럼 무공을 연마했다. 너무도 약한 자신을 탓하며 미친 듯이 초식을 연마하고 내공을 쌓았다.

그의 내공은 이십사 두, 일 두만 더 쌓으면 절정고수가 된다.

불과 일 두의 차이일 뿐이나 이십사 두와 이십오 두는 하늘과 땅 차이!

절정고수만 되면 당당히 풍황에게 돌아갈 수 있다. 더 이상 짐이 아닌 전력으로써 풍황과 함께 삼우각에 복수할 수 있다.

노력은 헛되지 않았다. 한 달 전에 그는 드디어 꿈에 그리던 절정고수가 되었다.

그 즉시 그는 부모님께 양해를 구한 후 무당산으로 떠났다. 풍황과 함께 삼우각을 쓸어버릴 거라고 용기백배했다.

전속력으로 달린 그는 이틀 전 무당산에 도착했다.

한 시진 전쯤 부지런히 풍황의 거처로 가고 있는데, 저 멀리서 연신 비명이 들려왔다.

풍황의 터전이자 언젠가는 자신의 터전이 될 무당산에서 발생한 변고, 도저히 좌시할 수 없다는 생각에 금자강은 방향을 바꾸어 소리가 들려오는 쪽으로 달렸다.

그 결과 지금 이렇게 단우비를 만나게 되었다.

단우비는 발작적으로 금자강에게 삼우각도들을 지목하며 외쳤다.

"삼우각! 은팔우! 토우대!"

짧은 말이었으나 금자강에겐 충분하고도 남았다. 삽시간에 그의 전신이 무시무시한 살기로 뒤덮였다.

절정고수가 된 자신의 첫 제물이 삼우각이라니, 이보다 더 좋을 수는 없었다.

"이놈들! 감히 여기가 어디라고!"

일갈을 터뜨린 그는 스물아홉 명의 삼우각도들에게 성난 황소처럼 돌진했다.

삼우각도들은 금자강의 정체를 한눈에 파악했다. 십 개월 전 풍황과 함께 삼우각에 쳐들어온 저 얼굴을 어찌 잊을 수 있겠는가?

쥐 대가리는 빠르게 머리를 굴렸다. 단우비는 이제 전투 불능이었다. 그리고 금자강은 절정고수의 벽을 넘지 못한 일류고수일 뿐이었다. 이십육 두인 자신과 이십오 두인 왕 대가리 두 사람의 합공을 금자강은 절대 막을 수 없다.

거기까지 생각한 그는 비릿하게 웃었다. 단우비 뿐 아니라 덤으로 금자강의 목까지 삼우각주에게 가져갈 수 있게 되었으니까.

왕 대가리와 시선을 교환한 그는 토우대에게 명령했다.

"포위망을 구축하라! 전투는 우리 두 사람이 맡겠다!"

토우대는 신속하게 흩어졌다. 쥐 대가리와 왕 대가리는 검을 들어 올리며 금자강에게 마주 달려갔다.

금자강의 모아진 양손에서 거대한 장풍이 발출되어 두 사람을 덮쳤다.

풍황의 성명절기인 풍마신장!

상대가 금자강이라고 할지라도 풍마신장을 정면으로 받아내는 건 자살행위였다. 쥐 대가리와 왕 대가리는 빠르게 좌우로 피했다. 그런 후 곧바로 금자강의 측면으로 접근했다.

오른쪽을 맡은 쥐 대가리가 의도적으로 검을 현란하게 휘둘렀다.

금자강은 왼쪽 눈이 없다. 그쪽이 사각지대라는 뜻이다.

자신이 금자강의 눈을 현혹하는 사이 왕 대가리가 끝장낸다. 이게 그들의 작전이었다.

계획대로 금자강의 시야에서 사라진 왕 대가리가 왼쪽 옆구리에 무지막지한 일격을 날렸다.

그러나 금자강은 쥐 대가리의 검에 현혹되지 않았다. 침착하게 뒤로 두 걸음 물러나 두 사람을 자신의 시야 안에 두었다. 그런 후 양손으로 여섯 가닥의 지풍을 날렸다.

거리가 너무 가까워 쥐 대가리와 왕 대가리는 지풍을 피할 시간이 없었다. 휘두르는 검을 그대로 지풍에 때렸다.

"으윽!"

"크으억!"

두 사람은 고통에 찬 얼굴로 신음을 토했다.

이 한 번의 공방으로 그들은 금자강의 실력을 과소평가했다는 것을 깨달았다. 무슨 마법을 부렸는지 몰라도 십 개월 전보다 훨씬 더 강해져 있었다.

하지만 후회해봤자 이미 늦은 일이었다. 기선을 제압한 금자강이 쥐 대가리와 왕 대가리를 거세게 몰아붙였다. 두 사람이 숨 돌릴 틈조차 주지 않았다.

장풍과 지풍이 난무하고 쥐 대가리와 왕 대가리는 피하기에 급급했다.

풍마신장은 범위가 넓고 사정거리마저 길어 두 사람 대신 애꿎게 토우대원들이 하나둘씩 희생되었다.

반 각이 지났을 때, 스물일곱 명이던 토우대의 머릿수는 열여섯 명으로 줄어들어 있었다.

"크아아악!"

난사되는 지풍 하나를 미처 피하지 못해 왕 대가리의 오른쪽 어깨에 구멍이 뚫렸다.

그게 기폭제가 되었다. 왕 대가리의 몸에 구멍이 빠른 속도로 늘어 갔고, 쥐 대가리의 손발도 점점 어지러워졌다.

다시 반각이 더 흘렀다. 금자강의 장풍이 왕 대가리의 몸 절반을 터뜨려 버렸다. 다음으로 출수한 다섯 가닥의 지풍이 쥐 대가리의 심장, 머리, 명치, 복부, 목울대를 관통했다.

처음을 제외하고 두 사람은 금자강의 일 장 앞까지 접근조차 하지 못했다. 그저 일방적으로 두들겨 맞다가 죽었을 뿐이다.

두 절정고수가 사망하자 토우대는 약속이나 한 듯 동시에 도망쳤다. 하지만 금자강은 그들을 순순히 보내줄 마음이 눈곱만큼도 없었다.

"와하하하! 한 놈이라도 살려 보내줄 성싶으냐?"

강해진 자신의 실력에 도취된 금자강은 대소를 터뜨리며 지풍을 난사했다. 토우대 전원의 머리가 동시다발적으로 폭발했다.

이제 장내에 서 있는 사람은 오직 금자강 하나뿐이었다.

금자강은 그게 너무도 마음에 들었다.

"하하하하! 으왓하핫핫핫하!"

그는 제자리에 우뚝 서서 승리의 쾌감을 만끽했다.

잠시 후 정신을 차린 그는 단우비에게 다가갔다. 단우비는 나무에 등을 기댄 채 혼절해 있었다. 양손에 통검과 천검을 움켜쥔 채였다.

문득 금자강의 뇌리에 의구심이 생성되었다.

단우비는 자신보다 세 살이나 어리지만 훨씬 더 강한 고수다. 이런 놈들에게 당할 만큼 약하지 않았다.

'적은 이게 다가 아니란 뜻인가? 최소 수백 명 이상?'

그렇다면 말이 된다. 풍황조차 인해전술을 이겨 내지 못했으니까.

그 말인 즉, 어쩌면 아직도 수백 명의 적들이 무당산을 활보하고 있을 가능성이 있다는 뜻이었다.

그들의 목적은 불 보듯 뻔했다.

'할아버님!'

손상된 단전은 쉽게 회복되지 않는다. 풍황은 그에게 최소 일이 년은 치료해야 나을 거라고 말했었다.

치료를 시작한 지 십 개월, 아직 풍황의 몸은 정상이 아니다.

거기까지 생각한 금자강은 몸이 달았다. 어서 풍황에게 이 사실을 전해야 한다고 초조해졌다.

바로 풍황에게 달려가려던 그는 멈칫하며 단우비를 내려다보았다.

그에게 단우비를 구해 줘야 할 의리 같은 것은 없었다. 솔직히 말해 질투심을 느껴 이대로 죽었으면 하는 바람이 컸다.

하지만 단우비의 부상은 풍황과 자신의 적인 삼우각으로

인해 생긴 것이었다. 왜 무당산에 온 것인지는 모르지만 단우비는 자신을 대신해 삼우각과 싸워 주었다.

이대로 모른 척하기엔 양심이 너무나도 찔렸다.

'빌어먹을!'

분통을 터뜨린 그는 단우비를 어깨에 메었다. 통검과 천검도 회수했다. 서쪽으로 한 식경쯤 달리면 계곡이 나온다. 거기서 대충 치료를 해 준 뒤 풍황에게 돌아가기로 했다.

빠르게 신형을 날리던 그는 피식 비웃음을 던졌다.

'검이 하나 더 늘었군. 설마 검을 하나 더 늘린 것만으로 할아버님과 대적할 수 있다고 판단한 걸까? 그래서 이곳에? 후훗, 무력은 굉장할지 모르나 역시 멍청한 놈이야.'

한 식경 후 그는 계곡에 도착했다. 단우비의 몸에 박힌 검을 뽑은 뒤 치료를 시작했다.

치료라고 해봤자 혈도를 짚어 지혈하고, 계곡물로 몸을 닦고, 소지한 약초를 전부 상처에 바른 후 붕대로 감아준 게 다였다. 그는 의술에 조예가 깊지 못했기 때문이다.

'일단 급한 불은 껐다. 사흘 정도는 버티겠지. 못 버티면 할 수 없는 일이고.'

사흘이면 풍황의 거처에 도착한다. 풍황은 의술에도 조예가 깊었다. 그러니 그때까지 단우비가 버틴다면 보다 나은 치료를 받을 수 있을 것이다.

다시 단우비를 어깨에 멘 금자강은 북서쪽, 풍황의 거처로 이동을 시작했다.

이튿날 저녁 무렵, 잠깐 휴식을 취한 금자강은 이동을 재개했다. 그사이 단우비는 한 번도 깨어나지 않았다.

수풀을 헤치며 달리던 금자강은 뒷목이 따끔해졌다. 뾰족한 나뭇가지에 긁힌 거라고 생각해 그는 그리 신경 쓰지 않았다.

그런데 불현듯 전면에 괴한이 유령처럼 나타났다. 오척 육촌의 키에 쭈글쭈글한 얼굴을 소유한 흑의 노인이었다.

불길한 예감을 느낀 금자강은 얼른 신형을 멈추었다. 단우비를 바닥에 던지고 전투 태세를 취했다.

"누구냐?"

흑의 노인은 인자하게 웃었다.

"목소리를 들려주어 고맙구나."

"뭐라고? 어? 으으……."

머리가 너무나도 어지러웠다. 금자강은 필사적으로 버텨보았지만 허사였다. 그는 이내 흰자위를 드러내며 허물어졌다.

흑의 노인은 여유롭게 금자강에게 다가갔다. 주저 없이 그의 목을 꺾어 숨통을 끊었다.

금자강의 나이 당년 이십사 세, 꿈에 그리던 절정고수가 되었건만 세상에 이름을 떨쳐 보기도 전에 영문도 모른 채 생에 작별을 고하고 말았다.

강호는 그야말로 비정한 곳이었다.

천하삼대살수 중 하나인 탈혼마인은 산동성을 중심으로 대륙 동북부의 의뢰만 받았다. 여태까지 하남성보다 더 아래로 내려온 적은 단 한 번도 없었다.

그런 그에게 석 달 전 풍황이란 거물의 목이 청부되었다. 풍황의 단전이 손상되었다는 의뢰인의 말에 그는 마음이 동해 전례를 깨고 청부를 수락했다.

탈혼마인은 오랜 기간 동업해 온 정보원에게 풍황에 관한 모든 정보를 입수한 뒤 무당산으로 출발했다. 사십여 일 전 풍황의 거처에 도착해 주변에 숨어 기회를 엿보았다.

그의 암살 수법은 표적의 지인으로 위장해 접근, 제거하는 것이었다. 믿었던 사람에게 죽임당하는 순간 짓는 표적의 표정은 그에게 그 무엇과도 바꿀 수 없는 쾌감을 선사해 주었다.

그래서인지 그는 지난 삼십여 년 동안 고집스럽게 이 수법을 고수해 왔다.

우선 풍황의 몸 상태를 육안으로 확인해야 했다. 그 전엔 아무것도 할 수 없었다.

그러나 풍황은 건물 안에 틀어박힌 채 밖으로 일절 모습을 드러내지 않았다.

주변을 감시하는 다섯 개 방파 백 명의 고수들 중 건물 내부로 들락날락 거리는 자는 한 명뿐이었다. 십대 후반의 소녀로 풍황에게 음식을 전달하는 역할을 전담했다.

탈혼마인은 만상축골공(萬狀縮骨功)이란 절세의 술법을 익혀 순식간에 다른 사람으로 변신할 수 있었다.

문제는 완벽한 술법이란 없다는 것이었다.

만상축골공은 동성으로만 변신이 가능했다. 애석하게도 탈혼마인은 남자라 여자인 저 소녀로 변신을 할 수가 없었다.

답답함을 느껴 백 명 몰래 건물 내부로 숨어들 생각도 해보았다. 저들에게 자신의 기척을 숨기는 일쯤은 여반장이었으니까.

하지만 풍황의 상태를 모른다는 게 마음에 걸려 포기했다.

부상을 입었어도 풍황은 풍황, 숨어든 그의 기척을 느낀다면 그 순간 암살은 수포로 돌아가 버린다.

풍황의 현재 상태와 감각의 예민한 정도를 자신의 두 눈으로 직접 파악하기 전엔 섣불리 움직일 수가 없었다.

다행히 시간은 많았다. 제아무리 풍황이라고는 해도 손상된 단전을 회복하는 건 쉽지 않은 일이니까 말이다.

어제 탈혼마인은 저 멀리서 비명을 들었다. 풍황의 거처를 지키던 백 명 역시 들었다. 그들 중 이십 명이 상황을 파악하기 위해 거처를 떠났다.

탈혼마인도 신형을 날렸다. 진전이 없는 상황에서 변수가 출현했으니 활용 가능한지 아닌지 확인을 해 두어야 했다.

그의 경공은 먼저 출발한 이십 명보다 월등해 순식간에 격차를 두 배 이상 벌렸다.

하루 동안 부지런히 이동한 그는 조금 전에 기척 두 개를 느꼈다. 얼른 나무 위에 숨어 기척을 쫓았다.

잠시 후 그는 수풀을 헤치고 북서쪽으로 달려가는 한 청년을 찾았다. 어깨에 부상자를 멘 외눈박이 청년이었다.

청년의 얼굴을 본 그는 쾌재를 불렀다. 자료에 따르면 저 청년은 분명 풍황의 친손자 금자강이었다.

풍황이 피신시킨 금자강이 제 발로 돌아온 것이다!

이것은 그에게 있어 그야말로 천재일우의 기회였다.

그는 금자강의 성격, 무공 수위, 습관, 사소한 버릇 등등 모든 것을 알고 있었다.

자신을 지키기 위해 돌아온 손자에게 죽임당하는 풍황의 얼굴을 상상하자 벌써부터 짜릿한 쾌감이 전신을 지배했다.

탈혼마인은 품에서 독을 바른 비침을 꺼냈다. 기회를 엿보다 신속하게 비침을 날렸다.

금자강의 목을 꺾어 죽인 그는 근처에 엎어져 미동조차 없는 부상자에게 다가갔다. 부상자의 몸을 돌려 얼굴을 확인했다. 금자강의 허리춤에 꽂혀 있는 황금빛 협봉검 두 자루도 보았다.

'금자강은 장법을 쓰기에 무기는 소지하지 않아. 이 아이의 무기라는 것. 이십 대 초반에 작은 키, 두 자루의 황금빛 협봉검을 쓴다? 으음…….'

정보원은 그에게 풍황과 연관 있는 모든 사람의 자료를 주었다. 그러나 그 자료엔 이 청년이 없었다. 자신의 강호 지식마저 총동원해 봤지만 아무것도 떠오르지 않았다.

그는 활동 영역인 대륙 북동부의 강호인들은 모두 꿰고 있으나 다른 지역은 아니었다. 그러니 아마도 그 다른 지역의 강호인인 것 같았다.

바닥에 쪼그려 앉은 그는 잠든 단우비의 목을 움켜쥐었다. 금자강의 시체를 확보한 것으로 충분했다. 파악되지 않은 변수를 살려둘 필요가 없었다.

이제 손을 살짝 움직이기만 하면 단우비의 숨통을 끊을 수 있는데, 왠지 꺼려졌다.

탈혼마인은 찬찬히 한 번 생각을 해 보았다.

수많은 비명이 들려온 것으로 보아 대규모 전투가 발생했음이 분명했다. 그런데 금자강은 상처 하나 없었다. 대신 이 청년이 끔찍한 부상을 입었다.

혹시나 하는 생각이 들어 탈혼마인은 단우비의 단전에 손을 대고 내력을 흘려 넣어 보았다. 무려 삼십사 두나 되는 막대한 내력이 꿈틀거리고 있었다.

이 정도 고수라면 수백 명을 상대할 수 있다. 그리고 무당산에서 이 정도의 고수에게 이런 부상을 입힐 수 있는 수백 명은 아무리 생각해도 하나뿐이었다.

'삼우각! 괘씸한 것들! 나를 믿지 못하고 따로 계획을 꾸몄구만! 하긴 의뢰받은 지 석 달이나 지났건만 풍황의 목을 따지 못한 건 사실이니…… 쩝.'

불쾌하긴 하나 삼우각의 입장도 이해가 되긴 했다. 그래서 탈혼마인은 더 화를 내지 않았다.

'이 아이는 분명 풍황과 어떤 인연이 있다. 풍황을 돕고자 이곳에 왔고 삼우각과 싸운 게야. 마(痲)가 놈이 이 아이를 놓쳤어!'

차후 산동성으로 돌아가 정보원에게 욕을 한 사발 퍼부어 줘야겠다고 결심한 그는 단우비의 목에서 손을 뗐다. 혼자 풍황에게 가는 것보다는 단우비를 데리고 가는 게 더 상황에 맞았다.

'금자강은 비명을 듣고 전투 현장으로 달려갔다. 전투는 종료된 상태였고 이 아이는 살아 있었다. 풍황을 도우러 온 자를 죽게 내버려 둘 수는 없는 법, 그래서 치료를 한 뒤 함께 풍황에게로 가고 있다. 좋아!'

계획을 정리한 그는 주변의 땅을 파헤쳤다. 소지한 암살 도구들을 모두 꺼낸 뒤 속옷까지 전부 벗었다. 금자강의 옷도 다 벗겼다.

알몸으로 선 그는 금자강의 몸을 세밀하게 살폈다. 그런 후 만상축골공을 전개했다.

뼈가 뒤틀리는 소리와 함께 그의 몸이 빠른 속도로 변해갔다. 이내 키와 얼굴, 근육, 점의 위치까지 똑같은 금자강으로 화했다.

다른 건 왼쪽 눈뿐이었다. 하지만 그것도 왼쪽 눈에 금자강의 안대를 차자 바로 해결되었다.

"아, 아."

목소리도 몇 번 연습을 해서 조금 전에 들은 금자강의 목소리와 일치하게 만들었다.

탈혼마인은 한 번 더 금자강의 시체와 대조해 완벽하게 변신했는지 확인했다.

만족스러운 미소를 머금은 그는 파헤친 구덩이에 금자강의 시체와 자신의 옷을 던져 넣었다. 흙을 덮어 구덩이를 평평하게 만들었고, 그 위에 나뭇가지와 수풀을 뿌려 흔적을 지웠다.

그는 암살 도구들을 모두 회수하고 두 자루의 협봉검을 허리춤에 꽂았다. 단우비를 어깨에 메려다가 멈칫했다. 삼십사 두의 고수라는 게 마음에 걸렸다.

품에서 비침을 하나 꺼낸 그는 독자적으로 조제한 몽혼약을 듬뿍 발랐다. 그것을 단우비의 목에 찔렀다.

이제 단우비는 최소 일주일은 눈을 뜨지 못한다. 별 탈 없이 그를 암살 도구로 사용할 수 있을 것이다.

단우비를 어깨에 멘 탈혼마인은 금자강의 걸음걸이를 흉내 내어 북서쪽으로 달리기 시작했다.

너무 들뜬 나머지 탈혼마인은 한 가지 사실을 놓쳤다. 서쪽과 북쪽의 나무 위에서 그의 일거수일투족을 지켜보는 두 쌍의 시선이 있다는 것을 말이다.

놀랍게도 둘 다 천하삼대살수 중 하나인 탈혼마인에게 들키지 않을 정도로 완벽하게 기척을 죽인 상태였다.

더 재미있는 건 북쪽은 서쪽의 기척을 파악했지만, 서쪽은 그렇지 못했다는 것이었다.

이튿날 아침 무렵, 계곡을 통과하던 탈혼마인은 일단의 무리와 조우했다.

하루 반나절 전 풍황의 거처를 출발했던 이십 명으로 모두 심황문(深黃門)의 문도들이었다. 나름대로 전속력으로 달렸으나 탈혼마인과 비교하면 너무 느려 이제야 이곳에 다다르게 되었다.

선두에 선 중년인이 탈혼마인을 보고는 두 눈을 부릅떴다.

"그, 금 소협?"

흠칫한 탈혼마인은 반사적으로 단우비를 바닥에 내려놓

고 전투 태세를 취했다.

"균현의 심황문? 네놈들 따위가 감히 할아버님이 부상 입은 틈을 타 무당산을 노린다는 말이더냐?"

탈혼마인의 전신에서 뿜어지는 무시무시한 살기에 심황문도들은 혼비백산했다. 중년인이 황급히 손사래를 치며 해명했다.

"아니, 아니, 그런 게 아닙니다."

"하면 무어냐?"

"저희는 천지태극회의 명으로 풍황님을 호위하는 중입니다. 금 소협이 떠나고 보름쯤 뒤부터 시작했으니 벌써 아홉 달이 넘습니다."

"하! 말도 안 되는 소리! 할아버님께서 수락하셨을 리 없다!"

"수, 수락하셨습니다. 풍황님의 거처에 천지태극회 분들도 계십니다. 그분들이 풍황님을 설득하셨습니다."

잠시 갈등하던 탈혼마인은 서서히 살기를 누그러뜨렸다. 말투마저 바꾸어 물었다.

"정말…… 입니까?"

중년인은 주먹으로 가슴을 치며 외쳤다.

"맹세합니다. 제 목을 걸겠습니다."

"흐, 흠흠."

멋쩍은 헛기침을 터뜨린 탈혼마인은 다시 단우비를 어깨

에 메었다. 중년인에게 손짓하며 말했다.

"앞장서십시오. 한시바삐 할아버님을 만나 뵈어야 합니다."

"예!"

오해가 풀려 한시름 놓은 중년인은 왔던 길을 되돌아가기 시작했다. 그의 옆에 탈혼마인이 섰고, 뒤에 나머지 심황문도들이 대열을 맞추었다.

중년인이 탈혼마인의 눈치를 살피며 조심스레 물었다.

"그런데…… 금 소협이 돌아오신 것을 알면 풍황님께서 진노하실 거라고 생각됩니다만."

탈혼마인은 단호하게 내뱉었다.

"이미 각오한 상태입니다. 두들겨 맞는 한이 있어도 다시는 할아버님 곁을 떠나지 않을 겁니다."

그의 결의가 굳건해 중년인은 더 거론하지 않았다.

잠시 어색한 침묵이 흘렀다. 다들 말없이 걷기만 했다. 그때 탈혼마인이 거칠게 고개를 돌려 중년인을 노려보았다.

"할아버님을 호위 중이라고 했지요?"

"그렇습니다만."

"그런데 여기서 무얼 하는 겁니까?"

차가운 추궁에 중년인은 아차 하는 표정을 지었다.

"이런, 내 정신 좀 보게! 이틀 전쯤 비명을 들었습니다. 조사를 위해……."

탈혼마인이 놀랍다는 투로 내뱉었다.

"허어, 거기까지 비명이 들렸던 겁니까?"

"예. 무슨 일이 벌어진 건지 아십니까?"

그러며 중년인은 힐끔 단우비를 보았다. 그와 관계가 있냐고 눈으로 물었다.

탈혼마인은 대답 대신 어깨가 아프다는 시늉을 하며 자연스럽게 단우비를 중년인에게 넘겨주었다. 협봉검 두 자루도 함께 건넸다.

그는 조마조마한 심정으로 중년인의 안색을 살폈는데, 다행히 그가 단우비를 알아보았다. 얼굴이 아니라 협봉검 덕분이었다.

"통천귀? 통천귀 단우비?"

확신이 아니라 반신반의하는 태도라 탈혼마인은 확답을 해 주지 않았다. 답답해진 중년인이 탈혼마인을 채근했다.

"통천귀가 맞습니까? 풍황님 말씀으로는 당신에게 빚을 세 개 졌으니 어쩌면 소문을 듣고 이곳으로 올지도 모른다고 하셨거든요. 인상착의를 알려주시며 오거든 제지하지 말라고 하셨지요. 금 소협 대신 하인으로 부려먹을 거라며 껄껄 웃으셨습니다."

친절한 설명 덕분에 탈혼마인은 이제 입을 열어도 된다고 판단했다.

"통천귀가 맞습니다. 며칠 전에 도착해 할아버님께로 가는 길이었는데, 비명이 들려와 그쪽으로 방향을 바꾸었지요."

"아……. 금 소협이 전투를 벌인 게 아니었군요. 통천귀가……."

"예. 제가 도착했을 땐 이미 상황이 종료되어 있었습니다. 호남무림인들로 추정되는 시체 수백 구와 부상 입고 혼절한 그를 보았지요. 할아버님을 도우러 온 자를 죽게 내버려 둘 수도 없고, 정황도 묻고 싶어 치료를 해 주었습니다."

"호남무림? 삼우각! 이것들이!"

"전쟁터의 병력 일부를 빼돌려 이곳으로 보낸 겁니다. 그가 모두 처리했다면 다행이나, 다른 병력이 더 있다면 분명 계속해서 할아버님을 노릴 겁니다. 절대 좌시할 수 없습니다!"

"옳은 말씀입니다! 천지태극회 분들께 알려 증원을 요청해야 합니다!"

탈혼마인은 잠시 머뭇거리는 척하다가 고개를 끄덕였다.

"그래 주십시오. 할아버님께서 이미 도움을 받기로 하신 상태이고, 적들은 그를 이 지경으로 만들 만큼 강하니까요."

금자강이라면 이렇게 대답할 것이다. 탈혼마인으로서도 문제될 건 없었다. 그가 거처에 도착하는 대로 풍황은 죽을 것이고, 증원 병력은 그 후에나 올 것이니까 말이다.

중년인은 부하에게 단우비를 넘겨주고 협봉검 두 자루는

자신의 허리춤에 찼다. 네 시진 후 일행이 잠시 휴식을 취할 때 의술에 조예가 있는 몇 명이 단우비에게 달라붙어 보다 정밀하게 치료를 해 주었다.

일행은 이튿날 저녁 무렵, 한때 무당파였던 곳에 도착했다. 여러 개의 산봉우리에 수십 채의 전각이 늘어서 있고 연무장, 호수, 연못, 암자 등등 볼거리가 풍부했다.

그러나 삼십 년 넘게 사람의 손때가 묻지 않아 상당히 을씨년스럽게 보이기도 했다.

풍황의 거처는 무당파 북서쪽 끝자락의 외진 곳에 있었다. 뒤편 절벽에 바짝 붙게 지어진 이 층 건물이었다. 이 층은 풍황이 쓰고, 일 층은 지금은 없는 아들 내외와 금자강이 썼다.

건물 주변을 다섯 개의 커다란 천막이 에워싸고 있었다. 호위하는 다섯 개 방파 백 명이 쉬는 곳이었다.

금자강 일행은 바로 나머지 팔십 명과 만났다.

다들 상황을 전해 듣고는 분개했다. 천지태극회의 문도 하나가 천지태극회주에게 전서구를 날려 증원을 요청했다.

단우비는 치료와 휴식을 위해 천막 중 하나로 옮겨졌다. 이미 그는 도구로써 제 몫을 다했기에 탈혼마인은 제지하지 않았다.

호위대 백 명은 더욱 경계를 철저히 했고, 탈혼마인은 이 층 건물로 다가갔다.

아직 해시 초로 그리 야심하지 않았다. 금자강이라도 이튿날 아침까지 기다리지 않고 풍황을 만나려고 했을 것이다.

솔직히 말하면 더 기다리고 싶지 않았다. 어서 풍황의 숨통을 끊고 싶어 좀이 쑤셨다. 게다가 밤은 암살을 끝마친 그의 도주를 원활하게 만들어 줄 것이었다.

문 앞에 선 그는 손잡이를 잡았다. 그러나 문을 열지 않았다. 아니 열지 못했다.

내부에서 기척이 전혀 느껴지지 않았다. 멀리 숨어 있을 때는 몰랐는데, 이렇게 가까이 접근해 보니 안에 아무도 없다는 걸 알게 되었다.

혹시나 하는 생각이 든 그는 옆을 바라보았다. 문 주변을 지키던 천지태극회 문도 세 명이 의이한 얼굴로 그를 쳐다보았다.

그는 그들에게 겁먹은 눈빛으로 난처한 표정을 지었다.

"그게…… 할아버님의 화를 누그러뜨리려면 술과 음식이 필요할 것 같습니다."

세 명 모두 고소를 금치 못했다.

다 큰 청년이 할아버지에게 야단맞는 것을 두려워하고 있다니!

하긴 상대가 그 성질 더러운 풍황이니 무리도 아니었다.

곧 십 대 후반의 소녀가 불려왔다. 구가장(拘家場)의 구영희(拘永喜)로 풍황에게 음식을 전하는 일을 맡고 있었다.

사정을 들은 그녀는 얼른 천막으로 달려갔다. 잠시 후 쟁반에 술과 음식을 가득 챙겨 왔다.

구영희는 쟁반을 탈혼마인에게 건넨 후 자신의 자리로 돌아가려고 했다. 그런 그녀를 탈혼마인이 붙잡았다.

"저기…… 죄송합니다만……."

"네?"

"함께 가주시겠습니까? 그리고 가능하면 계속 웃어주셨으면 합니다."

탈혼마인의 심정을 알 것 같아 구영희는 해맑게 웃으며 선뜻 수락했다.

"네! 맡겨만 주세요. 어르신이 소녀를 꽤 예뻐하시니 최대한 애교를 떨어볼게요."

"후우, 감사합니다."

탈혼마인은 살았다는 듯 과장되게 안도의 한숨을 내쉬었다.

구영희가 등잔을 가져오자 그는 문을 연 후 가만히 섰다.

그 행위를 친절로 받아들인 구영희는 탈혼마인에게 감사하다고 살짝 고개를 꾸벅인 후 먼저 건물 내부로 들어갔다. 뒤따라 안으로 들어간 탈혼마인은 발로 문을 닫았다.

건물 내부는 어둠이 지배했고 죽은 듯이 조용했다. 탈혼마인은 의도적으로 구영희의 반걸음 뒤에 위치해 그녀가 길을 이끌도록 유도했다.

구영희는 손에 든 등잔의 불빛에 의지해 천천히 거실을 가로질렀다. 이 층으로 올라가는 대신 정문 반대편의 벽으로 다가갔다.

벽에는 낮은 탁자와 그 위에 몇 개의 조각상이 놓여 있었다. 구영희는 왼쪽에서 세 번째 조각상을 붙잡았다. 금자강도 비밀통로를 여는 방법을 알겠지만, 현재 양손으로 쟁반을 든 상태이다 보니 자신이 열어야 한다고 생각했다.

탈혼마인은 속으로 쾌재를 불렀다. 정말 혼자 들어왔으면 큰 낭패를 볼 뻔했다. 그는 예순세 살이란 나이를 헛먹지 않았다며 능구렁이 같은 자신을 칭찬했다.

그 사이 구영희가 조각상을 돌렸다.

그런데 꿈쩍도 하지 않았다. 당황한 구영희는 조각상을 돌리려고 안간힘을 썼다.

"에? 이, 이게 맞는데? 왜 안 돌아가지?"

그녀는 도와 달라는 눈빛으로 탈혼마인을 보았다. 그러다 갑자기 탄성을 터뜨리며 허탈하게 웃었다.

"아! 헤헤, 맞다. 반대 방향으로 돌려야…… 응?"

일순 그녀의 몸이 정지했다. 미소를 지운 그녀는 느릿하게 고개를 돌려 의아한 표정으로 탈혼마인을 쳐다보았다.

뭔가가 이상했다. 도와 달라고 탈혼마인을 응시했을 때, 그는 아무런 행동도 취하지 않았다. 더군다나 한순간이지만 그의 눈빛에 무언가가 떠올랐었다.

그것은…… 살기였다. 명백한 살의였다.

"꺄! 꺄아아아아아아아아악!"

구영희는 덜덜 떨며 하늘이 떠나가라 비명을 질렀다. 그와 동시에 탈혼마인의 수도가 그녀의 목을 썰어 버렸다.

탈혼마인은 분통을 터뜨렸다. 반응이 반 박자 늦어 비명을 막지 못했다.

조각상의 회전 방향을 착각한 이 멍청한 년 때문에 공들인 계획이 엉망진창이 되었다.

냉정히 말해 그의 실수도 있었다.

자객은 의심이 많다. 티끌만 한 차이 하나로 암살의 성패와 생사가 결정되기 때문이다.

구영희가 끙끙거리며 자신을 바라보자 그는 정체가 발각된 것은 아닌지, 그녀가 자신을 시험하는 것은 아닌지 의심했다.

그로 인해 한순간 금자강이 아닌 탈혼마인으로 돌아가 버렸다.

더 빌어먹을 일은 그 잠깐 보인 본모습을 구영희에게 들키고 말았다는 것이었다.

탈혼마인은 이대로 조각상을 돌려 풍황에게로 갈지 아니면 도망칠지 고민했다.

그게 그의 두 번째 실수였다. 힘들게 여기까지 왔는데 포기할 수 없다는 욕망과 시간을 두고 다음 기회를 노리자는 이성이 충돌하며 그의 발을 묶었다.

그 사이 정문이 박살 나며 일단의 무리가 내부로 무수히 튀어 들어왔다.

선두에 선 천지태극회 문도들이 대번에 사태를 파악했다.

목이 잘린 구영희와 살기를 흘리는 금자강!

아니 금자강의 얼굴을 한 괴인!

"자객! 자객이다! 절대 놓쳐선 안 된다!"

그것으로 탈혼마인의 선택지는 하나로 줄어들게 되었다. 그는 한 손에 든 쟁반을 전면에 힘껏 던졌다. 술병과 잔, 접시, 음식물들이 흩뿌려져 호위대의 시야를 어지럽혔다.

탈혼마인은 신속하게 우측 벽으로 달려갔다. 그곳에 이 층으로 이어진 계단이 있었다. 그가 계단을 삼분지 일쯤 올랐을 때 검갑과 단도들이 짓쳐 들었다.

검갑과 단도들은 탈혼마인만 노리지 않았다. 그의 앞과 뒤의 공간까지 노려 오도 가도 못하게 막았다.

일순 탈혼마인의 발이 묶였고, 그 틈에 호위대의 수장이자 유일한 절정고수인 천지태극회 소속 방만신검(榜萬神劍) 매홍누(昧弘壘)가 신형을 날려 계단 중간에 착지했다.

계단이 좁아 탈혼마인이 이 층으로 가려면 매홍누를 물리쳐야 했다. 그러나 탈혼마인은 매홍누와 싸우는 대신 비전의 보법을 전개해 스쳐 지나가려고 했다.

벌써 백 명 전원이 건물 안으로 들어온 데다 그에게 짓쳐 들고 있어 매홍누와 싸울 시간이 없었다.

탈혼마인의 어깨가 움찔거린 순간, 두 가지 일이 동시에 일어났다. 탈혼마인의 몸이 매홍누의 시야에서 사라졌고, 매홍누가 검을 연속으로 휘둘러 전방에 크고 촘촘한 장막을 쳤다.

매홍누의 눈은 속였지만, 검의 장막을 뚫을 수는 없어 사라졌던 탈혼마인의 몸이 다시 나타났다.

탈혼마인은 이를 갈았다. 절정고수 하나의 존재감은 그야말로 엄청났다. 힐끗 주변을 살폈는데, 벌써 나머지 호위대가 삼 장 앞까지 다가와 있었다.

미간을 찌푸린 그는 품에서 환약 한 알과 철구 두 개를 꺼냈다. 환약을 입에 넣어 씹으며 철구 두 개를 손으로 박살 내 허공에 던졌다.

녹색 독무가 폭발하듯 뿜어져 삽시간에 일 층 전체를 뒤덮었다.

"크아아악!"

"커허어! 끄르르륵!"

독무를 흡입한 호위대가 목을 부여잡고 고통에 몸부림쳤다. 매홍누는 황급히 소매로 코와 입을 가렸지만 이미 늦었다. 가장 가까이에 있었던 터라 독무를 한 모금 마시고 말았다.

눈에 초점을 잃고 비틀거리는 그의 심장에 탈혼마인의 수도가 깊숙이 틀어박혔다.

탈혼마인은 스윽 장내를 훑었다. 서 있는 사람은 오직 자신 하나뿐이었다. 독자적으로 조제한 독약 두 개로 단번에 백 명을 몰살한 것이다!

'별것 아닌 놈들이!'

흐뭇하게 웃은 그는 몸을 돌렸다. 이제 이 층으로 올라갈 필요가 없어졌다. 정문으로 유유히 빠져나간 뒤 다음 기회를 노리면 되었다.

그는 가볍게 신형을 날려 거실 중앙에 착지했다.

그 직후, 요란한 폭음과 함께 조각상들이 놓여 있던 탁자 뒤편의 벽이 박살 났다. 파편들이 화살처럼 사방으로 쏘아졌다. 그뿐 아니라 구멍 뚫린 벽 안쪽의 어두운 공간에서 수십 가닥의 지풍이 밖으로 튀어나왔다.

헛바람을 집어삼킨 탈혼마인은 정문으로 도주하며 이리저리 민첩하게 움직여 지풍들을 피했다.

그런데 빌어먹게도 분명 피한 지풍들이 마치 눈이라도 달려 있는 것처럼 허공에서 방향을 바꾸어 재차 그를 노렸다.

탈혼마인은 사력을 다했으나 역부족이었다. 무려 십여 발의 지풍이 그의 사지와 몸통을 꿰뚫어 버렸다.

바닥에 드러누운 탈혼마인은 헐떡대기만 할 뿐 꼼짝달싹하지 못했다.

'빌어먹을 삼우각! 단전이 손상되었다더니, 다 개소리였

어!'

죽어가는 그의 눈에 거센 바람이 휘몰아쳐 내부에 자욱한 독무를 모조리 밖으로 몰아내는 광경이 들어왔다. 자신의 머리맡으로 다가와 서는 한 노인도 보였다.

그의 표적인 풍황 금영호였다.

풍황은 딱딱하게 굳은 표정으로 금자강의 얼굴을 한 자객을 노려보았다.

"자강이는 어찌 되었느냐?"

"훗, 알지 않소?"

탈혼마인은 비릿하게 웃었고, 풍황은 주먹을 떨며 두 눈을 질끈 감았다.

"……어떻게 찾았지?"

"제 발로 돌아왔더구려."

"흐으……."

가슴이 먹먹해 풍황은 탄식을 흘렸다. 탈혼마인이 남은 힘을 쥐어 짜 입을 열었다.

"자부심을 가져도 좋소. 나는 탈혼……!"

그러나 그는 더 말을 잇지 못했다. 얼굴을 일그러뜨린 풍황이 발로 그의 면상을 밟아 터뜨려 버렸기 때문이다. 천한 자객의 마지막 말 따위 전혀 들을 가치가 없었다.

무겁게 한숨을 내뱉은 풍황은 느릿하게 전면을 훑었다.

호위대가 몰살된 걸 보았지만 아무런 감흥이 없었다. 그의 진전을 물려받아야 할 금자강의 죽음이 너무나도 안타깝고 화가 날 뿐이었다.

'멍청한 녀석! 계속 숨어 있을 것이지…… 후, 며늘아기에게 자식 하나만 더 낳으라고 압박해야겠구먼. 차인(嵯刃)이가 무공에 소질만 있었더라도…… 쩝.'

금차인은 그의 아들이자 금자강의 아버지였다. 그를 어릴 때부터 훈련시켰으나 애석하게도 서른이 다 될 때까지 채 십 두의 내공을 쌓지 못했다. 그 정도로 금차인은 무공과는 인연이 없는 신체와 심성을 가졌다.

금자강을 대신할 손자가 생기더라도 금차인이 지도를 하는 건 불가능했다.

풍황 자신이 가르쳐야 한다.

문제는 그도 가르치는 데 그리 소질이 없다는 것이었다.

그는 금자강이 일곱 살 때 무리한 수련을 시켰다가 왼쪽 눈을 잃게 만들었다. 그 외에도 엄청나게 많은 시행착오를 거쳤다.

그 고난의 나날들을 처음부터 다시 시작해야 한다고 생각하니 풍황은 벌써부터 머리가 지끈거렸다.

새삼 괘씸해 그는 탈혼마인의 몸뚱이를 신경질적으로 걷어찼다. 그 충격의 여파로 탈혼마인의 시체가 바닥을 가로질렀고 이동 경로에 있던 호위대의 시신들마저 여기저기로 튕겨 나갔다.

그렇게 튕겨 나간 시신들 중 하나의 몸에서 두 자루의 황금빛 협봉검이 빠져나와 바닥에 나뒹굴었다.

풍황의 눈에 이채가 번뜩였다.

'저 무기는 그 당돌한 꼬맹이가 쓰던…… 응?'

그는 얼른 신형을 날려 협봉검 두 자루를 움켜쥐었다. 검의 손잡이에 새겨진 통과 천이란 글자를 확인하고는 입을 쩍 벌렸다.

"허! 맙소사!"

탄성을 터뜨린 풍황은 초조함을 감추지 못하며 집안에 있는 모든 시체의 얼굴을 확인했다.

시체들 중 단우비는 없었다. 영문을 몰라 눈알을 굴리던 그는 재빨리 밖으로 나갔다. 다섯 개의 천막을 하나씩 뒤졌다.

세 번째로 들어간 천막 안에서 부상 입은 채 곤히 잠들어 있는 단우비를 찾았다. 그의 목에는 황금빛 끈이 단단히 묶여 있었다.

풍황은 저도 모르게 대소를 터뜨렸다.

"후허허허! 이런 미친놈을 봤나? 정말로 세 가지를 다 모았다고? 이 정도로 멍청한 놈이 아직 세상에 남아 있었을 줄이야!"

그는 얼른 단우비를 안아 들었다. 거처로 돌아가며 자애로운 표정으로 단우비의 얼굴을 바라보았다. 그런 뒤 어두운 밤하늘을 지그시 응시했다. 저도 모르게 입가에 미소가 그려졌다.

'사조님들. 이게 당신들의 대답이로구려. 좋소이다! 사실 우리 금씨 가문이 풍마신장을 소유한 건 겨우 삼백 년 밖에 되지 않았지요. 당신들의 뜻대로 노부는 이제 핏줄에 연연하지 않겠소. 당신들이 천이백 년 동안 지켜온 망령을 쫓아온 이 아이에게 내 모든 것을 주리다. 허허허허!'

밝혀지는 비사

'실패했군.'

단우비를 안은 채 건물 내부로 사라지는 풍황의 뒷모습을 멀리 떨어진 나무 위에서 지켜보는 한 사내가 있었다.

나이는 사십 대 중반쯤이었고 비쩍 말라서 그런지 차갑고 신경질적으로 보였다.

무덤덤하게 결론 내린 그는 풍황이 완전히 모습을 감추자 소리 없이 나무 아래로 내려갔다. 풍황의 거처가 아니라 반대쪽 숲으로 천천히 움직였다.

그런 그의 감각에 하나의 기척이 느껴졌다. 몸을 숨기려던 그는 이내 기척이 낯익다는 것을 파악하고 제자리에 섰다.

잠시 후 그의 앞에 이십 대 초반의 청년이 등장했다. 역시 비쩍 말랐고 도드라진 광대뼈와 사각턱이 인상적이었다.

중년인은 다짜고짜 청년을 추궁했다.

"네가 여긴 어쩐 일이냐?"

청년도 인사말 없이 바로 본론을 꺼냈다.

"태사부님의 전갈을 가져왔습니다, 사부님."

"그 영감탱이가? 내가 여기 있는 건 어떻게 알았지?"

"사부님이라면 이 주변에 숨어 계실 거라고 생각했습니다."

"훗, 훌륭하다. 점점 나를 닮아가는구나."

"사부님께서 태사부님을 닮아가는 것처럼 말이지요."

청년의 입가에 미소 비슷한 것이 그려졌다. 멋들어진 받아치기에 기분이 유쾌해진 중년인은 다시 웃었다.

"영감탱이가 뭐라고 하더냐?"

"암살 성패에 따라 내용이 다릅니다."

"흠, 풍황은 살아 있다. 그리고 나는 풍황을 죽이지 않을 거다."

"부상을 입었어도 풍황은 풍황이로군요. 사부님조차 힘들다니 말입니다."

중년인의 눈매가 날카로워졌다.

"내 말 못 들었느냐? 못 죽이는 게 아니라 안 죽이는 거다!"

"이해가 안 됩니다만."

"삼우각이 나 외에도 다른 자객을 고용했다. 감히 나를 능멸한 거야! 아무튼 사흘 전 다른 자객의 존재를 파악한 시점에서 나는 암살을 중단하고 구경이나 하기로 했다. 이제 구경도 다 했으니 이 길로 삼우각주의 목을 따러 갈 작정이다. 대가를 치르게 해 줘야지. 으드드득!"

중년인은 멈춘 다리를 움직였다. 그런 그의 앞을 청년이 얼른 막고 나섰다.

"우선 태사부님의 전갈을 들어주십시오. 결정은 그 후에 하시는 게 좋을 것 같습니다."

일언지하에 거절하려던 중년인은 떨떠름한 표정을 지으며 청년에게 얘기해 보라고 손짓했다.

영감탱이가 죽기 전까지 그는 마음대로 할 수 없는 입장이었다. 짜증 나고 자존심 상하지만 그게 현실이었다.

"풍황이 살아 있으니 그 경우의 내용을 전하겠습니다."

"해 봐."

"의뢰 받은 지 벌써 석 달이 넘었는데 지금까지 대체 뭘 한 거냐? 분명히 말한다만 포기할 생각은 꿈도 꾸지 마라. 네가 죽든가 풍황이 죽든가 둘 중 하나뿐이다. 전자일 경우 노부는 땡전 한 푼 못 벌게 되지. 그러니 먼저 다른 의뢰를 처리해라. 그 뒤에 풍황을 죽이든가, 함께 죽든가, 너 혼자 죽든가 해."

"빌어먹을 영감탱이!"

찬바람이 쌩쌩 부는 전갈이라 중년인은 분통을 터뜨렸다. 그는 청년을 추궁했다.

"다른 의뢰는 무어냐?"

"……란 자가 청부를 해 왔습니다. 최대한 빨리 ……를 죽여 달라고 하더군요. 게다가 까다로운 조건마저 붙였습니다."

중년인은 눈을 빛냈다.

"까다로운 조건?"

"예. 이렇게 해 달라고 합니다."

청년은 의뢰인의 조건을 설명했다. 중년인은 비릿한 미소를 머금었다.

"후훗, 실로 흥미롭군. 즐길 가치가 있겠어."

"현재 표적은 이곳 무당산에 있습니다. 그렇기에 태사부님께서 의뢰를 받아들이신 거지요."

말을 하며 청년은 품에서 무당산의 지도를 꺼내 펼쳤다. 지도 군데군데에 붉은 점 네 개가 찍혀 있었다. 그는 그 붉은 점을 지목하며 덧붙였다.

"표적은 이 네 곳 중 하나에 있을 가능성이 높습니다. 지금부터 제가 풍황을 감시하겠습니다. 그동안 사부님께서 이 네 곳을……."

중년인이 손을 들어 청년의 말을 끊었다.

"아니, 그럴 필요 없다. 이곳에 있으면 돼."

"예?"

이해가 안 돼 청년의 눈망울이 흔들렸다. 그러나 중년인은 청년의 의문을 해결해 주지 않았다. 대신 그는 전면의 정문이 박살 난 이 층 건물을 뚫어져라 노려보았다.

'좋소, 사부. 풍황과 표적의 목 두 개를 동시에 따 주겠소. 내가 이미 당신을 능가했다는 것을 똑똑히 보여드리지. 후하하하!'

중년인의 정체는 천하삼대살수 중 하나인 이십사 대 적화사신 양일참(洋一斬)!

오백 년 역사를 자랑하는 일인전승의 암살집단 천살방(天殺房)의 당대 방주였다.

사흘이 지났건만 풍황의 거처 주변은 아무런 변화가 없었다. 백여 구의 시체가 썩어가며 악취를 풍기기만 할 뿐이었다.

하루가 더 흘렀을 때, 그제야 무언가 변화가 생겼다.

흑의를 입은 여섯 남녀가 장내에 등장했다. 뒤늦게 변고를 파악하고 흔적을 쫓아 여기까지 온 장무 일행이었다.

하지만 그들은 섣불리 이 층 건물로 접근하지 못하고 멀리 떨어진 곳에 서서 발만 동동 굴렀다.

그러기를 잠시, 장무가 용기를 내어 혼자 건물로 걸어갔다.

장무는 반 시진 후 밖으로 나왔다. 한결 홀가분해진 얼굴이었다. 그는 모두를 불러 상황을 설명했다.

그때부터 여섯 명은 분주하게 움직였다. 시체들을 한 곳에 모아 불태웠고 건물 안과 밖을 청소, 보수했다. 부서진 정문도 고쳤다. 그 후 건물 주변에 흩어져 경비를 섰다.

사마영영은 단우비의 곁에 있고 싶었으나 장무가 말려 그러지 못했다.

풍황이 귀찮게 하지 말라고 경고했기 때문이다.

단우비가 깨어나기 전까지는 풍황이 시키는 대로 하는 게 좋았다.

다행히 그날 오후, 무려 일주일 동안 잠들어 있던 단우비가 드디어 눈을 떴다.

"으윽! 아야야!"

온몸이 욱신거려 그는 얼굴을 찌푸린 채 앓는 소리를 내었다. 눈을 몇 번 끔뻑이자 흐릿하던 시야가 점점 선명해졌다.

단우비는 혼란을 맛보았다. 혼절하기 전까지만 하더라도 숲 속이었는데, 깨어나니 높이 일 장 너비 오십 평의 정사각형 석실 안이었다.

천장에 야명주가 하나 박혀 내부를 밝혔고, 바닥 중앙에 낮은 원형의 단이 만들어져 있었다. 그 단 위에 백발노인이 등을 보인 채 앉아 운기행공 중이었다. 백발노인의 옆에는 통천마궁이 합체된 상태로 놓여 있었다.

"헙!"

통천마궁을 보자마자 단우비는 헛바람을 집어삼키며 얼른 일어났다. 몸이 비명을 질러대긴 하나 뜻대로 움직여졌다.

의아함을 느낀 그는 반사적으로 왼쪽 가슴을 만져보았다. 상처가 완전히 아물어 흉터만 남아 있었다.

일주일 만에 움직여 욱신거리는 것뿐, 부상은 모두 회복된 것이다!

단우비는 단을 에둘러 이동해 백발노인의 앞에 섰다. 눈을 감은 채 집중 중인 저 얼굴은 분명 풍황이었다.

'금자강이 나를 이곳으로 옮긴 건가? 빌어먹을! 저 영감탱이가 통천마궁에 대해 알아 버렸잖아? 어쩌지?'

초조해서 손톱을 깨물며 고민한 단우비는 결심을 굳혔다. 잽싸게 통천마궁을 낚아채 도망치기로 했다.

그가 행동을 개시하려고 어깨를 들썩였을 때, 운기행공을 중단한 풍황이 눈을 떴다. 단우비는 도둑질하다 걸린 아이처럼 경직되었고, 풍황은 인상을 쓰며 쏘아붙였다.

"고 녀석 참 신경 쓰이게 만드는구먼. 당최 집중이 안 돼."

단우비는 통천마궁을 가리키며 방방 날뛰었다.

"누, 누가 할 소린데 그러세요? 여기 어디예요? 그리고 그건 제 거예요. 제 거라고요!"

풍황은 보란 듯이 통천마궁을 집어 무릎 위에 올렸다. 그는 지극히 진지한 어조로 물었다.

"단서를 어디서 얻었느냐?"

"엥?"

뜬금없는 질문에 단우비는 얼이 빠졌다. 상황 파악이 안 돼 눈알만 굴렸다. 답답해서 풍황이 언성을 높였다.

"이 세 개를 염천, 혈천, 흑천이 제각기 다른 장소에 숨겨두었다는 것은 안다. 노부가 궁금한 건 그 장소에 대한 단서를 네가 얻은 경위다."

잠시 멍하니 있던 단우비가 헛웃음을 터뜨리며 반문했다.

"허, 하! 마, 말도 안 돼! 영감님이 그걸 어떻게 아시는 거예요?"

"네 대답이 먼저다."

기세에서 밀리기 싫어 단우비는 의도적으로 퉁명스럽게 내뱉었다.

"싫다면요? 제가 먼저 대답을 듣고 싶다면 어쩌실 건데요?"

풍황은 말없이 기운을 내뿜었다. 단지 그것뿐이건만 석실의 공기가 판이하게 변했다. 단우비는 피부가 따끔거릴 정도로 무시무시한 압박을 느꼈다. 그래도 그는 애써 용기를 내어 마주 기운을 내뿜었다.

"운기 하는 걸로 봐서 영감님 아직 완치 안 됐죠? 전 다

나왔어요!"

당돌한 도발에 풍황은 강렬한 미소를 던졌다.

"칠 할쯤 회복되었지. 하지만 지금 이 상태로도 네 녀석쯤은 삼초식 안에 박살 낼 수 있어. 어디 한번 해볼 테냐?"

허언이 아니라는 듯 그는 몸을 일으키려고 했다. 크게 흠칫한 단우비는 안절부절못하다가 앓는 소리를 내며 힘없이 바닥에 주저앉았다. 내뿜은 기운도 모두 거두었다.

"제기랄……."

그의 축 처진 어깨가 풍황을 득의양양하게 만들었다. 승리의 쾌감을 만끽한 풍황은 화제를 본론으로 되돌렸다.

"어서 대답해라."

단우비는 기어들어가는 어조로 설명해 주었다.

"철도방 삼 대 방주의 일기요."

"더 자세하게 말해."

"철도방은 천이백 년 전 강서성의 주인이었어요. 그 당시 방주가 일기에 세 곳의 위치를 숨겨놓았죠. 그걸 제가 찾았고요."

"흐음, 강서성이면 혈천이로군. 셋 중 제일 똑똑한 놈이었지. 과연, 그 머리로 다른 두 놈이 숨겨둔 장소를 알아냈구먼. 철도방이라…… 아! 허허허, 제일 똑똑한 놈이 기가 막히게도 부하들에게 배신당해 죽었거든? 죽기 전에 철도방주란 놈에게 고문 같은 걸 당해 다 불어버린 것 같군. 철도방주는 후손을 위해 일기에 혈천에게서 알아낸 정보를 숨겼고. 허허허, 이제야 이해되는구먼."

단우비가 버럭 성을 내었다.

"저는 전혀 이해가 안 되거든요? 영감님 말로 머릿속이 더 뒤죽박죽이 되어 버렸다고요!"

"에잉, 쯧쯧쯧."

혀를 찬 풍황은 자리에서 일어났다. 놀랍게도 아무런 조건 없이 통천마궁을 단우비에게 던지고는 따라오라고 손짓했다.

얼른 통천마궁을 어깨에 멘 단우비는 긴장을 풀지 않으며 조심스레 풍황의 뒤를 따랐다.

석실 남쪽에는 거대한 석문이 닫혀 있었다. 그런데 풍황은 석문이 아니라 오른쪽의 벽으로 다가갔다. 그곳엔 사람 하나가 드나들 정도로 큰 구멍이 뚫려 있었다.

풍황이 구멍 안으로 들어가자 단우비는 기가 막혀 대놓고 투덜거렸다.

"거 참, 성격도 이상하시네. 멀쩡한 문 놔두고 왜 옆구리에 구멍을 뚫은 거람?"

그러나 풍황은 대답해 주지 않았다. 구멍 안쪽은 반월형 통로였고, 짧았다. 두 사람은 겨우 스무 걸음 만에 밖으로 나왔다.

석문과 다섯 장 길이의 또 다른 통로, 위쪽으로 이어진 계단이 단우비를 반겨주었다.

통로 벽에 등잔이 타오르고 있어 내부는 그런대로 밝은 편이었다.

석문 앞에 선 풍황이 멍청한 표정으로 주변을 두리번거리는 단우비를 불렀다.

"이리로 오너라."

단우비는 더듬더듬 움직여 풍황의 옆으로 다가갔다.

석문은 높이 여덟 자, 너비 여섯 자였다. 중앙에 원이 그려져 있고, 그 원 안쪽에 일정한 간격을 두고 두 개의 작은 구멍이 파여 있었다. 그리고 그 두 구멍을 가느다란 선이 이어놓았다.

원의 두 자 아래에는 어린아이 머리 하나 크기만큼 돌이 벗겨져 있었는데, 내부는 놀랍게도 시커멓고 우둘투둘한 철이었다.

겉만 돌일 뿐, 알맹이는 통짜 쇠로 구성된 석문인 것이다!

아니, 석문만 그런 게 아니었다. 좌측과 우측의 벽 일부도 돌이 벗겨져 시커먼 쇳덩이가 모습을 드러내고 있었으니까.

한 마디로 이 석문과 벽 전체가 거대한 쇳덩어리인 셈이었다.

풍황이 석문 중앙의 원을 가리키며 말했다.

"여기서 열쇠를 꽂아라."

"에? 열쇠라니요?"

"네 어깨에 멘 그것 말이다! 어서!"

그의 기세에 쪼그라들어 단우비는 제대로 된 생각을 할 수가 없었다. 그는 반쯤 얼이 빠진 상태로 통천마궁을 꺼내 석문 중앙에 섰다.

"이걸 여기에 꽂으라고요? 어떻게요?"

"뭘 어떻게야! 손으로 중간 부분을 잡고 양 끝을 구멍에 맞춰 밀어 넣어!"

거친 풍황의 호통에 움찔한 단우비는 얼른 통천마궁을 가로로 눕혀 원 안쪽의 두 구멍으로 가져갔다.

통천마궁의 길이와 두 구멍의 간격이 정확히 일치했다. 게다가 구멍 내부가 통천마궁과 같은 수준으로 휘어져 있었다. 덕분에 통천마궁의 뾰족한 양 끝이 너무도 수월하게 구멍 속으로 들어갔고, 시위 역시 가느다란 선 안으로 사라졌다.

그렇게 절반쯤 밀어 넣자 철컥! 하고 무언가가 맞물리는 소리가 터졌다.

단우비가 턱이 빠질 정도로 입을 크게 벌릴 때, 풍황이 다음 지시를 내렸다.

"열쇠를 오른쪽으로 반 바퀴 돌려라."

이제 단우비는 주저하지 않았다. 뭐에 홀린 것처럼 얼른 통천마궁을 돌렸다. 원판이 반 바퀴 회전하자 다시 철컥! 소리가 터졌다.

"열쇠를 손잡이로 삼아 문을 당겨라."

지시대로 단우비는 통천마궁을 양손으로 잡아 힘껏 당겼다. 그런데 미동조차 하지 않았다.

그는 당황한 표정으로 풍황의 안색을 살폈다. 풍황은 눈을 부라리며 돌이 벗겨진 부분을 가리켰다.

"문 두께가 다섯 자야! 게다가 보는 대로 겉만 돌일 뿐, 내부는 통짜 쇠로 되어 있어 엄청 무겁다. 이런 문이 팔심만으로 당겨지겠느냐? 내공을 써라, 멍청한 녀석아!"

'칫! 좋게 말하면 어디가 덧나기라도 하나?'

속으로 투덜거린 단우비는 내력을 끌어올렸다. 이십사 두의 내력으로는 꿈쩍도 하지 않던 문이 이십오 두로 높이자 거슬리는 마찰음과 함께 조금씩 당겨졌다.

잠시 후 석문은 뒤로 일곱 자 정도 이동한 상태가 되었다. 단우비는 전신을 땀으로 흠뻑 물들인 채 연신 거친 숨을 내뱉으며 힘겨워했다.

그런 그에게 풍황이 갑자기 목소리를 부드럽게 바꾸어 말했다.

"이제 안으로 들어가거라."

단우비는 지친 기색이 역력한 표정으로 다리를 움직였다. 석문 뒤로 이동한 뒤, 조금 전까지 머물었던 석실 안으로 들어갔다.

그때, 뒤따라 들어온 풍황이 문 앞에 서서 가볍게 박수를 치기 시작했다.

단우비는 영문을 몰라 반사적으로 몸을 돌렸다.

풍황은 여전히 박수를 치며 단우비에게 장난기 다분한 미소를 던졌다.

"천이백 년 만에 드디어 자격을 갖춘 자가 왔구나. 축하한다, 아이야. 여기가 네 목적지란다."

단우비는 아무런 말도 하지 못했다.

천이백여 년 전 무당파에 유진(惟眞)이란 도사가 살았다.

그는 어릴 때부터 무당 철학의 깊이에 매료되었다. 그래서 삶의 목표를 무당 철학을 탐구, 발전시키는 것으로 정하고 지위나 교우 관계 등 목표와 상관없는 것들은 일체 신경 쓰지 않았다.

성격마저 괴팍해 그는 서서히 무당파 내에서 고립되어갔다. 종내에는 지위가 높던 사형과 대판 싸우고는 무당파 북서쪽 끝자락의 외진 곳으로 쫓겨나는 신세가 되었다.

그래도 그는 상관없다는 듯 거처에 틀어박혀 목표에 매진했고, 어느 때부터인가 무당파는 그를 없는 사람으로 취급했다.

시간이 흘러 유진 도장의 나이 서른셋이 되었을 때, 무당파가 전 병력을 이끌고 하산했다. 하남성을 집어삼킨 흑천마황이란 자가 감히 무당파의 영역인 호북성을 침공했기 때문이다.

무당파 도사들은 이 년 후에 돌아왔다. 전력의 삼 할을 잃은 상태였으며, 오천 명의 패잔병들과 함께였다. 그들은 무당산에 최후의 방어선을 구축하고 결사항전을 준비했다.

며칠 후 흑천마황이 대군을 이끌고 쳐들어왔다.

전투는 불과 열흘 만에 끝났다. 무당파는 멸문만은 피하기 위해 굴욕을 무릅쓰고 백기를 들었다. 호북무림을 흑천마황에게 바치며 충성을 맹세했다.

그날 저녁, 무당파 내에서 한 잔의 술과 함께 달콤한 휴식을 취하고 있던 흑천마황의 앞에 유진 도장이 나타났다.

조금 전 유진 도장의 거처에 한 쌍의 남녀가 쳐들어와 행패를 부렸다. 외진 곳이라 운우지락을 나누기에 적당하다며 자신들이 거사를 끝낼 때까지 다른 곳으로 꺼지라고 협박했다. 우리가 이겼으니 여기도 우리 거라고, 우린 이곳에서 즐길 자격이 있다고 대소를 터뜨렸다.

연구를 방해받아 화가 머리끝까지 치솟은 유진 도장은 두 남녀를 흠씬 두들겨 팼다. 그래도 화가 풀리지 않아 원흉이 누구인지 알아보았는데, 다름 아닌 흑천마황이었다.

바로 그게 그가 흑천마황을 찾아온 이유였다.

유진 도장은 어이없어하는 흑천마황에게 경고했다.

"나를 방해하지 마라. 무당의 사람이 죽어도, 건물이 부서져도 나는 신경 쓰지 않는다. 내가 살아 있는 이상 무당의 철학은 후세로 전해질 것이니까. 그만큼 내가 하는 일은 중요하다. 그러니 뭔 짓을 해도 상관없지만, 두 번 다시 나를 방해하지 마라!"

흑천마황이 웃으며 "싫다면?" 이라고 비아냥거리자, 유진 도장이 그에게 따라오라고 손짓했다.

두 사람은 유진 도장의 거처로 가서 일전을 벌였다.

전투는 무려 하루 동안 계속되었다.

결과는 흑천마황의 근소한 승리였다.

흑천마황은 패배의 충격에 젖은 유진 도장을 죽이지 않았다. 신념이 확고한 인간이라 자신의 야망에 걸림돌이 될 것 같지도 않고, 적수다운 적수를 만난 건 처음이어서 죽이기 아까웠다.

그는 유진 도장에게 앞으로 부하들 때문에 문제가 생기는 일은 없을 거라고 약속했다.

그런 뒤 그는 천하일통을 달성하러 무당산을 떠났다. 유진 도장은 패배를 곱씹으며 더욱 맹렬하게 연구에 힘썼다.

그로부터 이십일 년 후 흑천마황이 염천마황, 혈천마황과 함께 유진 도장을 만나러 왔다. 세 사람 모두 부상을 치료 중인 단계여서 몰골이 상당히 초췌했다.

네 명은 하루 동안 대화를 나누었다.

단지 하루뿐이었지만 염천마황과 혈천마황은 만족했다.

흑천마황에게 들은 대로 유진 도장은 무당 철학을 탐구, 발전시키는 것 외에 다른 것은 전혀 관심이 없었다. 게다가 싸우면 이기긴 하겠지만, 자신들도 목숨을 걸 각오를 해야 할 정도로 강했다.

그야말로 자신들의 계획에 꼭 필요한 적임자였다.

이튿날 백 명의 인부들이 갖가지 도구를 들고 도착했다.

그들은 두 패로 나뉘어 작업을 시작했다.

오십 명은 유진 도장의 허름한 초가집을 부수었다. 그런 다음 뒤편 절벽에 바짝 붙여 무당파의 건축 양식을 모방한 이 층 건물을 건설했다.

나머지 오십 명은 건물 뒤편의 절벽을 파서 동굴을 만들어 나갔다.

난데없는 행패에 어이가 없어진 유진 도장은 이게 뭐하는 짓이냐고 삼천마황을 윽박질렀다.

대표로 흑천마황이 사정을 설명해 주었다.

얼마 전 삼천마황의 연합군과 통천마황의 세력이 강서성 포양호에서 결전을 벌였다.

전투는 삼천마황의 승리로 끝났다. 통천마황은 삼천마황의 합공에 죽었고 그의 세력도 팔 할은 사망, 나머지 이 할은 항복했다.

삼천마황 측도 성치는 못해 각자 치명상을 입었으며 세력마저 무려 칠 할씩 잃었다.

그래도 승리는 승리라 다들 흥분을 주체하지 못하며 방방 날뛰었다.

그런데 그때, 갑자기 혈천마황이 바닥을 뒤지기 시작했다.

통천마황이 쌍검술을 사용하다 사망해 통천마궁은 세 개로 분리되어 있는 상태였다. 혈천마황은 통천마궁의 지랄 같은 위력을 몸소 겪었기에 어떻게든 세 개 모두를 독차지하고 싶었다. 먼저 줍는 놈이 임자라고 했으니 염천마황과 흑천마황은 아무런 불평 못 할 것이다.

통검을 발견한 그는 얼른 달려가 회수했다. 그 뒤 천검을 찾고 있는데 빌어먹게도 흑천마황이 질 수 없다는 듯 먼저 발견해 허리춤에 꽂았다.

졸지에 선수를 빼앗긴 염천마황은 통천마황의 시체로 달려갔다. 그의 품을 뒤져 황금빛 끈을 손에 넣었다.

그런데 통천마황의 품속엔 황금빛 끈뿐 아니라 통마경(通魔經)이란 제목의 피 묻은 책도 들어 있었다. 통천마황의 시체는 절반 이상 훼손된 상태였지만 통마경은 전혀 손상되지 않았다.

쾌재를 부른 염천마황은 얼른 통마경을 품에 감추려고 했는데, 애석하게도 흑천마황과 혈천마황이 그 장면을 목격했다. 두 사람은 번개같이 신형을 날려 통마경을 움켜쥐었다.

그로 인해 삼천마황이 통마경을 삼분지 일씩 붙잡은 채 치열하게 눈싸움을 벌이는 상황이 전개되었다.

전투는 끝났으나 전쟁은 끝나지 않았다. 부상 회복과 세력 복구가 끝나는 대로 세 명은 동맹을 파기하고 예전처럼 천하를 차지하려 싸울 것이었다.

그들은 이십 년 넘게 전쟁을 벌였지만 지금까지 승패를 가리지 못했다. 실력이 백중세인데다 세력의 힘마저 비슷했기 때문이다. 게다가 어느 한쪽의 세력이 커지면 다른 둘이 힘을 합쳐 대항했기에 좀처럼 균형이 깨어지지 않았다.

그런데 이제 상황이 달라졌다. 그들이 힘을 합쳐 간신히 쓰러뜨린 괴물, 통천마황의 무공이라면 이 지지부진한 상황을 일거에 타파할 수 있었다.

한 마디로 삼천마황 중 통마경을 차지하는 자가 최후의 승자가 될 가능성이 높다는 뜻이었다.

그렇기에 삼천마황은 절대 통마경을 양보할 수 없었다.

세 사람의 팽팽한 대치가 이어질 때, 근처에 있던 한 강호인이 별생각 없이 검을 검갑에 넣었다. 청명한 쇳소리가 터졌는데, 그게 그들의 대치를 깨뜨렸다.

삼천마황은 동시에 흠칫하며 얼른 뒤로 튕기듯 물러났다. 여전히 통마경을 굳게 움켜쥔 상태로 말이다.

자연히 통마경은 세 덩어리로 찢어지고 말았다.

삼천마황은 서로를 견제하며 한 천막 안으로 들어갔다. 부하들이 전쟁터의 뒷정리를 하는 동안 그들은 대동한 의원 세 명의 치료를 받으며 회의를 시작했다.

결론은 쉽게 내려졌다.

그들은 각자 소지한 부분만으로는 통마경을 익힐 수 없다는 걸 인정했고, 상대에게 자신의 것을 양보할 생각은 추호도 없다고 못 박았다.

그런 이상 방법은 하나뿐이었다.

세 사람 모두 통마경을 익히지 않는 것이었다.

흑천마황은 결론이 내려졌으니 지금 서로가 보는 앞에서 통마경을 없애 버리자고 주장했는데, 혈천마황이 다른 제안을 내놓았다.

각자 세력을 복구하는 데에 최소 십 년이 걸릴 것으로 예상되었다.

현재 흑천마황이 차지한 성은 두 개이고, 혈천마황도 둘, 염천마황은 하나, 통천마황은 셋이었다.

모두 합해도 여덟 개밖에 되지 않는다.

천하엔 그들에게 저항하는 열 개의 성이 더 존재하고 있었다.

그 열 개 성의 강호인들은 통천마황과의 전쟁으로 세력이 약해진 그들을 공격할 가능성이 높았다.

삼천마황이 따로따로 대항해봤자 현재 세력으론 각개격파당할 뿐이었다. 그러니 혈천마황은 세력이 복구되는 십 년 후까지 동맹을 유지하자고, 그동안은 힘을 합쳐 적을 상대하자고 제안했다.

그런 후 그는 이렇게 덧붙였다.

'십 년 후 동맹을 파기하고 전쟁을 재개해 승자를 가리자.

패자는 죽고 단 한 명의 승자가 여덟 개의 성과 통마경, 통천마궁, 세 가지 모두를 차지하는 거다!'

통마경을 없애는 건 아깝고, 최후의 승자가 될 자신도 있어 염천마황과 흑천마황은 주저 없이 혈천마황의 제안을 받아들였다.

그때부터 일사천리로 계획이 진행되었다.

통천마황은 자식이나 제자가 없었다. 성격상 통마경의 사본을 만들어둘 위인도 아니었다. 그러니 통마경은 세 사람이 가진 것이 유일했다.

그들은 이 상태가 유지되길 바랐다. 사본이 만들어져 다른 누군가가 익힐 가능성을 미연에 방지하고 싶었다.

그래서 그들은 지금부터 계획이 끝날 때까지 한 시도 떨어지지 않기로 합의했다. 계속 서로를 견제하기로 한 것이다.

우선 적당한 장소의 적당한 동굴을 찾아야 했다.

그 동굴 속에 보고를 만들어 세 사람이 가진 통마경을 숨긴다.

보고의 문을 통천마궁으로 잠근 뒤 분리해 각자 하나씩 소유한다.

통천마궁을 사용하지 않고 다른 방법으로 보고를 열거나 부수려고 할 경우 동굴이 무너지는 장치를 해둔다.

그 장치는 삼천마황 중 누군가가 몰래 보고로 가서 통마경을 훔칠 위험을 완벽하게 차단시켜 줄 것이었다.

역시 같은 이유로 보고에 파수꾼을 세워 둔다.

우연이든 뭐든 보고를 찾아낸 누군가가 억지로 열려고 할 가능성이 있었다. 그러면 동굴이 무너져 통마경이 파괴되니 불청객들을 쫓아낼 강력한 파수꾼이 반드시 필요했다.

십 년 후 전쟁이 재개되면 승자가 패자의 목숨뿐 아니라 소지한 통천마궁 조각마저 빼앗는다. 그 뒤 통천마궁을 완성해 보고로 가서 통마경을 손에 넣는다.

여기까지 합의한 삼천마황은 보고를 만들 장소와 파수꾼 선별을 두고 열띤 언쟁을 벌였다.

저마다 자신의 영역 내에 보고를 만들고, 자신의 부하를 파수꾼으로 세워두려고 해 좀처럼 타협이 이루어지지 않았다.

그때 흑천마황이 잊고 지냈던 유진 도장을 떠올렸다.

혈천마황과 염천마황은 내키지 않았지만 흑천마황의 설득에 못 이겨 일단 유진 도장을 만나 본 뒤 결정하기로 했다.

회의를 엿들은 의원 세 명을 제거한 삼천마황은 부하들에게 뒷정리를 맡긴 뒤 곧장 무당산으로 떠났다.

직접 만나 본 유진 도장은 그들을 흡족하게 만들었다.

유진 도장은 흑천마황의 부하가 아니었다. 오히려 패배의 쓴맛을 안겨준 괘씸한 놈으로 생각하고 있었다. 더군다나 무당파의 지시를 받지도 않았고, 무당 절학 외의 다른 무공엔 전혀 관심이 없었다. 또한 웬만한 놈은 두들겨 패서 쫓아버릴 수 있을 정도로 강했다.

그야말로 파수꾼으로 적격이었다.

염천마황과 혈천마황은 무당산이 흑천마황의 영역 내에 있긴 하나 완성된 통천마궁이 없으면 보고를 열지 못하니 그 또한 괜찮다고 판단했다.

그래서 삼천마황은 이곳에 보고를 만들기로 결정했다.

이야기를 다 들은 유진 도장은 길길이 날뛰었다. 통마경에 관심이 없는 건 맞지만, 귀찮은 건 질색이었기 때문이다.

그런 그를 흑천마황이 윽박질렀다.

너는 이십일 년 전 내게 목숨을 빚졌다고, 이제 그 빚을 갚을 차례라고 말이다.

할 말이 없어진 유진 도장은 결국 파수꾼 역할을 받아들였다. 그는 삼천마황에게 완성된 통천마궁을 가지고 오는 자에게만 동굴을 열어 보고로 안내하겠다고 약속했다.

유진 도장은 이유야 어찌 됐든 한 번 내뱉은 말은 반드시 지키는 성격이라 삼천마황은 한시름 놓게 되었다.

삼천마황은 떠나지 않고 계속 머물며 치료에 힘썼다.

유진 도장은 인부들을 관리, 감독했다. 특히 그들이 동굴이 무너지는 장치를 제대로 만드는지 신경 썼다. 그리고 그 장치를 삼천마황이 보지 못하도록 감시했다.

파수꾼 역할을 맡은 이상 삼천마황이 완성된 통천마궁 외의 편법으로 보고를 열 가능성을 원천봉쇄해야 했기 때문이다.

삼천마황과 유진 도장은 때때로 모여 계획을 조금씩 수정해나갔다. 유진 도장도 이미 계획의 일부분이 되었기에 자연스레 회의에 참석하게 되었다.

반년 후 이 층 건물과 보고가 완성되었다. 삼천마황과 유진 도장은 보고 안으로 들어갔다.

유진 도장이 손에 든 목합 뚜껑을 열어 삼천마황 앞에 내밀었다. 삼천마황은 품에서 통마경을 꺼내 동시에 목합 안에 던졌다.

얼른 목합 뚜껑을 닫은 유진 도장은 보고 중앙의 원형 단위에 올려놓았다.

밖으로 나간 네 사람은 보고의 문을 닫았다. 삼천마황이 유진 도장에게 통천마궁 조각을 건네었다. 유진 도장은 통천마궁을 완성해 문을 잠근 뒤 다시 분리, 삼천마황에게 하나씩 돌려주었다.

모든 것이 끝나자 삼천마황은 밖으로 달려 나가 인부 전원을 몰살했다. 이로써 보고에 대해 아는 자는 삼천마황과 유진 도장뿐이게 되었다.

반 년간의 회의 결과 삼천마황은 통천마궁 조각을 각자 자신의 영역 어딘가에 숨겨두기로 했다.

계속 소지하고 다니기엔 잃어버리거나 도둑맞을 위험이 있었다. 게다가 그들의 나이도 어느덧 오십 대 후반이었다.

십 년 후면 육십 대 후반이 된다. 전쟁은 또 얼마나 걸릴지 알 수 없었다.

인정하기 싫지만 어쩌면 자신의 대에서 결판이 나지 않을지도 몰랐다. 그러니 그럴 경우에 대한 대책도 세워두어야 했다.

아마도 그들의 후손들이 천하일통의 야망을 물려받을 것이다. 통마경과 통천마궁 또한 마찬가지였다.

혈천마황은 약한 후손에게는 세 가지 모두를 차지할 자격이 없다고 생각했다. 그래서 그는 통검을 숨겨둔 장소에 후손을 시험할 갖가지 장치를 설치해두기로 마음먹었다.

후손이 그의 기대만큼 강하다면 통검을 손에 넣을 수 있을 것이고, 아니라면 기관 장치에 죽을 것이었다.

염천마황도 후손을 시험해 보기로 했다. 혈천마황과 다른 점이라면 후손이 강해질 수 있는 기회 또한 주기로 한 것이었다.

그러나 흑천마황은 달랐다. 그는 자신의 피를 물려받은 후손이라면 무조건 강할 거라고 확신했다. 그래서 어떤 시험도 하지 않을 작정이었다.

더군다나 자신의 승리로 전쟁이 끝나면 직접 통천마궁 조각을 회수하러 가야 하는데, 함정이나 기관 장치 같은 걸로 방해받고 싶지 않았다.

물론 혈천마황과 염천마황도 후손들에겐 어려울지 몰라

도 자신들에겐 쉬운 수준으로 보고를 만들 계획이었다.

삼천마황은 통천마궁 조각을 숨겨둔 장소에 무(武), 당(當), 파(派)란 글자를 하나씩 적어놓기로 했다. 통천마궁 조각을 모두 찾은 후손이 이곳에 올 수 있도록 말이다.

여기서 볼일을 다 본 삼천마황은 각자 통천마궁 조각을 숨기러 떠났다. 다시 혼자가 된 유진 도장은 인부들의 시체를 없앤 후 일상으로 돌아갔다.

십 년 후 흑천마황과 염천마황이 유진 도장을 찾아왔다. 당시 유진 도장은 하진(賀眞)이란 청년을 제자로 키우고 있었다. 평생의 연구와 파수꾼 역할을 물려주기 위함이었다.

그는 이미 삼천마황과 한 약속을 후손에게까지 물려주기로 결심한 상태였다. 약속은 약속이니까 말이다.

흑천마황과 염천마황은 유진 도장에게 혈천마황이 얼마 전에 죽었다고 밝혔다. 자신들이 죽인 게 아니라 병신같이 부하들에게 당했다. 구족마저 몰살되어 그가 통천마궁 조각을 숨긴 장소를 알 방법이 없어졌다.

두 사람은 어서 빨리 전쟁을 매듭짓고 혈천마황의 영역을 이 잡듯이 뒤져야 한다고 합의했다.

강서성과 복건성 전체를 뒤져야 하고 나이까지 많다 보니 세력 간의 전쟁을 할 여유가 없었다. 그래서 두 사람은 유진 도장을 입회인으로 삼아 생사투를 벌이기로 했다.

꽤 흥미로운 구경거리가 될 것 같아 유진 도장은 입회인 역할을 받아들였다.

흑천마황과 염천마황은 무려 이틀 동안 처절한 사투를 벌였다.

정오의 햇볕이 내리쬘 무렵, 흑천마황은 바닥에 대자로 드러누워 생에 작별을 고했다. 눈을 감기 전 그는 승자인 염천마황에게 대별산이란 말을 남겼다.

그러나 염천마황은 대별산으로 가지 못했다. 부상이 심각해 그대로 바닥에 쓰러졌다. 유진 도장이 치료에 힘썼으나 그는 채 하루를 버티지 못하고 유명을 달리했다.

그는 죽기 전에 유진 도장에게 간곡히 부탁했다. 대별산과 천자산이란 말을 아들에게 전해달라고 말이다.

좋은 구경도 했고, 죽어가는 자의 마지막 부탁을 거절하기도 힘들어 유진 도장은 고개를 끄덕였다.

유진 도장은 하진에게 흑천마황과 염천마황의 시신을 후손들에게 전해 줄 것이며, 염천마황의 아들에겐 대별산과 천자산이란 말을 전하라고 지시했다.

하진은 석 달 후 임무를 완수하고 돌아왔다.

사건은 그가 흑천마황과 염천마황의 시신을 후손들에게 돌려주고 얼마 지나지 않아 벌어졌다. 두 괴물의 죽음을 확인한 하남, 호북, 호남의 강호인들이 옳다구나 반란을 일으켜 흑천마황과 염천마황의 구족을 몰살해 버린 것이다.

그것으로 사천마황은 모두 죽었고 통마경과 통천마궁의

비밀을 아는 자는 세상에 오직 세 사람, 유진 도장, 하진, 철도방 삼 대 방주뿐이게 되었다.

"세상일이란 참으로 오묘하단 말이야. 혈천이 똑똑하지 못했다면, 그래서 상대가 통천마궁 조각을 숨겨둔 장소를 알아내지 못했다면, 철도방 삼 대 방주가 혈천을 고문하지 않고 바로 죽여 버렸다면, 일기에 단서를 숨겨두지 않았다면, 그 일기가 천이백 년 동안 보존되지 않았다면, 위에 열거한 사항들 중 단 한 가지라도 실현되었다면, 사천마황의 전설은 앞으로도 영원히 전설로만 남았을 게다. 그런데 그 모든 사항들이 절묘하게 맞물려 이렇게 네가 완성된 통천마궁을 가지고 노부의 앞에 나타나게 되었구나. 허허허허."

기나긴 이야기를 끝낸 풍황은 아련하게 미소 지었다.

단우비는 바닥에 주저앉아 넋 나간 표정으로 멍하니 풍황을 올려다보았다. 너무도 큰 충격을 받아 머릿속이 전혀 정리가 되지 않았다.

잠시 후 가까스로 정신을 차린 그가 나직이 입을 열었다.

"영감님은…… 유진 도장님의 후예인가요?"

"뭐 그렇지."

"영감님이 그렇게 강한 건 통마경을 익혀서이고요?"

"아니, 그건 아니야."

"예?"

통마경의 존재는 유진 도장의 연구에 알게 모르게 큰 영향을 끼쳤다. 더 정확히 말하면 통마경을 대하는 삼천마황의 태도가 유진 도장의 뇌리에 강렬하게 각인되었다.

삼천마황은 통마경만 있으면 천하를 손에 넣을 수 있다고 믿었다. 단지 한 권의 책일 뿐인데, 그들은 그것을 보호하고 차지하기 위해 보고를 만들고 열쇠를 세 개로 나누어 숨기는 등 온갖 수고를 아끼지 않았다.

일세의 효웅인 삼천마황조차 매료시킨 단 한 권의 비급!

이전까지 유진 도장의 목표는 무당파의 근간을 이룬 열세 가지 철학을 각기 연구, 발전시키는 것이었다.

그런데 통마경의 존재를 안 뒤로 그의 목표가 바뀌게 되었다.

그는 열세 가지 무당 철학의 정수만을 모아 융합하기 시작했다.

무당 철학들을 집대성해 통마경을 능가하는 무공을 만들기로 한 것이다!

유진 도장의 노력은 말년이 되어서야 결실을 맺었다.

처음엔 무당기공(武當氣功)이라고 이름 지었다. 그런데 너무 단순한 것 같아 풍천신장(風天神掌)으로 바꾸었다.

무기 따위의 도움 없이 두 손만으로 천하를 휩쓸어 버리는 무학이란 뜻이었다.

꽤 마음에 드는 명칭이었는데 문득 삼천마황이 떠올랐다. 그들의 영향을 받은 건 주지의 사실이었다.

삼천마황을 상징하는 글자는 마(魔)였다.

그래서 유진 도장은 그들을 기리는 의미에서 무공 명에 천(天)자를 빼고 마(魔)자를 넣었다.

그리하여 풍마신장이란 무공이 탄생하게 되었다.

유진 도장은 풍마신장이 통마경을 능가하는 천하제일의 무학이라고 자부했다.

하지만 인간의 욕심은 끝이 없었다. 그는 풍마신장이 천하제일을 넘어 고금제일의 무학으로 발전하길 바랐다.

그래서 그는 제자인 하진에게 풍마신장을 끝없이 발전시키라는 유언을 남겼다.

하진과 그의 후예들은 대대로 무당파 북서쪽 끝자락의 이층 건물에 살며 풍마신장을 개량, 발전시켜 나갔고 파수꾼 역할도 충실히 이행했다.

세월이 흐르고 흘렀지만 후예들 중 단 한 명도 강호에 출도해 명성을 떨치려고 하지 않았다. 다들 선대의 유지를 받들며 그저 조용히 살아갔다.

그러나 금영호의 아버지 금시진(金是眞)은 달랐다.

금시진은 천이백 년 가까이 숨죽인 채 살아온 선조들을 답답하게 여겼다. 코앞에 통마경이란 보물이 있는데 왜 파수꾼으로 만족하는지 도무지 이해를 할 수가 없었다.

그는 풍마신장과 통마경을 익혀 강호에 나가고 싶었다. 세상의 모든 강자들을 박살 내고 천하제일인, 아니 고금제일인이란 불멸의 명성을 쌓길 원했다.

하지만 그의 야망을 아버지 금부성(金浮星)은 들어주지 않았다. 그는 금시진에게 허튼 생각하지 말고 풍마신장을 발전시키는 것에만 집중하라고 윽박질렀다.

금시진은 금부성의 명령을 거스르지 못했다. 그렇다고 야망을 포기한 건 아니었다. 그저 억누른 채 금부성이 죽기만을 기다렸다.

그의 나이 서른이 되었을 때 금부성이 노환으로 사망했다.

그 즉시 금시진은 동굴 속 보고로 달려갔다.

우선 그는 손에 내력을 집중해 석문을 파보았다. 자칫 잘못하면 동굴이 무너질 것이기에 최대한 조심스럽게 작업했다.

예상보다 쉽게 구멍이 파지고 동굴도 무너지지 않아 그는 희망에 젖었다. 그러나 애석하게도 그 희망은 이내 절망으로 바뀌었다.

석문을 조금 파고들어 가자 단단한 쇳덩어리가 모습을 드러내었다. 겉만 돌일 뿐 알맹이는 통짜 쇠인 것이다!

아무리 고민해 봐도 동굴을 무너뜨리지 않고 이 쇠를 뚫을 방법이 없었다.

그는 혹시나 하는 기대감을 품고 석문 좌우의 벽을 파보았다. 빌어먹게도 그 벽들마저 내부가 통짜 쇠로 구성되어 있었다.

그래도 금시진은 포기하지 않았다. 그는 통로 왼쪽의 벽을 파기 시작했다. 거기까지 알맹이가 쇠로 구성되어 있지는 않길 바라면서 말이다.

다행히 통로의 벽은 그저 단단한 돌일 뿐이었다. 손으로 조심스럽게 파면 동굴이 무너지지 않는다는 것도 확인했다.

그는 이대로 반월형으로 구멍을 파면 언젠가는 석실 내부에 들어가 통마경을 획득할 수 있을 거라고 쾌재를 불렀다.

시간은 빠르게 흘러 어느덧 삼십 년이 지났다.

안타깝게도 금시진은 석실 내부까지 구멍을 뚫지 못했다. 그 무렵 그는 과로로 쓰러져 합병증에 시달리다 일주일 후 한 많은 생에 작별을 고했다.

그의 유지는 갓 스무 살이 된 아들 금영호에게로 이어졌다.

솔직히 말해 금영호는 통마경에 관심이 없었다. 통마경은 천이백 년 전에 성장을 멈춘 무학이지만, 풍마신장은 천이백 년 동안 끝없이 발전해온 무학이었기 때문이다. 그는 풍마신장은 이미 통마경을 뛰어넘었다고 확신했다.

하지만 어릴 때부터 금시진의 광기와도 같은 집착을 보며 컸기에 그는 통마경을 손에 넣어 아버지의 염원을 풀어주기로 했다. 그게 자식 된 도리라고 여겼다.

그가 구멍을 뚫기 시작한 지 팔 년이 흘렀을 때, 무당산에 변고가 발생했다.

작년에 무당산의 새 주인이 된 우사문이 뜬금없이 수백 년 동안 버려진 무당파를 보수해 관광명소로 꾸밀 계획을 세웠다.

금영호는 일단 지켜보았다. 자신의 거처는 무당파 북서쪽 끝자락의 외진 곳에 있으니 우사문이 여기까지 보수하러 올 가능성은 희박했다.

그런데 다른 건물들을 모두 보수한 우사문이 마지막으로 그의 거처를 손보기 위해 찾아왔다.

우사문은 버려진 이곳에 사람이 산다는 것에 경악했고, 금영호는 그들이 보고를 찾아 억지로 열려고 할까 봐 두려웠다.

그래서 그는 우사문도 삼십 명을 공격했다.

태어나 처음 하는 전투였다.

결과는 그야말로 놀라웠다. 그는 상처 하나 입지 않고 삼십 명 전원을 처리했다.

승리의 쾌감에 도취된 금영호는 문득 자신이 얼마나 강한 건지 궁금해졌다. 그는 곧장 무당산을 내려가 우사문에 쳐들어갔다. 역시 상처 하나 입지 않은 채 우사문도 이백칠십 명을 모조리 쓸어버렸다.

생각대로 풍마신장은 천하제일의 무학이었다.

자신은 무적의 고수였다!

신이 난 금영호는 무당산에 흩어져 살던 촌민들과 은거고수들을 하나도 남김없이 쫓아버렸다. 그 뒤 당당히 사람들 앞에 모습을 드러내어 무당산은 내 것이니 앞으로 누구도 출입하지 말라고 천명했다.

그렇게 그는 금시진의 꿈이었던 강호에 정식으로 출도하게 되었다.

그 후 금영호는 간간이 공명심에 들떠 찾아드는 날파리들을 박살 내며 명성을 쌓아나갔다. 한편으론 계속 보고에 구멍을 뚫었다.

십 년이 더 흘렀다.

금영호는 드디어 석실 내부에 들어가게 되었다.

부자 이 대, 무려 사십팔 년간에 걸친 노력이 결실을 맺은 것이었다.

"그래서요? 통마경을 찾은 거예요? 그 뒤 어떻게 됐어요?"

이야기가 너무도 흥미진진해 단우비는 눈을 빛내며 풍황을 채근했다. 풍황은 씁쓸하게 웃으며 아무것도 없는 중앙의 단을 가리켰다.

"아버님께 들은 대로 저기에 목합이 있었지."

풍황은 낡아빠진 목합을 잡았다. 통마경을 익힐 마음은 없었다. 그저 어떤 무공인지 확인하고, 그것이 풍마신장보다 아래라는 걸 입증하면 족했다.

목합은 뚜껑이 제대로 맞물리지 않고 헐렁했다. 게다가 군데군데 쩍쩍 갈라져 있었다. 아마도 질 낮은 나무로 만들었고, 천이백 년이란 시간이 그것을 손상시킨 것 같았다.

뚜껑을 열자 수북한 종이 쪼가리들이 풍황을 반겨주었다.

풍황은 목합을 탈탈 털어 종이 쪼가리들을 단 위에 뿌렸다. 일단 펼쳐 놓은 뒤 한 장씩 맞춰볼 요량이었다.

그런데 종이쪼가리들이 단 위에 닿기 무섭게 바스러져 가루가 되었다. 일부분은 단 위에 닿기도 전에 공중에서 바스러졌다.

난데없는 사태에 풍황은 심히 당황했다. 그가 어쩔 줄 몰라 하는 사이 통마경은 이미 삼분지 이 이상이 가루가 되어버렸다. 나머지 삼분지 일마저 손대는 족족 부서졌다.

그야말로 어이없는 결말이었다.

"뭐, 뭐, 뭐라고요? 그게 무슨? 아니! 난! 나는! 내가 얼마나! 그동안 얼마나 개고생해서! 하! 으! 왜! 왜! 대체 왜에에에에에!"

단우비는 머리를 쥐어뜯으며 발광했다. 사천마황의 전설을 쫓던 나날들이 주마등처럼 떠오르며 그를 미치고 환장하게 만들었다.

풍황이 심드렁하게 내뱉었다.

"왜긴 왜야? 멍청한 삼천마황이 보존을 전혀 신경 쓰지 않았기 때문이지. 그놈들은 빠르면 십 년, 늦어도 일이백 년 안에 자신들이나 후손들 중 하나가 통마경을 손에 넣을 거라고 생각해 목합을 단단히 밀봉하지도, 종이를 보전 처리하지도 않은 게야. 에잉, 쯧쯧. 공기가 흘러들어오는 목합 속에 담긴, 아무 보존 처리도 되어 있지 않은 종이 쪼가리들이 천이백 년을 어떻게 버텨?"

그 목소리가 단우비를 일깨웠다. 그는 매섭게 풍황을 노려보았다. 득달같이 신형을 날려 풍황의 멱살을 움켜쥐고는 사납게 윽박질렀다.

"거짓말이죠? 또 장난치는 거죠? 또 나를 가지고 노는 거죠? 통마경은 있죠? 있다고 말해! 있다고 말하란 말이야!"

풍황은 입을 열지 않았다. 그저 지극히 진지한 얼굴로 단우비를 바라보기만 했다.

단우비의 전신에서 생기가 급속도로 사그라졌다. 비틀거리며 뒷걸음질 친 그는 힘없이 바닥에 퍼질러 앉았다.

"아무것도 없다고? 죽을 고비를 수없이 넘기며 겨우 여기까지 왔는데, 아무것도 없다고……? 뭐 이런 개떡 같은 일이……!"

울먹이는 단우비에게 풍황이 힘주어 말했다.

"아무것도 없다니, 그게 무슨 소리냐?"

두 눈을 휘둥그레 뜬 단우비가 고개를 번쩍 쳐들었다.

"통마경이 가루가 되었다면서요? 삼천마황도 비급을 남겨두지 않았고요. 그러니까 아무것도 없는 거 아니에요? 있어요? 있는 거예요?"

"사천마황의 비급은 없다. 하지만 이렇게 노부가 네 녀석의 앞에 있지 않느냐?"

"에?"

이해가 안 돼 단우비의 눈망울이 크게 흔들렸다. 풍황은 의도적으로 강렬한 기운을 발산했다.

"귀찮음을 무릅쓰고 네게 이 모든 이야기를 해 준 이유는 두 가지다. 사천마황의 비급이 존재하지 않는다는 걸 납득시키고, 풍마신장이 사천마황의 무공을 능가한다는 걸 가르쳐 주기 위해서야."

뭔가 하고 귀를 기울였던 단우비는 대놓고 인상을 찌푸렸다.

"칫! 결국 자기 자랑이네. 풍마신장이 천하제일이라고 자랑하는 거야. 통마경도 아니고 풍마신장이 대체 나랑 무슨 상관있담!"

"지금까진 상관이 없었지. 하나! 앞으로는 있다!"

"하, 대체 무슨 말씀을 하고 싶으신 거예요?"

짜증을 내는 단우비에게 풍황이 드디어 본론을 꺼냈다.

"과거를 모두 잊어라. 지금부터 너는 노부의 제자다. 노부가 그러했듯 너도 앞으로는 이곳을 터전으로 풍마신장을 발전시켜 후대에 물려주는 일을 하며 살아야 한다."

황급히 몸을 일으킨 단우비가 풍황을 채근했다.

"제, 제게 풍마신장을 가르쳐 주시겠다고요?"

"물론이다!"

"금자강은 어쩌고요?"

"그 녀석은 죽었다."

"아…… 어쩌다가요?"

"얘기가 길어. 아무튼 그래서 이것도 인연이란 생각에 네게 노부의 사명을 물려주기로 한 게야."

단우비는 주먹을 불끈 쥐었다. 금자강에겐 미안하나 뛸 듯이 기쁜 게 사실이었다.

이곳엔 아무것도 없지 않았다. 금영호를 풍황으로 만들어 준 절세의 무공, 풍마신장이 그를 기다리고 있었다!

흥분과 기대감이 전신을 장악했는데, 문득 머리 한구석에 현실적인 문제들이 슬그머니 피어올랐다.

단우비는 난처한 기색을 띠며 풍황의 눈치를 살폈다.

"저기, 풍마신장을 가르쳐 주시는 건 고마운데요, 제가 할 일이 많아가지고……."

풍황은 단호하게 손을 휘저었다.

"네 과거 따위 관심 없고, 알고 싶지도 않다. 모두 잊어라. 이제 네 사명은 오직 하나, 풍마신장을 발전시켜 후대에 물려주는 것뿐이다."

"아니, 그게 말이에요, 영감님께 숨긴 게 몇 가지 있는데요, 사실 저는 떠돌이가 아니라 복건성 단우세가의……."

"관심 없다고 했다!"

막무가내인 풍황의 태도에 단우비는 열불이 치밀었다. 눈치고 뭐고 그는 마주 언성을 높였다.

"우화! 뭐 이딴 인간이 다 있어? 내게도 사정이란 게 있다고요! 이게 그 주객, 뭐지? 아! 주객전도! 주객전도란 거예요! 목적을 위해 힘이 필요해서 여기까지 온 건데, 힘을 손에 넣으려면 목적을 포기해야 한다고? 하! 이게 대체 말이나 돼요?"

"내 알 바 아니다! 노부는 이미 결정을 했어. 그러니 너는 노부가 시키는 대로 해야만 해!"

"씨발! 싫다면요? 풍마신장이고 나발이고 배우기 싫다면 어쩔 건데요? 앙?"

단우비와 풍황은 살벌한 기운을 내뿜으며 치열하게 눈싸움을 벌였다. 누구 한 사람 먼저 고집을 꺾으려고 하지 않았다.

그때 풍황이 갑자기 뒤편을 가리키며 말했다.

"몇 시진 전에 네 녀석의 마누라와 부하들이 찾아왔더구나. 대를 이으려면 계집이 필요하고, 나머지는 하인으로 부려먹으면 될 것 같아 살려두었지. 하나 계속 이렇게 반항한다면, 네 눈앞에서 그 연놈들을 모조리 다 죽여 버리겠다."

소름 끼치는 협박에 단우비는 헛바람을 집어삼켰다. 그는 얼른 기운을 거두며 애원했다.

"자, 잠깐! 잠깐만요! 일단 진정하세요. 진정하시고, 제 말을 좀 들어보세요. 서로 조금씩 양보하면 타협점을 찾을……."

"흠, 그렇구먼. 뭐 어쩔 수 없지."

주저 없이 몸을 돌린 풍황이 석실 밖으로 사라졌다.

정말로 사마영영과 장무 일행을 죽이러간 것이다!

"이! 이 빌어먹을 영감탱이가아아아!"

단우비는 악을 지르며 부리나케 풍황을 뒤쫓았다. 맨손으론 대적할 수 없어 통천마궁을 회수했다. 혼자 힘으로는 분리가 불가능하고 활로도 써먹을 수 없지만, 그래도 아무것도 없는 것보다는 나았다.

통천마궁을 굳게 움켜쥔 단우비는 필사의 각오를 다졌다.

무슨 수를 써서라도 사랑하는 사마영영과 수족 같은 부하들을 지킬 것이었다.

단 한 사람도 죽게 내버려 두지 않는다!

비극

풍황과 단우비가 대화를 나누는 사이 날이 저물어 무당산은 어둠이 지배하고 있었다.

건물 밖으로 뛰쳐나온 풍황을 쌀쌀한 바람과 달빛이 맞이해 주었다. 이상하게도 장무 일행 중 단 한 명도 보이지 않았다.

감각을 끌어올린 풍황은 주변을 두리번거렸다. 다섯 개의 천막 중 하나가 절반쯤 해체되어 있었다. 그리고 나머지 넷 중 두 곳에서 인기척이 느껴졌다.

풍황은 그중 세 개의 기척이 느껴지는 천막으로 달려갔다. 뒤늦게 밖으로 나온 단우비가 추격하며 고래고래 외쳤다.

"멈춰요! 제발 멈추란 말이에요!"

그러나 풍황은 들은 척도 하지 않았다.

단잠에 빠져 있던 동, 춘, 황추는 단우비의 고함을 듣고 벌떡 상체를 일으켰다. 그들의 눈에 막 천막 안으로 침입한 풍황이 보였다. 그는 무시무시한 살기를 내뿜고 있었다.

헛바람을 집어삼킨 세 사람은 반사적으로 무기를 움켜쥐며 침상 아래로 내려왔다.

"멈추라니까! 이 미친 영감탱이야!"

천막 밖에서 들려오는 단우비의 외침을 다시 무시한 풍황은 다짜고짜 세 사람을 덮쳤다.

그의 오른손에 무시무시한 기운이 응집되어 갔다.

풍마신장 격공 편 제일초식 거풍이었다!

사신이 짓쳐 들고 있건만 동, 춘, 황추는 꼼짝달싹하지 못했다. 호랑이 앞의 토끼처럼 그저 부들부들 떨며 죽음을 기다릴 뿐이었다.

천막 안으로 뛰어 들어온 단우비가 오른손을 앞으로 뻗으며 하늘이 떠나가라 절규했다.

"알았어요! 알았다고요! 시키는 대로 할게요! 그러니까 제발 멈춰요!"

절반쯤 출수된 거풍이 씻은 듯이 자취를 감추었다. 동, 춘, 황추는 마른침을 삼키며 안도했고, 풍황은 단우비를 돌아보며 안광을 번뜩였다.

"네 입으로 분명하게 말해라! 어서!"

"이이! 제기랄! 저 단우비는 영감님의 제자가 되겠습니다! 앞으로 영감님이 시키는 대로 하겠습니다! 이제 만족해요?"

"남아일언!"

"중천금!"

"후후후. 그래, 만족한다. 이거 효과 만점이로구먼."

풍황은 빙그레 웃었다. 정말 한 대 때려주고 싶을 정도로 얄미운 미소였다.

그때 죽음의 공포에서 어느 정도 회복된 동이 조심스레 입을 열었다.

"저기, 대장. 뭐가 어떻게 돌아가는 건지 영문을……."

단우비는 신경질적으로 손을 휘저었다.

"복잡해. 아주 더럽게도 꼬였어! 뚱뚱이 어디에 있어? 뚱뚱이랑 먼저 상의를 해봐야 해!"

지모만 따지자면 동이 장무를 능가하지만, 단우비는 장무를 가장 의지하고 있었다. 그렇기에 그는 장무에게 모든 것을 털어놓고 대책을 강구하는 게 우선이라고 판단했다.

춘이 고개를 갸웃거렸다.

"사부님 못 봤어? 이번 당번이 사부님과 영영 아가씨인데?"

"당번? 그건 또 뭐야?"

날이 선 단우비의 질문에 동이 대답해 주었다.

“우린 밤에 두 명씩 삼교대로 경비를 서기로 했어. 자정까지 장무님과 영영 아가씨가, 인시 초까지 나와 춘삼이 형이, 아침까지 대추 형과 흑요 누나가 말이야. 두 분 건물 앞에 없었어?”

단우비는 혼란에 빠졌다.

“없었어. 아무도 못 봤어.”

그때 다른 천막에서 자고 있던 흑요가 슬그머니 내부로 들어왔다. 좌중을 한번 훑은 그녀는 단우비와 풍황을 지나쳐 황추의 곁으로 가서 섰다.

단우비가 그녀에게 삿대질을 하며 추궁했다.

“야, 야! 뚱뚱이랑 영영이 못 봤어?”

흑요는 특유의 무감정한 어조로 대답했다.

“정문에 없기에 이곳에 함께 계신 줄 알았습니다만.”

“하! 뒷간에라도 간 건가? 자, 잠깐!”

어떤 불길한 생각이 떠올라 단우비는 풍황을 노려보았다. 그는 대놓고 살기를 뿌렸다.

“영감님! 설마 죽인 거예요? 내가 가장 사랑하는 여자랑, 가장 신뢰하는 부하를 죽인 거냐고!”

대답 여하에 따라서는 공격도 불사할 각오였다.

그 격렬한 반응으로 풍황은 단우비에게 사마영영과 부하들이 얼마나 소중한 존재인지를 새삼 확실히 깨닫게 되었다. 얼굴에 웃음기를 지운 그는 진지하게 대답했다.

"노부 역시 아무도 보지 못했다. 그리고 앞으로는 사부님이라고 불러라."

"맹세해요?"

풍황은 대답 대신 단우비를 노려보며 압박을 가했다. 이를 간 단우비가 다시 물었다.

"사부님, 맹세할 수 있어요?"

"그래. 사부는 네 여자와 부하를 죽이지 않았다."

"뭐야, 그럼? 대체 둘 다 어디에 있는 거야?"

분통을 터뜨린 그는 얼른 천막 밖으로 나갔다. 풍황과 동일행도 그의 뒤를 따랐다.

단우비는 건물 정문으로 다가가며 동에게 물었다.

"저기야? 뚱뚱이랑 영영이가 저기에 있어야 해?"

동은 그렇다고 고개만 끄덕였다. 불길한 예감이 엄습해 대답할 여유가 없었다.

달을 보니 축시 초였다. 교대 시간인 자정에서 무려 반 시진이나 더 지난 것이다.

적은 단우비를 공격한 자들과 풍황을 노린 자들, 최소 두 무리였다. 둘 모두 삼우각의 사주를 받았을 공산이 컸다.

그 둘이 전부라면 모두 죽었으니 다행이지만, 만약 삼우각이 다른 병력들마저 투입한 상태라면, 그 병력의 목적이 단우비라면, 단우비를 함정에 빠뜨리기 위해 장무와 사마영영을 납치한 거라면 상황은 그야말로 끔찍해진다.

동은 정문 앞에 서서 씩씩거리는 단우비를 뒤로하고 면밀하게 주변을 조사했다. 그는 이내 안도의 한숨을 내쉬었다.

장무의 발자국과 사마영영의 발자국이 오른쪽의 숲으로 이어져 있었다. 눈 씻고 찾아봐도 다른 이의 흔적은 전혀 없었다.

이것은 두 사람이 타의가 아니라 자의로 움직였다는 것을 증명했다.

문제가 발생하면 나머지 일행을 깨워 함께 대책을 강구하기로 했으니, 단둘이 무언가를 조사하러 갔을 가능성도 희박했다. 사마영영은 몰라도 신중한 장무가 섣불리 움직일 리 없기 때문이다.

결국 두 사람은 별것 아닌 일로 잠시 자리를 비운 것뿐이었다.

논리적인 동의 결론에 모두들 안도했다. 그들은 정문 근처에 모여 장무와 사마영영이 돌아오기를 기다렸다.

그런데 반 각 후 단우비의 인내심이 바닥났다.

"왜 안 와? 사태가 얼마나 심각한데, 대체 뭣들 하고 자빠진 거야?"

분통을 터뜨린 그는 누가 말릴 새도 없이 오른쪽 숲으로 성큼성큼 걸어갔다. 자리를 이탈한 합당한 이유가 없으면 두 사람을 흠씬 두들겨 패줄 거라고 이를 갈았다.

풍황도 기다리는 건 성미에 맞지 않아 단우비의 옆에 붙었다. 그는 조금도 위기의식을 느끼지 않았다. 동의 추측이 틀려 심각한 문제가 발생한 거라고 해도, 자신과 단우비가 함께 있으니 능히 박살 내버릴 수 있다고 믿었기 때문이다.

실로 오만한 생각이었지만 그는 그래도 되는 강자였다.

단우비 일행은 장무와 사마영영의 발자국을 좇아 숲을 한 식경 정도 가로질렀다.

그때 저 멀리 어둠 속에서 낯익은 남녀의 신음이 들려왔다.

고통의 소리가 아니었다.

쾌락과 희열로 가득한 소리였다!

그 소리를 듣자마자 단우비의 이성이 뚝! 끊겼다. 그의 전신에서 무시무시한 살기가 폭발적으로 뿜어졌다. 주먹이 떨렸고 얼굴도 일그러질 대로 일그러져 있었다.

"아, 아니야…… 아니야! 아니야아아!"

분노에 휩싸인 단우비는 괴성을 지르며 미친 듯이 질주했다. 풍황은 흥미롭다는 표정으로, 동 일행은 말도 안 된다고 눈빛을 교환하며 신형을 날렸다.

장무와 사마영영이 사라진 이유가 어둠을 틈타 불륜을 저지르기 위해서라니! 도저히 믿을 수 없고, 믿고 싶지도 않았다.

잠시 후 단우비 일행은 신음의 근원지에 도착했다. 그들의 몸이 약속이나 한 듯 동시에 석상처럼 경직되었다.

무리도 아니었다.

전면 나무 아래에 홀딱 벗은 일남일녀가 한데 뒤엉켜 있었다. 그들은 열광적으로 서로의 몸을 탐하며, 격렬하게 정사를 나누었다. 두 사람이 발산하는 후끈한 열기와 낯 뜨거운 신음이 주변을 가득 메웠다.

단우비 일행의 기척을 느끼지 못할 정도로 그들은 쾌락의 늪에 빠져 있었다. 달빛이 땀으로 흠뻑 젖은 그들의 나신과 질펀한 정사, 그리고 희열에 젖은 얼굴을 적나라하게 비추었다.

잔디에 누워 교성을 흘리는 여자는 사마영영이었고, 그녀의 위에 올라타 헐떡대는 남자는 장무였다.

단우비는 하늘이 무너지는 듯한 절망감을 맛보았다. 너무 서럽고 분해 눈물마저 흘렸다. 악몽이라면 좋을 텐데, 빌어먹게도 아니었다. 더없이 잔인한 현실이었다.

가장 사랑하는 여자와 가장 신뢰하는 부하가 자신의 눈앞에서 불륜을 저지르고 있었다!

언제부터일까? 이들의 불륜은 언제, 어떻게 시작된 것일까?

누가 먼저 상대를 유혹했을까? 장무일까? 아니면 사마영영일까?

이유가 무엇일까? 자신이 대체 이들에게 얼마나 큰 죄를 지었기에, 이리도 비참한 심정을 느끼게 만드는 것일까?

이유를 알아야 했다. 두들겨 패 죽이기 전에 이 연놈들에게서 반드시 대답을 들어야만 했다.

"뚱뚱이이이이이이!"

통천마궁을 내팽개친 단우비는 울부짖으며 장무와 사마영영에게 짓쳐 들었다.

외침에서도 알 수 있듯 그의 분노는 장무에게 집중되어 있었다. 사랑을 저버린 여자보다 우정을 저버린 친구에게 더 큰 배신감을 느꼈기 때문이다.

단우비의 절규를 들었을 것이건만 장무와 사마영영은 아랑곳하지 않았다. 오히려 더욱 격렬하게 서로의 육체를 탐했다.

이것은 이제 들켜도 상관없다고, 우리의 행위를 보라며 대놓고 단우비를 엿 먹이는 짓이었다.

"으아아아아!"

분노의 화신이 된 단우비가 재차 악을 질렀다. 그의 전신에서 뿜어지는 오싹한 살기가 장내를 무겁게 짓눌렀다. 정사의 열기 또한 여전히 장내를 지배하고 있었다.

단우비는 두 손으로 거칠게 장무의 목을 움켜쥐었다. 더는 눈 뜨고 볼 수 없어 일단 두 사람을 떨어뜨려 놓을 작정이었다. 그런 뒤에 추궁을 하든, 두들겨 패 죽이든 해야 했다.

장무와 사마영영이 뒤엉켜 있는 잔디 바로 아래의 땅속에서 느닷없이 한 자루의 검이 솟구친 것은 그때였다.

그 검은 비정하게도 사마영영과 장무의 허리를 동시에 썰어버렸다. 그것으로도 만족하지 못하는지 궤도를 바꾸어 단우비의 심장에 꽂혀들었다.

단우비는 장무의 등 바로 위에 허리를 숙이고 있어 피할 시간이 없었다. 아니 그는 피해야한다는 생각 자체를 하지 못했다.

지금 무슨 일이 벌어진 건지 현실감이 전혀 느껴지지 않았다.

왜 장무와 사마영영의 허리가 두 동강이 나는 건지, 왜 그들에게서 뿜어진 피가 자신의 온몸을 흠뻑 적시는 건지 도무지 알 수가 없었다.

장무와 사마영영의 피를 맛본 검이 정신 나가버린 단우비의 심장 두 치 앞까지 짓쳐 들었다.

바로 그때, 어느새 신형을 날린 풍황이 한 손으로 단우비의 뒷목을 낚아채어 힘껏 당겼다. 검은 아슬아슬하게 단우비의 턱 끝을 스치고 지나갔다.

풍황은 다른 손으로 피 묻은 검의 주인, 장무와 사마영영의 두 동강 난 시체를 좌우로 밀어내며 지상으로 솟구치는 자객에게 장풍을 뿌렸다.

자객의 두 눈이 부릅떠진다 싶더니 몸이 형체도 없이 터졌다.

그와 동시에 오른쪽 일 장 떨어진 나무 뒤에서 한 인영이 소리 없이, 빛과 같은 속도로 튀어나와 풍황의 등에 일검을 찔렀다. 그 검은 정확히 풍황의 심장을 겨냥하고 있었다.

장내에 도착한 직후부터 동 일행은 얼이 빠진 상태였지만 풍황만은 제정신을 유지하고 있었다. 그러나 그런 그조차 두 자객의 기척을 전혀 감지하지 못했다.

두 자객이 비전의 귀식대법, 정사의 열기와 신음, 계산에 없던 단우비의 살기까지 최대한 활용해 기척을 완벽하게 죽였기 때문이다.

게다가 풍황은 막 출수한 상태였고 등을 보이고 있었다.

그야말로 풍황에게 있어 최악의 상황이었고 반대로 자객, 적화사신 양일참에게 있어서는 최고의 상황이었다.

적화사신은 소중히 키운 제자마저 희생시켰으니 무슨 일이 있어도 이 기회를 놓치지 말고 풍황을 제거해야 한다고 필사의 각오를 다졌다.

그러나 풍황은 풍황이었다. 적화사신의 검이 등에 닿기 일보 직전, 늦게나마 살기를 느낀 풍황이 사력을 다해 몸을 비틀었다.

적화사신의 검은 풍황의 심장 바로 위 어깻죽지에 꽂혔다.

풍황은 고통을 참으며 반 바퀴 회전했다. 그때 적화사신은 검을 굳게 움켜쥐고 있었다. 그로 인해 두 고수의 힘을 이

겨내지 못한 검이 부러져버렸다.

적화사신과 풍황이 마주 보는 상태가 되었다. 적화사신은 부러진 검을 풍황의 면상에 꽂았고, 풍황도 장풍을 날렸다.

장풍이 반 박자 빨랐다. 풍황의 얼굴은 무사했고, 적화사신의 얼굴은 폭발하듯 수백, 수천 조각으로 터져버렸다.

그 순간, 장무와 사마영영이 정사를 나누었던 나무 위의 무성한 잎사귀들 속에서 한 개의 비표가 지상으로 쏘아졌다.

그것은 순식간에 풍황의 정수리를 꿰뚫고 턱 아래로 튀어나와 바닥에 박혔다.

"끄, 끄으으……!"

풍황은 관통당한 상처와 칠공에서 피를 뿜으며 부들부들 떨었다. 그러기를 잠시, 생명이 다한 그는 힘없이 바닥에 쓰러졌다.

너무 어이없고 원통해 그는 두 눈을 부릅뜬 채 비표가 쏘아진 나무 위를 숨이 끊어지는 마지막 그 순간까지 노려보았다.

설명은 길었지만 단우비가 장무의 목을 움켜쥔 뒤부터 풍황의 죽음까지 이 모든 일은 눈 깜짝할 새에 벌어졌다.

종막을 알리는 황량한 바람이 불어와 장무, 사마영영, 풍황의 시체를 휘감았다. 그러고는 세 명의 영혼을 데리고 멀리, 저 멀리 떠났다.

설상가상

바닥에 주저앉은 단우비는 멍하니 나무 위를 올려다보았다.

충격이 거듭되자 희한하게도 점점 머리가 맑아졌다.

허리가 토막 난 뒤에도 장무와 사마영영의 얼굴은 쾌락에 젖어 있었다. 자신들이 죽었다는 것조차 자각하지 못했다.

두 사람 다 정상이 아니었다는 뜻이다.

장무와 사마영영은 자신을 배신하지 않았다. 자객들에게 납치되어 강제로 춘약을 먹거나 흡입해 이성을 잃고 정사를 나눈 거였다.

자객들은 그가 제 발로 함정에 찾아오길 바랐다. 함정이란 걸 눈치채지 못하도록 이성을 잃어주길 바랐다. 이성을 잃은 그에게 휘말려 풍황이 허점을 노출하길 바랐다.

그래서 그들은 장무와 사마영영을 납치해 자신이 이성을 잃도록 함정을 꾸민 것이다!

이것은 장무와 사마영영의 잘못이 아니었다. 두 사람이 자발적으로 자리를 이탈했다고 분석한 동의 잘못도 아니었다.

모두 자신의 잘못이었다.

장무, 사마영영, 풍황, 세 사람은 멍청한 자신 때문에 죽은 것이었다.

'내가 똑똑했다면, 아빠의 유언대로 똑똑해졌더라면, 끝까지 냉철하게 상황을 분석했다면……!'

세 사람은 죽지 않았을지도 모른다. 살아남았을지도 모른다.

단우비는 머리를 쥐어뜯으며 후회했다.

그러나 이미 늦은 일이었다.

십일 년 동안 사랑한 여자와 역시 십일 년 동안 우정을 쌓아온 친구는 이미 차디찬 시체가 되었다. 풍황이란 절세의 무인마저 멍청한 자신을 구하다 죽고 말았다.

불현듯 그의 눈앞이 흐려지며 장무, 사마영영과 함께했던 지난날들이 한 장면씩 떠올랐다. 워낙 추억이 많다보니 그는 실성한 사람처럼 혼자 웃고, 혼자 울며 자신만의 세계에 깊숙이 빠져들었다.

잠시 후, 나무 위에서 한 인영이 지상으로 내려왔다. 사척 단구의 꼽추 노인, 살왕 묵노였다.

묵노는 단우비의 앞에 쪼그려 앉았다. 그런데 전혀 반응이 없었다. 눈앞에 손을 휘저어보아도 마찬가지였다.

"에잉, 완전히 맛이 갔구먼."

적막을 깨뜨리는 그 목소리가 동 일행을 정신 차리게 만들었다.

"사부…… 사부님! 으아아악!"

춘이 울부짖으며 성난 황소처럼 묵노에게 돌진했다. 그는 묵노를 조각내려고 검을 미친 듯이 휘둘렀다.

묵노는 가볍게 공격을 피한 후 춘의 발을 걸어 자빠뜨렸다. 그러고는 수도로 춘의 뒷목을 내리쳐 기절시켰다.

동은 흑요에게 춘을 뒤편으로 옮긴 다음 시체들을 수습하라고 지시했다. 장무와 사마영영을 저렇게 내버려 둘 수 없었다.

흑요가 움직이자 그는 황추를 데리고 단우비의 앞에 서서 보호했다. 흑요가 춘을 끌고 뒤편으로 이동하자 그는 묵노를 차갑게 노려보았다.

"당신이 이 모든 일을 꾸민 겁니까?"

묵노는 유들유들하게 웃었다.

"헐헐, 아니야. 노부는 그저 저 녀석들이 차려놓은 밥상을 먹은 것뿐이란다."

"그렇군요. 대장을 죽이지 않는 것으로 보아 저들과 달리 당신의 표적은 풍황 한 사람뿐인 것 같은데, 맞습니까?"

"뭐 그렇지. 돈도 안 되는 놈을 뭐 하러 죽여?"

동은 치를 떨었다.

"하면 장무님과 영영 아가씨는 왜 죽은 겁니까? 당신은 두 분이 희생될 거라는 걸 알면서도 모르는 척했습니다! 당신도 두 분의 죽음에 책임이 있는 겁니다!"

명백한 비난에 묵노는 눈을 가늘게 떴다.

"똑똑한 녀석이 멍청한 말을 하는구나. 노부는 너희의 친구가 아니다. 노부는 자객이야!"

"이익! 그러면 왜 바로 떠나지 않은 겁니까? 친구도 뭣도 아닌데 왜 이런 대화를 나누고 있습니까? 암살 성공 기념으로 우리를 조롱하기로 한 겁니까?"

눈살을 찌푸린 묵노는 턱짓으로 단우비를 가리켰다.

"풍황을 죽일 때 노부의 기척이 드러났어. 저 녀석이 아무리 멍청해도 기척의 주인이 노부라는 것 정도는 눈치챘겠지. 이대로 말없이 떠나면 저 녀석이 두고두고 노부를 귀찮게 할 것 같아 이렇게 나타난 게야."

"하! 이제 와서 그런 말이 통할 거라고 생각합니까? 당신이 당신의 일을 했듯, 대장도 대장의 일을 할 겁니다! 대장은 두 분의 죽음에 책임이 있는 자들을 지옥 끝까지 쫓아가 모조리 죽일 거란 말입니다! 당신이 살왕이든 뭐든 간에 대장에겐 전혀 상관없습니다!"

"그래도 시도는 해 봐야지. 뭐 안 되면 할 수 없고. 헐헐헐."

묵노는 말과 태도로 단우비가 귀찮은 것이지, 무섭지는 않다는 것을 드러내었다. 실제로 그는 단우비가 미쳐 날뛰어도 언제든지 도망칠 자신이 있기에 이렇게 대놓고 나타나 느긋한 태도를 유지하고 있었다.

동은 더 비난해봤자 무의미하다는 것을 깨달았다. 그래서 그는 화제를 바꾸었다.

"저 자객들의 정체를 아십니까?"

대답 대신 묵노는 은근한 미소를 던졌다.

"먼저 제비의 약속부터 받아야겠다."

황추와 동은 반사적으로 단우비를 바라보았다.

흐리멍덩하던 단우비의 눈망울에 점점 초점이 잡혔다. 그는 지그시 묵노를 응시했다.

"대답해."

차분한 단우비의 목소리에 묵노는 흥미를 드러내었다.

"정신 차리면 미친놈처럼 덤벼들 줄 알았더니 꽤 침착하구나."

"머리가 차가워. 심장도, 몸도 차가워. 왜 분노가 아니라 냉정이 몸을 지배하고 있는 건지 나 자신도 모르겠어. 그러니 영감, 이 기회를 놓치지 마."

"헐헐, 정말 재미있는 놈이란 말씀이야."

"앞으로 나와 동료들의 목을 청부받지 마. 그리고 아는 모든 것을 말해. 그러면 영감은 빼줄게."

"흠, 괜찮구먼. 솔직히 네 녀석과 얽히는 건 싫거든. 우리 유하를 위해서도 말이야. 그것만 들어주면 노부를 귀찮게 하지 않을 거냐?"

"응. 정면승부 해 주지 않는 이상 영감을 죽이긴 힘들어. 다행히 영감은 나이가 많아. 내가 아니더라도 조만간 세월이 죽이겠지. 영감이 죽으면 여름이는 내게로 돌아와. 그러면 여름이를 앞장세워 영감의 무덤에 가서 침을 뱉어주겠어."

묵노는 탄성을 터뜨렸다.

"허! 정말 제비가 아니로군. 너무 큰 충격을 받아 아예 다른 사람이 되어 버렸어!"

"그런 건지도 모르지."

"분명히 말해두마. 노부의 수명이 얼마 남지 않은 것은 맞다만, 유하는 네게로 돌아가지 않는단다. 그 아이가 살왕으로서의 삶에만 충실하도록 계획을 착착 진행시켜 나가고 있거든. 헐헐헐."

"그렇게 믿고 싶으면 믿어."

"아무튼 약속한 거다?"

"그래."

확답을 받은 묵노는 두 자객의 시체를 가리켰다.

"대화를 엿들어보니 적화사신과 제자더구나."

말이 끝나기 무섭게 동이 안면을 떨며 자학했다.

"천하삼대살수! 그래서……!"

상대는 그를 속일 정도로 완벽하게 거짓 흔적을 남겨놓을 수 있는 특급 자객이었다. 정말 빌어먹을 일이었다.

단우비는 동이 고통에 몸부림치는 것을 봤으면서도 무시했다. 동을 위로할 여유가 없었다. 그 정도로 그의 몸과 마음은 만신창이가 되어 있었다.

무언가 못마땅한 것이 있는 듯 묵노가 눈살을 찌푸렸다.

"천하삼대살수가 아니야. 뚜껑을 열어보니 노부와 동급으로 불릴 자격이 없는 놈이었거든."

그는 침을 튀겨가며 열변을 토했다.

"밑 작업은 훌륭했다. 한 번에 두 마리 토끼를 다 잡는 계책이었지. 뚱뚱이와 계집을 번개같이 쓰러뜨린 후 흔적을 세밀하게 꾸미고 숲으로 옮겨 일단 잠재워두었어. 제자는 둘을 지키고, 스승은 건물 주변에 숨어 대기했지. 표적이 등장하자 얼른 제자에게 달려가 빠르게 함정을 꾸몄고. 여기까진 인정한다만, 그 뒤가 문제야."

한 번 숨을 고른 그는 장내의 몇몇 부분을 지목하며 적화사신을 신랄하게 비난했다.

"힘들게 완벽한 기회를 만들었으면서 대체 왜 모습을 드러내 모든 것을 망쳐? 검? 접근전? 허! 무인도 아닌 자객이 왜 검에 집착해? 애초에 자객이 검을 쓴다는 것 자체가 겉멋만 잔뜩 든 멍청이라는 뜻이야. 에잉, 쯧쯧쯧."

대충 전모를 알게 된 단우비는 단정적으로 내뱉었다.

"영감은 저놈들이 실패할 거라는 걸 알고 있었군."

묵노는 음흉하게 웃었다.

"네 녀석을 죽이는 건 가능해도 풍황을 죽이는 건 힘들 거라고 판단했다. 기껏해야 저렇게 부상을 입히는 정도라고 봤지. 의뢰인의 요구는 풍황의 숨통을 끊는 것! 따라서 최후의 승자는 노부다! 탈혼마인과 적화사신이 실패한 청부를 노부가 해냈어! 그러니 이제 명실상부 살왕이 천하제일살수인 거다! 후헐헐헐흐허헐헐!"

단우비는 금자강을 죽인 게 탈혼마인임을 직감했다. 천하삼대살수가 한자리에 모이다니 정말 기가 막힐 노릇이었다.

나직이 숨을 내뱉은 그는 무뚝뚝하게 다음으로 넘어갔다.

"저놈들의 대화를 엿들었다고 했지?"

그의 의도를 파악한 묵노는 고개를 저었다.

"의뢰인에 대한 내용은 없더구나. 노부의 의뢰인은 밝힐 수 없고."

적화사신과 묵노에게 풍황의 목을 청부한 이는 삼우각주가 분명했다. 그리고 삼우각주는 자신을 생포하길 바랐다.

그 말인 즉, 적화사신에게 자신의 목을 청부한 두 번째 의뢰인이 존재한다는 뜻이다.

그 두 번째 의뢰인이 장무와 사마영영의 죽음에 대한 책임을 져야 했다.

곰곰이 머리를 굴려본 단우비는 묵노에게 단도직입적으로 물었다.

"영감이라면 의뢰인을 어떻게 찾겠어?"

묵노는 약 올리지 않고 순순히 대답해 주었다.

"흐음, 적화사신의 역사는 오백 년이 넘어. 오백 년 넘게 스승에게서 제자로 대물림된 별호란 게지. 노부라면 적화사신의 스승이나 사손이 살아 있는지부터 조사할 거다."

"만약 둘 다 없다면?"

"그때는 뭐 적화사신과 손잡은 정보원을 찾아야지. 단체가 아니라 적화사신이나 노부처럼 단독으로 활동하는 자객에게 있어 쓸 만한 정보원의 존재는 필수 불가결하거든."

"그렇군."

"덧붙이자면 정보원이 의뢰인의 정체를 알 확률은 반반이다. 노부는 직접 의뢰를 받고, 정보원에게서 정보를 살 뿐이거든. 다른 것은 일절 알려주지 않고 말이야. 적화사신도 그런 식으로 정보원과 관계를 맺고 있다면 의뢰인에 대해선 전혀 모를 게야."

단우비는 살짝 고개를 끄덕였다.

"우선책과 차선책이 결정됐군. 이걸로 충분해. 이제 꺼져."

"헐헐헐, 그렇다면야…… 기꺼이 꺼져 주마."

어깨를 으쓱인 묵노는 몸을 돌려 숲으로 걸어갔다. 몇 걸음 걷던 그는 노파심에 몸을 돌려 풍황의 시체를 가리켰다.

"풍황을 묻을 거냐? 아니면 화장할 거냐?"

"집 옆에 묻어드릴 거야."

묵노는 잘되었다는 듯 웃으며 바닥에 꽂힌 피 묻은 비표로 손가락을 옮겼다.

"풍황의 무덤 앞에 저 비표를 꽂아두어라. 비표에 새겨진 '살(殺)' 자가 풍황을 누가 죽였는지 증명해 줄 게다."

"아아, 그러지. 어서 꺼져. 점점 영감 면상을 짓이겨주고 싶어지니까."

"어이쿠! 거 참 무섭구먼."

'네 아들은 노부가 잘 키워 주마. 헐헐헐.'

뒷말을 속으로 삼키며 씨익 웃은 묵노는 장난하듯 손을 흔든 후 천천히 숲 속 저편으로 사라졌다.

단우비는 장무와 사마영영을 화장하기로 결정했다.

두 사람을 단우세가에 묻어야 하는데 그곳에 도착할 때

까지 시신을 보존할 방법이 없었다. 지관을 불러 염습을 하는 것도, 빙공으로 시신을 얼리는 것도 불가능하니까 말이다. 게다가 두 사람의 육신이 썩어가는 걸 지켜볼 자신도 없었다.

어두운 숲 속에 거대한 불꽃이 일렁였다. 장무와 사마영영의 시신은 빠르게 타들어 가 뼈만 남았다. 단우비가 사마영영의 뼈를, 춘이 장무의 뼈를 거두어 빻았다. 그 뒤 동이 풍황의 거처에서 가져온 단지 두 개에 두 사람의 유골을 넣어 단단히 밀봉했다.

적화사신과 제자의 시체를 산짐승들의 밥이 되도록 숲에 버려둔 단우비, 동, 춘은 풍황의 시신을 들고 이 층 건물로 돌아갔다.

황추가 건물 옆의 땅을 파두었고 흑요는 나무를 베어 관을 만들어둔 상태였다.

풍황의 시신은 관에 들어가 땅에 묻혔다. 자그마한 봉분이 세워졌고 '풍황금영호지묘(風皇金靈虎之墓)' 라고 적힌 비석이 무덤 앞에 꽂혔다.

단우비는 비석 윗부분에 풍황의 목숨을 앗아간 묵노의 피 묻은 비표를 박았다.

이 모든 일이 진행되는 동안 단우비 일행은 단 한마디도 하지 않았다. 침중한 얼굴로 묵묵히 맡은 일을 했을 뿐이었다.

어느덧 기나긴 밤이 끝나고 아침이 밝아왔다.

단우비 일행은 풍황의 무덤 앞에 우두커니 서 있기만 했다.

더 침묵을 견디지 못한 황추가 단우비에게 호통을 질렀다.

"이제 어떻게 할 거냐? 산 사람은 살아야지! 암, 그렇고 말고!"

나름대로 위로하려고 애쓰는 황추가 대견해 단우비는 피식 웃었다. 그는 우선 부하들에게 풍황과 나누었던 대화를 비롯해 겪은 일을 모두 들려주었다.

다들 경악해 뭐라고 입을 열지 못했다.

단우비의 지시가 그들을 일깨웠다.

"대추 너는 흑요 데리고 동굴로 돌아가서 짐을 싸. 주변 경계하며 우리가 돌아오기를 기다려. 동팔이는 춘삼이랑 집을 뒤져. 비급을 찾아."

풍황의 품엔 풍마신장의 비급이 없었다. 그러니 건물 어딘가에 보관되어 있을 가능성이 컸다. 빈손으론 떠날 수 없으니 동은 반드시 비급을 찾아내겠다고 힘주어 고개를 끄덕였다.

곧 황추와 흑요가 동굴로 떠났다. 동과 춘도 건물 내부로 들어갔다. 혼자가 된 단우비는 무덤 앞에 퍼지러 앉았다.

멍한 표정으로 상념에 빠져들고 있는데, 춘이 돌아와 슬그머니 그의 옆에 앉았다. 단우비는 고개를 돌리지 않으며 물었다.

"뭐야?"

"동팔이가 혼자 충분하니 대장 옆에 있어주래."

동은 단우비와 춘을 배려한 것이었다. 두 사람이 가장 큰 충격을 받은 게 사실이니까.

침묵이 흐르고 두 사람은 서로의 존재에 위안 받았다. 문득 단우비가 씁쓸하게 웃으며 말문을 열었다.

"마지막으로 무슨 대화를 나누었는지 기억나지 않아. 넌 기억해?"

잠시 생각하던 춘이 갑자기 눈물을 펑펑 쏟았다.

"어젯밤이었어. 사부님께서 교대 시간 되면 깨울 테니 푹 자라고 하셨지. 난 예라고 대답했고. 흐…… 씨……!"

단우비는 고개 숙인 채 슬픔에 젖은 춘의 어깨를 붙잡았다.

잠시 뒤 춘이 갑자기 고개를 들며 탄성을 터뜨렸다.

"아! 기억났어. 동굴에서 사부님이 '무게중심인지 뭔지에 빨리 좀 익숙해져라. 너 혼자 여기서 편하게 노는 게 아니꼬워 미치겠다.' 라고 투덜거리셨고, 대장은 '시끄러워. 빨리 가.' 라고 받아쳤어. 영영 아가씨는 사부님께 눈을 흘긴 후 '조급해하지 말고 천천히 해. 수색은 우리만으로 충분하니까.' 라고 하셨고, 대장은 '역시 너밖에 없구나. 으히히히.' 라고 웃었어."

춘의 말 덕분에 단우비는 당시의 상황을 기억해낼 수 있었다.

그때는 그게 마지막 대화라곤 상상조차 못 했건만…….

그는 가슴이 메어지는 슬픔과 눈물을 필사적으로 참으며 웃었다. 고맙다고 춘의 머리를 쓰다듬으며 다시 한 번 웃었다.

한 시진 후 동이 밖으로 나왔다. 그는 등에 커다란 봇짐을 메고 있었다. 단우비는 이해가 안 되어 물었다.

"그게 다 뭐야?"

동은 품에서 두툼한 책을 꺼내며 대답했다.

"풍황은 지금도 풍마신장을 개량, 발전시키고 있었어. 누구도 못 훔칠 거라고 자신했는지 서재에서 작업을 했더군. 이게 가장 최근의 풍마신장이고, 봇짐속의 책들은 예전의 풍마신장 비급들과 연구의 부산물들이야."

"그것들을 파기하지 않고 다 보관해둔 거야?"

"책의 상태로 보아 모두 최근 일이 년 사이에 작성되었어. 더 오래된 책은 없었고. 아마도 이 년마다 한 번씩 예전의 책들을 모아 파기한 것 같아."

"흠, 그렇군."

"대장이 풍마신장을 독점하려면 이 예전의 풍마신장 비급들을 전부 태워버리는 게 좋을 것 같아서 서재를 샅샅이 뒤져 모두 가지고 나왔어."

"독점이 아니야. 후 형님과 공유해야 해. 봇짐은 태우고, 그 비급은 일단 네가 가지고 있어. 앞으로 짬짬이 사본을 하나 만들어."

고개를 끄덕인 동은 풍마신장 비급을 품에 다시 넣은 뒤, 봇짐을 들고 공터로 이동해 불을 피울 준비했다.

문득 어떤 것이 생각나 단우비는 춘을 불렀다.

"춘삼아."

"응?"

"보고로 가서 천장에 박힌 야명주 챙겨. 세가의 전쟁 자금 확보에 큰 도움이 될 거야."

"아! 그러네. 알았어."

춘이 얼른 건물로 들어가려고 할 때 동이 다급히 외쳤다.

"안 돼!"

단우비와 춘은 의아한 눈으로 동을 응시했다. 동은 얼른 설명해 주었다.

"야명주를 뽑으면 동굴이 무너질지도 몰라. 그 야명주가 동굴이 무너지는 장치 중 하나일 가능성이 있어."

과연 그래 단우비는 아쉽지만 야명주를 포기하기로 했다.

봇짐 속의 책들이 모조리 재가 되자 세 사람은 떠날 채비를 갖추었다.

춘은 유골단지 두 개와 장무의 애병을 비롯한 소지품들을 챙겼다. 동은 적화사신과 제자의 품에서 찾은 소지품들을 보따리에 싸서 어깨에 메었고 단우비는 춘, 동과 함께 간신히 분리한 통천마궁과 사마영영의 애병 귀곡도 오 호를 허리춤에 찼다. 그녀의 소지품 역시 모두 품에 갈무리했다.

천진만변도법 비급과 귀곡도 사 호, 염천마황의 보고에서 가져온 야명주는 동굴에 있었다.

준비가 끝나자 단우비 일행은 풍황의 무덤에 합장을 한 후 무당파를 떠났다. 부지런히 달려 사흘 후 아침 동굴에 도착했다.

황추와 흑요는 막 잠에서 깨어 식사를 하고 있었다. 다 같이 배를 채운 다섯 명은 흔적을 모두 지운 뒤, 근처 숲 속에 숨겨둔 수레로 향했다.

수레에 쌓인 짐들의 대부분은 기관장치를 파훼하는데 쓰는 도구들이었다. 이젠 쓸모가 없어졌지만 그래도 팔면 꽤 값이 나가기에 버리긴 아까웠다.

단우비는 황추가 회수해 수레위에 올려둔 천진만변도법 비급과 철궁, 예비용 화살, 귀곡도 사 호를 챙겼다. 대신 귀곡도 오 호를 수레에 넣었다.

일단 귀곡도 사 호를 쓰고, 그게 부서지면 오 호를 쓸 작정이었다. 아무래도 귀곡도 사 호보다 오 호에 사마영영의 체취가 더 많이 묻어 있다 보니 최대한 오래 보존해두고 싶었다.

춘과 동이 소지한 물건들을 수레에 올려두자 떠날 준비가 끝났다.

가장 힘이 센 춘이 수레를 끌고 왼편에 단우비와 동, 오른편에 황추와 흑요가 섰다. 동남쪽으로 방향을 잡은 일행은 빠르게 산을 내려가기 시작했다.

목적지는 광동성 중부의 남곤산(南昆山) 적살곡(赤殺谷)이었다. 지난 오백 년 동안 적화사신이 청부를 받아온 곳으로, 청부 외의 다른 목적으로 들어간 자들은 예외 없이 죽음을 맞이했다. 그렇기에 오직 의뢰인들만 야밤을 틈타 은밀하게 출입하는 악명 높은 장소였다.

적화사신의 스승이나 사손은 적화사신과 제자가 죽었다는 것을 모른다. 그러니 그들이 돌아올 것을 대비해 계속 의뢰를 받아두려고 할 터, 단우비 일행은 그것을 노리고 의뢰인으로 위장해 적살곡으로 들어갈 계획이었다.

이것은 적화사신의 죽음이 적살곡에 알려지기 전에 도착해야만 하는 시간 싸움이었다. 한시도 머뭇거릴 여유가 없었다.

하루 반나절 후 산에서 내려온 단우비 일행은 몇 개의 마을을 돌아다녀 대부분의 짐과 수레를 싼값에 팔아치웠다. 그렇게 짐을 가볍게 만든 다음 다섯 필의 말을 사서 동남쪽으로 맹렬하게 질주했다.

경로 상 남쪽으로 내려가 전쟁터를 가로지르는 게 가장 빨랐다. 하지만 전쟁에 휩쓸리거나 삼우각주의 눈에 뜨이면 큰일이라 시간은 더 걸리더라도 강서성으로 우회하는 게 최선이었다.

게다가 사나흘 후면 사마후의 정기 연락편인 흑응이 도착할 것이다. 흑응에 상황을 설명하고 만날 장소를 지정하면 흑사방으로 갈 필요 없이 광동성으로 향하는 이동 경로 내에서 사마후와 만날 수 있다.

그런데 사나흘 후가 아니라 이튿날 정오 단우비 일행이 양번(襄樊)에 다다랐을 때 흑응이 출현했다. 당초 예정보다 이삼 일 빨라 단우비 일행은 의구심을 느꼈다.

흑응은 일행을 뒤쫓기만 할 뿐 지상으로 내려올 기미가 없었다. 아마도 사마영영의 소지품 중 하나인 향낭의 향기에 이끌려 여기까지 왔지만, 그녀가 없다 보니 혼란을 일으키고 있는 것 같았다.

단우비는 화살을 날려 흑응의 날개 끄트머리를 맞추었다. 흑응은 깃털을 흩날리며 추락했고, 단우비가 얼른 신형을 날려 낚아채었다.

그가 흑응의 다리에 묶인 서찰을 꺼낼 때 나머지 네 명이 얼른 달려와 옆에 붙었다.

다급함이 느껴지는 사마후의 휘갈겨 쓴 필체가 그들을

맞이했다.

단우세가의 배반을 정검회가 눈치챘다! 시간이 없다! 당장 모든 일을 중단하고 돌아와라!

단우비 일행이 할 말을 잃은 것은 너무도 당연한 일이었다.

반격의 시작

단우비는 분함을 억누르며 계획을 바꾸었다.

단우세가를 잃으면 모든 것을 잃는 것이기에 선택의 여지가 없었다.

전서에 그간의 일과 만날 장소를 적어 흑응을 날린 그는 부하들과 함께 강서성으로 말을 몰았다.

단우세가와 흑사방은 두 달에 한 번씩 정보를 교환한다. 십이 일 전에 사마영영이 사마후의 전서를 받았다. 한 달 전에 단우세가와 정보를 교환했는데 모두 순조롭다는 내용이 적혀 있었다.

그러니 최근 사십여 일 사이에 사건이 터졌다는 말이 된다.

전서에 자세한 내용이 적혀 있지 않다 보니 대체 무슨 문제가 발생했기에 정검회에 발각됐는지 온갖 추측이 난무했다.

다들 불안과 초조함에 젖은 상태로 부지런히 말을 채찍질했다.

나흘 뒤 아침 강서성 북부로 들어가 저녁 무렵 수수(修水)에 다다랐다. 닷새 동안 혹사당한 말들이 게거품을 물며 쓰러졌다.

약속 장소인 북쪽 입구엔 아무도 없었다. 이틀 후 정오에 만나기로 한 까닭이다. 마음이 조급해 너무 일찍 도착해버렸다.

단우비 일행은 근처 객잔에 들어갔다. 다들 이틀 동안 휴식을 취했고, 동은 풍마신장 사본을 완성했다.

정오가 가까워지자 일행은 객잔을 나섰다.

북쪽 입구로 걸어가는데 얼마 지나지 않아 마을 동쪽에서 네 마리의 말이 먼지를 흩날리며 달려왔다. 흑사방 흑뇌각주 몽첨과 수행원 둘, 단우세가 적마대원 조영검(彫榮劍) 강진(康晋)이었다.

그 네 명뿐, 사마후는 없었다.

"가주님!"

삼 년 만의 재회에 강진은 복잡한 감정을 드러내며 얼른 말에서 내려와 단우비의 앞에 부복했다.

우선 몽첨에게 눈인사를 건넨 단우비는 강진에게로 시선을 옮겼다.

"상황을 설명해."

"네!"

삼십육 일 전 단우세가의 정보망에 정검회 여섯 개 무력단체 천육백 명 전원이 은밀하게 천주로 이동 중이라는 충격적인 정보가 입수되었다. 정검회가 다른 성으로의 정보유출 차단 공작을 시작했다는 것도 알게 되었다.

당연하게도 단우세가는 발칵 뒤집어졌다.

이게 무슨 짓이냐고 정검회에 항의할 상황이 아니었다. 정검회의 행동은 확신에 차 있었기 때문이다.

현재 전력으론 정면 승부가 불가능해 단우세가는 결단을 내렸다. 직계와 방계 모두 짐을 싸서 천주를 떠나 뿔뿔이 흩어져 숨었다.

그 사실을 안 정검회 천육백 명은 방향을 바꾸었다. 일부는 연산으로 이동했고, 나머지는 복건 전역에서 영업 중인 단고상회 팔백여 개의 지점들을 무자비하게 공격했다. 지점장, 호위무사, 점원들을 죽였고 상품과 자금마저 모조리 빼앗았다.

단우세가는 단고상회 지점장들과 연산에서 은밀하게 힘을 키우고 있던 적귀대 오백 명에게 얼른 피신하라고 전서구를 날렸다.

팔백여 곳의 지점들 중 육 할 정도가 무사히 도망쳤다고 답장을 보냈다. 그러나 나머지 사 할과 적귀대는 감감무소식이었다. 죽었는지 살았는지조차 파악되지 않았다.

단우세가는 예정보다 몇 년 이르지만 전쟁을 시작할 수밖에 없다고 각오를 굳혔다. 그들은 즉각 반란에 동참하기로 한 모든 방파에 인편을 보냈다.

애석하게도 손잡은 방파들은 우선 지켜보겠다는 미온적인 태도를 보였다. 그래도 단우세가는 실망하지 않았다. 그들의 입장을 이해하고, 대화를 통해 반전의 계기만 있다면 다시 동참할 거라는 희망을 얻어서였다.

문제는 선유(仙遊)의 적가장(狄家場)이었다. 그들은 미온적인 태도가 아니라 단우세가의 사자를 죽여 버렸다.

조사를 통해 단우세가는 적가장주 홍추검(紅追劍) 적생(狄牲)의 둘째 아들이 최근 정검회 여섯 개 무력단체의 하나인 이검대의 조장이란 요직에 앉았음을 파악했다.

그것으로 단우세가는 정검회에 발각된 이유를 알게 되었다.

수뇌회의 결과 단우세가는 반전의 계기를 만들 수 있는 건 단우비밖에 없다고 의견을 일치했다. 사천마황의 비급이 중요하긴 하나 단우세가의 운명보다는 중요하지 않았다.

단우비가 무당산에 있다는 건 알지만 연락할 방법은 사

마후 뿐이었다. 그래서 강진이 흑사방에 간 것이었다.

강진의 이야기가 끝날 무렵 일행은 이틀 동안 묵은 객잔에 도착했다. 별채로 향하며 단우비는 강진을 추궁했다.

"적가장의 배신을 왜 눈치채지 못한 거지? 적생의 아들이 이검대 조장이 되었다는 것을 사건 발생 후에 알았다는 게 말이 돼?"

강진은 고개를 푹 숙였다.

"죄송합니다."

엄밀해 말해 수뇌들의 잘못이었다. 강진에겐 죄가 없었다. 그래서 단우비는 더 강진을 핍박하지 않았다.

"적가장은 얼마만큼 아는 거야?"

"가주님의 존재와 세가의 반란뿐입니다. 나머지는 일절 모릅니다. 문제는 단우선이지요."

"단우선? 그놈이 왜 언급돼?"

강진은 일그러진 단우비의 얼굴을 회피하며 기어들어가는 어조로 대답했다.

"세가를 떠나기 전날 수뇌님들은 단우선을 제외하고 세뇌한 자들 전원을 제거하기로 했습니다. 이젠 쓸모가 없으니까요. 그래서 일단 한자리에 모았는데 단우선이 사라졌습니다. 천주를 샅샅이 뒤졌으나 끝내 찾지 못했습니다."

단우비는 이마를 움켜쥐었다.

"조사 결과는?"

"적가장주가 석 달 전에 세가를 방문한 적이 있습니다. 그 후에도 단우선은 부가주님이 시키는 대로만 행동해 의심하지 못했습니다만, 아마도 그때 세뇌를 푼 것 같습니다. 탈출 방법도 하나 마련해 준 것 같고요."

"그러면 놈은 지금 정검회와 함께 있겠군."

"네."

"그놈은 어디까지 알지?"

"세뇌한 자의 말에 따르면 세뇌당했을 때 겪은 일은 기억하지 못한다고 합니다. 그러니 두 달 정도 세뇌당한 척하며 보고 들은 것만 아는 겁니다. 동맹 방파들이 무사한 것으로 보아 어떤 방파가 세가와 손을 잡았는지는 모르는 것 같습니다. 하나 그 외에 다른 사항을 얼마만큼 알고 있는지는 수뇌님들도 파악하지 못했습니다."

손가락으로 탁자를 두어 번 두들긴 단우비는 동을 바라보았다.

"단우선이 내 위치를 알고 있었다고 가정하면 어떻게 되지?"

동은 입을 쩍 벌렸다. 안면을 떨며 폭포수같이 말을 쏟아내었다.

"맙소사! 대장의 암살과 정검회의 공격은 비슷한 시기에 일어났어! 정검회 고수들을 복건 밖으로 내보내는 건 위험해. 다른 성과 불화가 생길지도 모르니까. 그러니 대장을 확실하게 죽일 수 있는 적화사신을 고용하고, 복건 안의 세가는 정검회가 직접 처리하는 게 효과적이야. 다른 방파에 맡기는 건 위험해. 그 방파가 세가와 동맹을 맺은 상태일 수도 있으니까. 이건, 이건 효율을 중시하는 백리산이 생각해 낼 법한 방법이야! 아니, 틀림없어!"

"빌어먹을!"

황추가 주먹으로 손바닥을 치며 분통을 터뜨렸다. 춘도 전신을 떨며 이를 피가 나올 정도로 앙다물었다.

별채의 내실로 들어간 단우비는 탁자에 앉았다. 맞은 편에 몽첨이 앉고, 황추는 창틀에 올라가 엉덩이를 걸쳤다. 나머지는 주변에 시립했다.

여태까지 잠자코 듣기만 하던 몽첨이 나직이 결론을 내렸다.

"적화사신에게 청부한 자는 정검회주였군."

단우비는 고개를 끄덕이며 동의했다.

"그런 것 같네. 후 형님께서 직접 올 거라고 생각했는데?"

몽첨은 단우비를 뚫어져라 쳐다보았다.

"지금은 네 얼굴을 보고 싶지 않다고 하셨다."

"……그렇군. 이해해."

"막내 아가씨의 유골과 풍마신장 비급을 다오."

단우비는 동에게 손짓했다. 그러나 사마영영의 유골을

소지한 춘에겐 별도의 지시를 내리지 않았다.

탁자 위에 풍마신장 사본을 내려놓은 동은 뒤로 물러났다. 몽첨은 눈살을 찌푸렸다.

"막내 아가씨의 유골은?"

"내 곁에 두고 싶어."

"방주님께선 막내 아가씨와 함께 돌아오라고 하셨다. 일족의 묘지에 묻어드려야 해!"

"미안하지만 이것만은 양보할 수 없어."

단우비와 몽첨은 살벌한 눈싸움을 벌였다.

잠시 후 몽첨이 백기를 들었다.

"너는 또 한 번 방주님을 실망시키는구나."

"시간이 지나면 후 형님도 이해해 줄 거야."

몽첨은 거칠게 풍마신장 사본을 낚아채었다. 내용물을 대충 훑어본 후 냄새를 맡았다. 새 종이와 갓 마른 먹물 냄새가 났다.

"사본인가?"

"무슨 문제라도 있어?"

"흠, 아니다. 네가 아니었다면 이것조차 건지지 못했을 테니까. 사본으로 만족하지. 풍황의 무력은 절대적, 방주님께서도 평생에 걸친 노력이 헛되지는 않았다고 여기실 게다."

"그렇길 바라. 그런데 아까부터 후 형님을 방주라고 부르더군. 내가 제대로 들은 거야?"

풍마신장 사본을 품에 갈무리한 몽첨은 침통한 표정을 지었다.

"맞다. 두 달 전, 증세가 호전되어 가던 전 대 방주님께서 빌어먹게도 심각한 합병증에 걸리셨다. 치료에 안간힘을 썼으나 허사였어. 흐으……. 그분의 장례를 치른 뒤 소방주님께서 방주의 위에 오르셨지."

"그런 연락은 받지 못했는데?"

몽첨은 버럭 성을 내었다.

"네 녀석 때문이다! 막내 아가씨가 흔들리면 너도 흔들린다. 방주님께선 네 임무에 지장을 줄까 봐 끝날 때까지 함구하기로 하신 게야."

"사천마황의 비급은 존재하지 않고, 아버지에 영영이까지……. 후 형님은 괜찮아?"

"괜찮으실 리가 있겠느냐? 쓰러지지 않으신 게 용할 정도야!"

"……미안하다고 전해 줘. 그리고 한 가지 더."

"무어냐?"

단우비는 우선 동에게 물었다.

"여기서 연산까지 며칠이나 걸리지?"

"연산? 으음, 말을 타면 사오일쯤 걸릴 거야."

잠시 생각한 단우비는 몽첨에게로 시선을 옮겼다.

"일주일 후 연산에 불을 질러 줘. 방법은 맡길게."

뜬금없는 말에 다들 두 눈을 휘둥그레 떴다. 몽첨은 호기심을 던졌다.

"이유는?"

"혼란을 틈타 침입, 적귀대를 찾으려고. 세가의 최대 전력이거든."

"모두 죽은 상태라면?"

"그건 그때 가서 생각해 봐야지."

턱을 한번 쓰다듬은 몽첨은 낯빛을 진지하게 바꾸었다. 그는 한 자 한 자 힘주어 말했다.

"방주님의 결정을 말하겠다."

"해 봐."

"너는 방주님을 구했지만, 막내 아가씨를 지키지 못했다. 막내 아가씨는 너 때문에 죽은 거야!"

"아픈 데를 찌르는구만."

"아무튼 이로써 방주님은 네게 빚진 것이 없다. 그러니 처음의 거래로 돌아간다."

"돕지도, 침공하지도 않겠다?"

"바로 그거다! 네 힘으로 복건의 주인 자리를 차지해라! 이게 방주님의 뜻이다! 방주님을 원망하지 마라. 모든 것은 네가 자초한 거니까!"

"……원망 안 해. 후 형님께 알았다고 전해 줘."

몽첨은 몸을 일으켰다.

"이만 가겠다. 어서 방주님께 비급을 드려야 하니까."

"아아, 그래."

단우비는 손을 휘저었고, 몽첨과 수행원 두 명은 문 쪽으로 걸어갔다. 그때 몽첨이 불현듯 몸을 돌려 단우비는 물끄러미 응시했다.

"너 정말 단우비가 맞는 거냐?"

"뭐라고?"

"내가 아는 단우비는 지금의 너보다 백 배 더 경박하고, 천 배 더 멍청했거든."

단우비는 냉소적으로 웃었다.

"훗, 언제까지 멍청이로 살 수는 없잖아? 할아버지도, 아빠도, 뚱뚱이도, 영영이도 내가 멍청해서 죽은 거니까. 그들의 죽음으로도 아무것도 변하지 않는다면, 나는 숨 쉴 자격도 없는 쓰레기란 뜻이지."

"흠, 이제야 이해가 되는구먼."

납득한 몽첨은 수행원 두 명과 함께 문밖으로 사라졌다.

문이 닫히자 단우비는 강진에게 물었다.

"부가주는 어디에 있어?"

"핵심 수뇌님들은 해상에 계십니다."

말이 끝나기 무섭게 황추가 눈을 빛내며 창틀에서 내려왔다.

"바다? 우리?"

강진은 살짝 고개를 끄덕였다.

"예. 쌍칼 해적단 선장 소유의 배에 머물며 전서구로 지시를 내리시지요."

"아버지 반응은 어때?"

황추는 안절부절못하며 어서 강진의 입이 열리길 기다렸다. 강진은 씁쓸하게 웃었다.

"그다지 환대하지는 않더군요. 그래도 당신이 여전히 볼모로 잡혀 있는 줄 알기에 협조하고 있습니다."

단우비가 퉁명스레 내뱉었다.

"대추의 목숨으로 선장을 협박해 협조를 얻어낸 거군."

"뭐 그렇지요."

그때 황추가 두 손으로 탁자를 거칠게 내려쳐 모두의 시선을 모았다. 그런 후 그는 단우비를 응시하며 우렁차게 외쳤다.

"걱정 마라! 조만간 아버지와 담판을 지을 거다! 우리 대쌍칼 해적단은 전쟁에 적극적으로 참여한다! 나만 믿어!"

단우비는 헛소리하지 말라고 구박하지 않았다. 오히려 마주 진지한 표정을 지었다.

"그래, 믿는다."

그 반응에 놀란 것은 황추 쪽이었다.

"엥? 미, 믿는다고? 진짜? 비아냥거리거나 욕할 거라고 생각했는데?"

"뭐야? 자신 없어?"

"다, 당연히 있지! 암, 그렇고말고! 이 몸은 장차 고금제일인으로 군림할 위대한 분! 그런 내가 아, 아버지와 담판 짓는 것 따위를 무서워할 것 같으냐? 으하하하! 와하하하하핫!"

황추는 목소리가 떨린다는 것도, 목에 식은땀이 맺히고 있다는 것도 자각하지 못했다. 그가 용기를 쥐어짜 허세를 부리고 있다는 것을 모두 알았지만, 단우비의 태도가 지극히 진지해 누구도 약 올리지 않았다.

단우비는 강진을 보며 화제를 바꾸었다.

"부가주와 연락하는 방법은?"

"연산 부근에 동료들이 대기하고 있습니다. 부가주님께서 가주님을 만나거든 일단 그곳의 동료들과 합류하라고 하셨습니다. 그들이 부가주님과 연락할 방법을 가지고 있습니다."

"잘됐군. 마구간으로 가서 말들을 챙겨. 식량도 넉넉히 구입한 뒤 입구 앞에서 기다려. 곧 합류할게."

"예!"

큰 소리로 외친 강진은 머리를 조아린 후 밖으로 나갔다. 단우비는 빠르게 다음으로 넘어갔다.

"동팔아, 너 풍마신장 비급 다 외웠지?"

움찔한 동은 머뭇거리기만 할 뿐 뭐라고 입을 열지 못했다. 단우비는 눈살을 찌푸리며 추궁했다.

"다 외웠어? 아니야?"

"뭐…… 사본을 만들다 보니 저절로…… 그, 그래도 너무 방대하고 복잡해 다 외우진 못했어. 아마 며칠 지나면 다 잊어버릴……."

"아니, 내 말은 그런 뜻이 아니야."

"응?"

"당분간 비급 계속 맡겨둘 테니까 철저하게 다 외워. 그리고 그걸 다른 녀석들한테 가르쳐 줘. 너희 네 명 모두 풍마신장을 익히란 얘기야."

"뭐, 뭐라고?"

황추는 기쁨의 탄성을 터뜨렸고, 동과 춘은 입을 쩍 벌렸으며, 무감정한 흑요조차 크게 동요했다. 그 정도로 단우비의 말은 충격적이었다.

단우비는 네 사람을 돌아보며 안광을 번뜩였다.

"나는 멍청해서 너희를 지키지 못해. 그러니 강해져! 자기 목숨은 자기가 챙길 정도로! 모두 알겠어?"

네 명은 장무와 사마영영의 죽음이 단우비로 하여금 이런 결정을 내리게 만들었다는 것을 깨달았다. 그의 심정을 이해해 다들 우렁차게 외쳤다.

"물론! 호랑이가 날개를 달았군! 와하하하!"

"응!"

"알았어!"

"네!"

황추, 동, 춘, 흑요의 대답은 저마다 달랐지만 얼굴이 흥분과 탐욕으로 물들어 있다는 것은 동일했다.

풍마신장을 익힐 기회를 얻다니! 단우비의 앞만 아니었다면 춤이라도 추고 싶을 정도였다.

별채를 나선 다섯 명은 객잔 입구로 갔다. 강진이 여섯 마리 말과 식량이 든 봇짐 세 개를 말 등에 묶어놓은 채 기다리고 있었다.

단우비 일행은 바로 동남쪽 연산을 향해 출발했다.

야심한 밤, 삼우각주 옥수무제 경부전은 고된 하루 일과를 끝내고 단잠에 빠져 있었다. 그런 그의 감긴 두 눈을 쭈글쭈글한 손이 짓눌렀다.

흠칫한 경부전은 잠에서 깨어났으나 그뿐, 다른 행동은 일절 하지 못했다. 눈을 짓누르는 손의 압력이 무시무시한 데다 목덜미마저 서늘했다. 칼 같은 것이 목에 바짝 붙여져 언제라도 그의 숨통을 끊을 준비를 마친 상태였다.

그래도 한 성의 주인답게 경부전은 덜덜 떠는 추태를 부리지 않았다. 침착함을 유지하며 상황을 파악하려고 애썼다.

그의 귓가에 늙수그레한 목소리가 들려왔다.

"숨어 있던 네 호위 여섯은 모두 죽었다. 소리 지르면 너도 죽는다. 이해했느냐?"

은팔우가 전멸당했다는 충격적인 사실에 경부전의 평정이 깨졌다. 그는 미미하게 떨며 살짝 고개를 끄덕였다.

늙수그레한 목소리의 주인이 다시 말했다.

"청부는 완수했다."

움찔한 경부전은 이내 쾌재를 불렀다.

"풍황이 죽었나?"

"그래."

"수고했다. 지지부진한 전황을 드디어 타파할 수 있게 되었어! 그런데 이게 무슨 짓이지? 대금은 이미 선금으로 다 지불했을 텐데?"

"헐헐, 노부의 이름을 말해 보려무나."

"그, 그…… 끄응."

"확률은 삼분지 일이구나. 제대로 말한다면 이대로 사라져주마."

노골적인 비아냥거림에 경부전은 입술을 씹으며 머리를 굴렸다. 그러나 아무런 대답도 하지 못했다. 틀린 답을 내놓는다면 목이 베인다는 걸 직감했기 때문이다. 삼분지 일의 확률에 목숨을 걸 수는 없었다.

"노부의 자존심을 건드렸다는 걸 이제 알겠느냐?"

"……원하는 게 무어냐?"

"다른 두 놈에게 청부한 금액. 노부와 같을 테니 황금 이천 냥이로구먼. 그게 노부의 자존심을 건드린 값이다."

"이런 미친! 그런 거금은!"

경부전은 채 말을 끝맺지 못했다. 칼이 그의 목에 더욱 바짝 붙여진 까닭이다.

늙수그레한 목소리에 살기가 담겼다.

"죽을 테냐? 아니면 내일 해시 초 서쪽 백 리 떨어진 숲 중앙에 황금 이천 냥을 놓아둘 테냐?"

"시, 시간이 더 필요하다. 그 정도 거금을 마련하려면! 아, 알았다! 내일 그 시각에 돈을 두겠다!"

칼이 목을 살짝 파고들어 피를 흘리자 경부전은 급히 말을 바꾸었다. 늙수그레한 목소리는 손에 힘을 풀며 경고했다.

"명심하여라. 한 성의 주인을 죽이면 뒷일이 골치 아파지기에 청부받지 않는 것뿐, 노부가 천하에 죽이지 못하는 놈은 없다. 네 녀석쯤은 언제라도 죽일 수 있어. 약속을 지키지 않으면 골치 아프든 말든 반드시 네 녀석을 죽이겠다. 알겠느냐?"

경부전은 분하지만 상대의 말이 사실이란 것을 인정했다. 상대는 풍황을 죽였을 뿐 아니라 몇 겹의 철통 같은 경비를 뚫고 자신의 앞에 나타난 괴물이니까 말이다.

"그래, 명심하지."

"속으로 열을 센 후 눈을 떠라. 그 전에 뜨면 죽는다. 그리고 탈혼마인과 적화사신은 죽었다. 그러니 그놈들까지 너를 찾아와 귀찮게 굴진 않을 게야. 헐헐헐헐."

"그렇군. 살왕이었군. 당신에게만 의뢰를 할 걸 그랬어!"

"헐헐, 그랬어야지. 그러면 황금을 무려 사천 냥이나 보존할 수 있었을 테니까."

"그러게 말이야. 다른 두 놈에게도 선금으로 지불해 버린 까닭에, 결과적으로 풍황 하나의 목숨에 황금 오천 냥을 써버린 형국이 되는군."

그러나 화답은 오지 않았다.

속으로 열을 센 경부전은 슬그머니 눈을 떴다. 방엔 아무도 없었다. 자기 전과 변한 것 또한 전혀 없었다. 목에서 흐르는 피만 아니었다면 꿈을 꾸었다고 착각할 정도였다.

손으로 목을 누르며 경부전은 간담을 쓸어내렸다.

"후우, 출혈이 너무 크군. 반드시 호북을 차지해 모두 만회해야한다!"

그는 내일 약속 장소에 돈을 두기로 했다.

두 성의 주인이 되어야 할 자신이 이런 일로 죽을 수는 없기 때문이다.

닷새를 부지런히 달린 단우비 일행은 연산에 다다랐다.

지난 육 년간 적마대는 오부 이십오 개 조, 이백오십 명으로 머릿수를 불린 상태였다. 연산 북서쪽 숲에 숨어 있는 건 이부 사조 아홉 명이었다. 강진도 이부 사조원이니 열 명 전원이 단우비를 보좌하는 임무를 맡은 셈이었다.

강진의 친형이자 이부 사조장인 자영검(紫榮劍) 강선(康僊)의 말에 따르면 수뇌부는 기존의 전쟁 계획을 모두 파기하고 처음부터 새로 짜는 중이었다. 단우선이 얼마만큼 아는지 모르다 보니 어쩔 수 없었다.

그로 인해 반격은 아직 시작되지 않았다. 복건을 이 잡듯이 뒤지는 정검회와 도망치는 단우세가의 숨바꼭질만 이어지고 있을 뿐이다.

수뇌들이 단우비에게 바라는 것은 치고 빠지는 유격전이었다. 최대한 화려하게 날뛰어주길 원했다.

그가 죽지 않고 계속해서 정검회 문도들을 무찔러 나간다면 미온적인 동맹 방파들의 태도를 바꿀 수 있었다.

유격전이나 국지전만으론 복건의 주인이 될 수 없다. 언젠가는 전면전을 벌여야 하고, 그 전면전엔 반드시 동맹 방파들의 힘이 필요했다.

단우비는 비릿하게 웃었다.

"바라던 바야. 연산부터 시작하지. 강 조장, 연산의 상황은?"

강진은 얼굴에 그늘을 만들며 대답했다.

“경비가 철통같은 데다 완전히 봉쇄되어 정보가 외부로 흘러나오지 않습니다. 침투를 시도했지만 실패했습니다.”

“아무것도 모른다는 거군.”

“죄송합니다.”

“적귀대는 아직도 연락이 없어?”

“예.”

“연산의 병력은?”

“기존의 정보대로라면 백기회 사백 명입니다. 성 외곽을 적귀대가 지켰기에 따로 병사들을 고용하지 않았지요. 그러나 현재 상황은 알 수 없습니다. 저희가 파악한 건 백기회 백여 명과 낭인 이백여 명이 성문과 성벽에 흩어져 주변을 물샐틈없이 감시하고 있다는 것뿐입니다.”

생각을 정리한 단우비는 모두에게 지시를 내렸다.

“강 조장은 부가주에게 전서구를 날린 뒤 조원들과 함께 가장 가까운 곳에 있는 정검회 놈들을 찾아. 적귀대를 찾은 다음은 그놈들이니까. 호위대는 이곳에 남아. 내가 돌아올 때까지 훈련에 매진해.”

적마대는 이의가 없었지만 동 일행은 달랐다. 다들 불만 가득한 표정을 지었다. 대표로 동이 외쳤다.

“대장! 혼자 가겠다는 거야?”

단우비는 딱 잘라 대답했다.

"그래. 조만간 너희가 활약할 기회를 줄 거야. 그러니 시키는 대로 해."

"하지만!"

손을 들어 동의 말을 끊은 단우비는 가부좌를 틀고 앉아 운기를 시작했다. 몸 상태를 최고조로 끌어올리기 위함이었다.

자시 초가 되었다.

배를 든든하게 채운 단우비는 빠르게 준비를 갖추었다.

오는 길에 마련한 흑의로 갈아입어 얼굴부터 발끝까지 모두 가렸다. 어깨에 철궁을 메고, 양쪽 허벅지에 화살이 가득 찬 통을 묶었다. 통검과 천검을 오른쪽 허리춤에, 귀곡도를 왼쪽 허리춤에 꽂았으며 황금빛 끈을 목에 걸었다. 품엔 천진만변도법과 풍마신장 비급이 들어가 있었다. 어제 동이 풍마신장을 다 외워 그에게 돌려주었다.

모두와 간단히 작별 인사를 나눈 그는 홀로 숲을 떠났다. 부지런히 달려 자정 무렵 연산의 백 장 앞에 다다랐다. 주변에 펼쳐진 논밭에 몸을 숨긴 후 안력을 집중해 북서쪽 성벽을 훑었다.

십 장 간격으로 횃불이 꽂혀 있었다. 조잡한 갑옷을 입은 낭인 둘, 백의를 입은 강호인 하나, 이렇게 세 명이 한 조를 이루어 수십 명이 성벽 위를 돌아다녔다.

웬만한 고수라면 저들에게 들키지 않고 내부로 잠입하는

건 힘들었다. 그러나 단우비는 웬만한 고수가 아니었다. 삼십사 두의 절정고수였다.

충분히 가능하다고 자신한 단우비는 귀곡도가 쇳소리를 흘리지는 않는 지 검갑을 점검했다. 그런 다음 포복자세로 기어 성벽으로 다가갔다.

조심스럽게 움직였기에 반 시진 후에야 성벽에 바짝 붙을 수 있었다. 감각을 끌어올리자 성벽 위뿐 아니라 안쪽 아래에도 낭인들이 돌아다닌다는 것을 알게 되었다. 다른 곳도 여기와 마찬가지라면 백기회가 고용한 낭인들의 수는 최소 삼백 명 이상이었다.

단우비는 속으로 숫자를 세며 틈을 찾으려고 애썼다.

아무리 검토해도 기회는 한순간뿐이었다. 조금이라도 시기가 안 맞거나 늦으면 바로 발각되고 만다.

바짝 긴장한 그는 호흡을 가다듬어 기척을 감추었다. 그런 뒤 천천히 높이 십 장의 성벽을 기어올랐다. 구 장까지 올라간 후 기회를 엿보았다.

잠시 후 세 명의 경비가 그가 숨어 있는 지점 위를 통과했다. 그들이 일 장여를 이동하자 단우비는 번개같이 솟구쳐 단번에 경비들의 등 뒤를 스쳐 지나갔다.

안쪽으로 뛰어내려 벽에 매달렸다. 아래에 있는 경비들을 위치를 파악한 후 두 다리로 벽을 박차고 한 마리 새처럼 십오 장을 날아가 가까운 건물 벽 뒤의 그림자에 숨었다.

아무런 소리 없이 눈 깜짝할 새에 벌어진 일이라 경비들 중 누구도 그의 침입을 눈치채지 못했다.

예전의 그였다면 들키든 말든 다 박살 내고 침입했을 것이다. 이런 방법을 쓰기엔 끈기, 인내, 냉정, 침착성이 부족했기 때문이다.

그는 정말로 크게 변해 있었다.

어둠에 둘러싸인 연산의 거리는 고요했다. 모든 건물의 불이 꺼졌고, 돌아다니는 이는 백기회의 문도들뿐이었다. 다섯 명이 한 조가 되어 순찰을 돌았다.

근처 건물 지붕에 납작 엎드린 단우비는 생각을 정리했다.

공식적으로 적귀대의 전력은 이백 명이었다. 그들은 중부의 백기회 근처 화령 객잔을 통째로 빌려 묵었다.

나머지 삼백 명은 연산 북서쪽의 연가 포목점, 북동쪽의 최가 대장간, 남동쪽의 유가 서원에 신분을 숨긴 채 살며 훈련에 매진했다.

드러난 이백 명이 전멸했어도 숨은 삼백 명은 무사할 가능성이 큰데, 그들마저 지금까지 단우세가에 전서구를 날리지 않았다.

단우비는 가까운 연가 포목점부터 확인하기로 결심을 굳혔다.

그는 지붕 위를 은밀하고 신속하게 뛰어다녀 잠시 후 연가 포목점에 도착했다. 내부는 어둠에 잠겨 있었고, 부서진 건물이나 피 냄새 등 전투의 흔적은 전혀 없었다.

기척은 다섯밖에 느껴지지 않았다. 움직이지 않고 한곳에 머물렀다.

'숨어 있군. 순찰조도 다섯! 이들은 순찰조 중 하나가 분명해! 여기마저 발각되다니!'

눈살을 찌푸린 단우비는 연가 포목점을 떠났다. 그 뒤 화령 객잔, 최가 대장간, 유가 서원을 순서대로 방문했다. 모두 비어 있었고, 전투의 흔적은 없었으며, 순찰조로 추정되는 다섯 명만 매복해 있었다.

정보를 종합한 단우비는 단정을 지었다.

백기회와 정검회가 적귀대를 처리했다면 전투의 흔적이 존재할 것이고, 네 곳의 건물에 순찰조가 숨어 있을 이유 또한 없었다. 저들은 누군가가 잊은 물건을 회수하기 위해 돌아올지도 몰라 숨어 있는 것이었다.

그 말인 즉, 적귀대는 죽지 않았다. 살아서 도망쳤다. 백기회는 그들이 연산 어딘가에 숨어 있다고 판단해 성을 봉쇄하고 내부를 샅샅이 수색 중이었다.

그러면 모든 것이 맞아떨어진다!

'세가에서 보낸 전서구가 아슬아슬하게 도착했나 보군. 그래서 본거지는 벗어났지만, 연산을 탈출하지는 못한 거

야. 그런데 왜 그 전서구로 화답을 하지 않은 거지? 살아 있다는 것은 다행인데, 어떻게 찾는담?'

하늘을 보니 어둠이 서서히 물러가고 있었다. 곧 날이 밝는다. 단우비는 오는 길에 보았던 동쪽의 빈민가로 신형을 날렸다.

'다시 밤이 되면 백기회에 쳐들어가 화려하게 날뛰자. 그러면 알아서 튀어나오겠지. 합류해 나머지 모두를 박살 내고 떠나는 거야!'

빈민가에 도착한 그는 날이 저물기를 기다리며 사람들 눈에 띄지 않도록 숨어 다녔다. 음식을 훔쳐 배를 채웠고, 대장간에 잠입해 꺼진 화로를 살리는 데에 쓰는 기름병도 열 개 훔쳤다.

물론 훔친 것만큼의 금액을 놓아두었다. 아무리 돈에 인색한 그라고는 해도 벼룩의 간을 빼먹는 짓은 차마 할 수 없었기 때문이다.

자시 초가 되자 그는 빈민가를 떠나 중부로 달렸다.

백기회의 본거지는 과거 강서무림 현세방의 터전으로 단우비도 여러 날 묵은 적 있었다. 그 덕분에 내부의 지리를 대충 파악하고 있었다.

백기회 정문은 남쪽에 위치했다. 단우비는 우선 북동쪽 외벽에 붙었다. 열 발의 화살에 기름 적신 천을 묶은 후, 기름병을 매달았다.

준비가 끝나자 화섭자로 화살에 불을 붙여 백기회 내부를 향해 힘껏 쏘았다. 그러고는 외벽을 따라 남쪽으로 달리며 나머지 아홉 발의 기름병을 단 불화살을 순차적으로 날렸다.

화살마다 힘 조절을 달리했기에 어떤 것은 중부까지 날아가 정원을 불바다로 만들었고, 어떤 것은 외벽 근처의 건물을 태웠다. 기름병이 큰 효과를 발휘해 불은 빠른 속도로 확산되었다.

무려 열 곳에서 동시다발적으로 화재가 발생하자 적막이 감돌던 백기회 내부는 삽시간에 아수라장이 되었다. 사람들의 고함과 발소리가 끊임없이 터졌다.

그 무렵 단우비는 정문에 다다랐다. 십여 장 떨어진 건물의 그림자 속에 숨은 그는 화살 세 발을 꺼냈다.

정문을 두 명이 지키는 중이었다. 꽤나 동요한 눈치였는데 그래도 자리를 이탈하지는 않았다.

시위에 화살을 건 단우비는 백기회 내부를 노려보았다. 화염이 번지는 와중에 하늘 높이 신호탄들이 쏘아졌다. 적의 공격이라고 판단해 연산에 퍼져 있는 순찰조, 아니 수색조들을 부르고 있는 것이다.

단우비는 독기를 품었다.

백기회주 화양도 누염신은 백리산의 만사위였다. 백리산은 무려 십육 년 넘게 누염신을 적극적으로 밀어주었다.

그 누염신과 맏딸을 잃는다면 백리산의 정신적 타격은 엄청날 터, 그야말로 반격의 첫 제물로 적합했다.

'전쟁의 시작이다! 가자!'

적귀대의 행방은?

두 발의 화살이 쾌속하게 거리를 가로질렀다. 그것은 백기회 정문을 지키는 두 문도의 미간에 틀어박혔다.

화살이 시커먼데다 워낙 빨라 두 명은 영문도 모른 채 즉사했다.

뒤이어 맹렬하게 회전하는 한 발의 화살이 정문에 꽂혔다. 그러기 무겁게 굉음을 터뜨리며 문이 산산조각 났다.

단우비는 비산하는 파편들을 뚫고 백기회 내부로 뛰어들었다. 문 안쪽에도 두 명의 경비가 존재했다. 그들은 폭발의 여파에 휩쓸려 바닥에 널브러진 채 꿈틀거렸다.

왼손으로 화살 하나를 움켜쥔 단우비는 두 명에게 달려가 심장에 구멍을 뚫었다. 두 명의 피가 묻은 화살을 그대로 시위에 걸며 왼쪽으로 신형을 날렸다.

화재는 오른편에 집중되어 있었다. 절반인 왼편은 성해 여전히 몸을 숨길 그림자들이 많았다.

하인, 시녀, 무인들이 오른쪽으로 달려가는 중이었다. 하인과 시녀들은 화재를 진압하기 위해, 무인들은 적과 싸우기 위해서였다. 몇몇은 정문에서 터진 폭음을 듣고 방향을 바꿔 그쪽으로 향했다.

단우비는 개중 무인들만 골라 화살을 날려 숨통을 끊고 몸을 숨기는 전법을 사용했다. 그러며 조금씩 착실하게 중부로 나아갔다.

방주의 거처는 중부에 있는 일세각이었다. 지금은 이름이 바뀌었겠지만 누염신 일가는 분명 그곳에 있을 것이었다.

스무 발의 화살이 대기를 가로질렀고, 스무 개의 생명이 사라졌다.

누구도 그의 화살을 막거나 피하지 못했다. 위력도 위력이거니와 검은 화살이 어둠에 녹아들어 백기회도들의 눈을 속였다. 일부러 검은 화살을 구입한 덕을 톡톡히 본 셈이었다.

어디선가 날아온 화살에 백기회도들이 죽어나가자 근처에 있던 하인과 시녀들이 비명을 지르며 도망쳤다.

오른편에선 화재가, 왼편에선 암습이, 백기회 내부는 더더욱 큰 혼란으로 뒤덮였다.

무려 이십 명이 사망했건만 백기회는 적의 수가 몇이며 어디서 공격하는지조차 파악하지 못했다. 그 정도로 단우비는 신출귀몰했다.

계속 중부로 나아가던 단우비의 귓가에 날카로운 호각 소리가 들려왔다. 길게 두 번 짧게 한 번 길게 네 번, 이 소리가 반복되고 있었다.

그러자 우왕좌왕하던 사람들의 행동이 달라졌다. 하인과 시녀들은 여전히 화재 진압에 힘썼지만, 백기회도들은 화재를 뒤로하고 중부로 달려갔다.

단우비는 얼른 옆의 건물과 건물 사이의 어둠 속으로 몸을 숨겼다. 빠르게 벽을 타고 지붕위로 올라가 감각을 집중했다. 가까운 곳에서 중부로 달려가는 세 명의 기척을 파악해 건물을 건너뛰며 그들을 좇았다.

네 개의 건물을 이동한 그는 지붕에 납작 엎드렸다. 전면 아래에 일세각과 그 앞의 연무장이 보였다. 일세각의 현판은 백천각(白天閣)으로 바뀌어 있었다.

신호를 듣고 달려온 자들이 빠르게 연무장으로 집결하고 있었다. 몇몇 중년인들이 어서 대형을 갖추라고 고래고래 악을 질렀다.

그것으로 보아 신호의 의미는 적에게 농락당하고 있으니 한데 모여 대항하자는 것 같았다.

모두 백의를 입고 있었지만 가슴팍에 새겨진 문양은 두 종류였다. 하나는 안쪽에 백(白)자가 써진 깃발이었고, 다른 하나는 네 개의 검이었다.

'정검회 사검대!'

여기까지 오는 도중 무인들은 백기회도들 밖에 보지 못했기에 단우비는 심히 당황했다.

곰곰이 생각해 보니 이해가 되었다.

적귀대의 머릿수는 오백, 사백인 백기회만으로는 상대하기 어려웠다. 그래서 적귀대를 찾으면 합공하기 위해 사검대 이백 명 전원이 대기하고 있었던 것이다.

단우비는 사냥감이 하나 더 늘어났으니 잘되었다고 마음가짐을 바꾸었다. 한 번 해 보자고 온몸에 용기를 불어넣었다.

현재 모인 백기회의 머릿수는 삼십여 명, 사검대의 머릿수는 백이십여 명 정도였다.

낯익은 두 명의 중년인이 백천각 입구 쪽에 서서, 오른편의 화재와 더 이상 비명이 들려오지 않는 왼편, 그리고 대형을 갖추는 무인들을 시시각각 확인하며 심각한 얼굴로 대화를 주고받았다.

왼쪽의 신경질적으로 보이는 삼십 대 중반 중년인은 누염신이었다. 오른쪽 투박한 외모의 사십 대 중반 중년인은 백리산의 사촌동생이자 사검대주인 혈요검(血妖劍) 백리손이었다.

단우비는 육 년 전 백리산 일가와 만남을 가졌을 당시 두 사람과도 몇 마디 대화를 나눈 적이 있었다. 특히 백리손은 비극이 일어난 혼례식 당일 밤 다른 다섯 개 검대주와 함께 그에게 살수를 퍼부었다.

그때의 기억이 떠올라 단우비는 백리손을 노려보며 이를 갈았다.

지금도 연무장엔 병력이 불어나고 있었다. 그들이 다 모이기 전에, 어수선한 분위기가 사라지기 전에 움직여야 했다.

벌떡 몸을 일으킨 단우비는 즉각 전력을 다한 통천궁을 쏘았다. 그 후 이리저리 지붕 위를 달리고, 건물을 뛰며 통천궁과 일반 화살을 불규칙적으로 섞어 날렸다.

연무장에 모인 자들이 섬뜩한 파공성을 들은 것과 동시에 첫 번째 통천궁이 밀집한 대형을 덮쳤다. 그것은 기묘한 곡선을 그리며 거침없이 대형을 가로질렀다. 진로를 방해하는 모든 것을 꿰뚫으면서 말이다.

한순간에 이십여 명이 머리나 몸뚱이가 터져 즉사했고, 대여섯 명은 신체 중 일부를 잃고 괴성을 질렀다.

피와 살점이 비산하며 대형이 붕괴되는 찰나 두 번째 통천궁이 짓쳐 들어 다시 이십여 명의 몸을 터뜨렸다.

예상치 못한 기습에 백기회뿐 아니라 개개인이 고수들인 사검대마저 속수무책으로 당했다.

"산개하라! 산개하라!"

그제야 정신을 차린 누염신이 손을 휘저으며 악을 질렀다.

"컥!"

쩍 벌어진 그의 입속으로 시커먼 화살이 빨려 들어가듯 사라져 뒤통수를 뚫고 밖으로 튀어나왔다. 그뿐 아니라 바로 옆에 서 있던 백리손의 미간에도 화살이 깊숙이 틀어박혔다.

누염신은 이십이 두의 고수였고 백리손은 이십육 두의 절정고수였지만, 애석하게도 단우비는 그들보다 훨씬 더 높은 경지에 올라 있었다.

게다가 그들은 대량 학살을 자행하는 통천궁에 정신이 팔려 소리 없이 쾌속하게 짓쳐 드는 검은 화살을 간파하지 못했다.

그 결과 이렇게 허무하게 생을 마감하게 된 것이었다.

"대주님!"

"회주님!"

누염신과 백리손이 두 눈을 부릅뜬 채 허물어지자 여기저기서 절규가 터졌다.

두 발의 통천궁이 혼란과 절망으로 가득한 무리를 비정하게 덮쳐 무려 삼십여 명의 숨통을 끊었다.

그때 올해 쉰여섯 살인 사검대 부대주 녹광검(綠光劍) 차교(嵯皎)가 어느 한쪽을 가리키며 부르짖었다.

그는 마냥 슬퍼하지 않았다. 필사적으로 냉정을 유지해 화살이 날아오는 방향을 역 추적했다. 그런 노력 끝에 현란하게 움직이며 화살을 날리는 단우비를 기어이 찾아낸 것이다.

"통천궁! 통천귀다! 놈만 죽이면 반란은 끝난다! 회주님과 대주님의 원수를 갚자! 저기다! 저기에! 으헉!"

그는 말을 채 끝맺지 못했다. 그가 단우비를 찾기 직전 이미 한 발의 화살이 쏘아졌고, 단우비를 찾아 부하들에게 공격하라고 명령을 내림과 동시에 그 화살이 그의 심장에 틀어박혔기 때문이다.

망연자실해 있던 사검대 일부장 탈음검(奪音劍) 송평(悚平)은 차교의 외침으로 정신을 차렸다. 그는 힐끗 백기회 부회주 조산권(肇山拳) 여부(勵扶)를 살폈다. 아무리 봐도 여부는 혼이 반쯤 달아난 상태였다.

'빌어먹을! 내가 지휘를 해야 하는군!'

화살은 대량학살용과 저격용, 두 종류였다. 저격용 화살은 지휘가 가능한 수뇌들만 노리고 있었다. 그것을 깨달은 송평은 급히 두 부하의 등 뒤에 숨었다.

'혼자 쳐들어오지는 않았을 테고, 적귀대는 어디에 있지?'

송평이 머리를 굴리는 사이 세 발의 통천궁이 이십여 명을 더 죽였다. 게다가 저격용 화살이 여부의 미간에 틀어박혔다.

현재까지 사망한 자는 백기회 이십여 명, 사검대 칠십여 명, 백리손, 누염신, 차교, 여부였다. 전투 불능의 부상자도 삼십여 명에 육박했다.

백오십여 명이 넘었건만, 눈 깜짝할 새에 전력이 삼십여 명으로 줄어든 것이다!

그나마 다행인 것은 잔여 병력인 백기회 오십여 명과 사검대 팔십여 명 전원이 뒤늦게나마 도착해 합류했다는 것이었다.

연산에 퍼져 있는 수색조들은 거리가 있어서 그런지 아직 모습을 드러내지 않았다.

'적귀대는 무시한다! 단우비! 무조건 단우비만 노린다!'

송평은 결심을 굳혔다.

수색조가 없어도 현재 전력이면 충분히 해 볼만 했다. 적귀대와 싸우는 건 무리지만 단우비 하나는 죽일 수 있었다.

백기회와 사검대의 목숨을 대가로 단우비를 제거한다면 남는 장사였다. 차교의 말대로 단우비만 죽으면 반란은 종식되기 때문이다.

"멍청히 서 있지 말고 공격하라! 화살이 날아오는 방향으로 달려가 통천귀를 죽여! 어서!"

그러며 그는 두 부하를 앞세워 마지막으로 통천궁이 쏘아진 좌측 이십여 장 떨어진 건물 쪽으로 달렸다. 정신을 차린 백기회 오십여 명과 사검대 백십여 명도 독기를 드러내며 신형을 날렸다.

우왕좌왕하던 적들이 태세를 바꾸어 전속력으로 달려오

자 단우비는 전법을 바꾸기로 했다. 그 전에 명령을 내린 송평을 두 방패막이와 함께 통천궁으로 제거하려고 화살을 시위에 걸었다.

그러나 그는 화살을 날리지 못했다. 시위가 너덜너덜해 더 화살을 쏘는 건 무리였다. 그렇게 통천궁을 날려댔으니 어쩌면 당연한 일이었다.

아쉬움에 입맛을 쩝 다신 그는 철궁을 어깨에 메었다. 그러고는 뒤쪽으로 오십여 장을 이동해 백천각과 거리를 벌렸다. 민첩하게 지상으로 뛰어내린 뒤 호흡을 가다듬어 기척을 죽였다. 그런 다음 원을 그리며 달려 백천각 뒤편으로 향했다.

지형과 어둠, 자신의 감각을 최대한 활용했기에 눈에 불을 켠 채 수색하는 자들에게 발각되지 않고 백천각 뒤편에 도착했다.

예상대로 백천각 뒤편은 조용했다. 어디선가 주워들은 등잔 밑이 어둡다는 속담은 사실이었다.

그는 각 층마다 설치된 처마를 밟고 백천각 삼 층으로 올라갔다. 삼 층 내부에선 기척이 느껴지지 않았다. 다행이라고 생각하며 어두운 방의 창문을 내력으로 열고 내부로 숨어들었다.

창문을 닫은 그는 방구석에 쪼그려 앉았다. 철궁을 무릎위에 올려 너덜너덜한 시위를 풀고, 품에서 예비용 시위 두 개를 꺼냈다. 그 두 개의 시위를 꼬아서 더욱 튼튼하게 만든 다음 철궁에 단단히 묶었다.

다시 철궁을 어깨에 멘 그는 도둑걸음으로 걸어 방문을 열고 통로로 나왔다. 이 층으로 이어진 계단으로 향하며 감각을 집중했다. 이 층에선 세 개의 기척이 느껴졌고, 일 층은 수십 명이 부산스럽게 움직이고 있었다. 고통에 찬 신음과 비명이 연신 들려왔다.

단우비는 우선 이 층으로 내려가 세 개의 기척이 모여 있는 방 앞에 섰다. 손가락에 침을 발라 창호지에 구멍을 뚫어 내부를 훔쳐보았다.

대여섯 살인 계집아이와 예닐곱 살인 사내아이 둘이 침상 밑에 숨어 밖으로 고개만 내밀고 있었다. 그 앞을 육십 대 초반의 노파가 지켰다.

아마도 누염신의 자식들과 유모인 것 같았다.

단우비는 갈등에 휩싸였다. 지금은 어리지만 성장하면 화근이 된다. 그에게 복수하려고 들 것이 분명했다.

잔인하지만 죽이는 것이 좋은데, 불현듯 눈앞에 얼굴도 모르는 갓난아기가 떠올랐다.

어딘가에서 진주가 낳아 기르고 있을 자신의 아이였다.

나직이 한숨을 내쉰 그는 조용히 뒷걸음질 쳤다. 일 층으로 이어진 계단 근처에 쪼그려 앉아 기척을 취대한 죽였다. 그런 뒤 살금살금 몇 계단 내려가 아래로 고개를 내밀어 일

층을 살폈다.

계단은 동쪽 벽에 붙어 있었고, 아래는 넓은 대청이었다. 남쪽에는 대문이 위치했다.

대문 근처의 대청 바닥에 삼십여 명의 부상자들이 드러누워 시녀들에게 치료를 받는 중이었다. 신음과 비명은 그들이 지르고 있었다.

누염신과 백리손의 시체도 한쪽에 나란히 놓여 있었다. 화려한 홍의를 입은 삼십 대 초반의 미부인이 누염신의 시체를 부둥켜안고 서럽게 울어대었다. 몇몇이 그녀를 위로하려고 애썼지만 허사였다.

단우비는 마음을 독하게 먹었다. 아이들은 못 죽였지만 저 여자는 다르다. 반드시 죽여야 한다. 백리산의 맏딸인 백리설연(百里雪煙)이니까 말이다.

각오가 굳어지자 그는 철궁을 꺼내 화살 하나를 시위에 걸었다. 그때 백리설연이 벌떡 몸을 일으켰다. 눈물을 글썽이며 악에 받친 얼굴로 주변 모든 이들에게 삿대질을 퍼부었다.

"대체 뭣들 하는 거야? 왜 아직도 그 마귀를 죽였다는 소식이 없어? 너희들 대체 뭐하는 것들이야! 죽여! 죽여! 죽여서 내 앞에 시체를 끌고 오란 말이야아아아악!"

일말의 망설임마저 사리지게 만드는 백리설연의 외침에 단우비는 씨익 웃었다. 번개같이 세 계단 아래로 내려가 시야를 확보한 그는 주저 없이 시위를 퉁겼다.

한 발의 화살이 쾌속하게 쏘아져 백리설연의 등을 뚫고 심장에 틀어박혔다.

예상치 못한 사태에 대청에 있는 이들이 기겁을 할 때 단우비는 이미 삼 층으로 되돌아간 상태였다.

대청에는 부상자들과 시녀들뿐 성한 무인들은 한 명도 없었다. 그로 인해 누구도 단우비를 추격하지 못했다. 대신 부상자들의 명령을 받은 시녀들이 밖으로 나가 엉뚱한 곳을 헤집고 다니는 자들을 불렀다.

단우비는 이곳에 침입할 때 사용한 방으로 들어갔다. 창문을 열고 밖으로 나간 뒤 기척이 가장 적게 느껴지는 북쪽으로 신형을 날렸다.

소기의 목적을 달성했지만 그는 백기회를 빠져나갈 생각은 추호도 없었다. 조만간 적귀대가 도착할 터, 그때까지 유격전을 계속해 적의 머릿수를 최대한 줄여놓을 작정이었다.

그는 쾌속하게 움직여 사냥감들을 찾아 나섰고, 그때부터 백기회 곳곳에서 비명이 끊임없이 터졌다.

피와 살육으로 얼룩진 밤이 끝나고 아침이 밝아왔다.

백기회 내부는 처참했다. 화재를 제대로 진압하지 못해 총면적의 삼분지 일 가까이가 소실되었다. 불은 꺼졌지만 아직도 곳곳에서 희뿌연 연기가 뭉게뭉게 피어올랐다.

인명피해는 더욱 끔찍해 백기회 백사십여 명, 사검대 백육십여 명, 낭인 삼십여 명, 무려 삼백삼십여 명이 살해당했다.

왜 낭인들이 포함되어 있는가 하면 축시 중반 송평이 다시 신호탄을 쏘아 성문을 지키던 자들까지 모두 불러 모았기 때문이다.

정보 차단이니 적귀대의 탈출 저지니 하는 것에 신경 쓸 때가 아니었다. 이대로라면 단우비 한 명에게 백기회와 사검대가 전멸당할 판국이었다.

그러나 그럼에도 불구하고 상황은 나아지지 않았다. 누구도 단우비의 그림자조차 구경하지 못했고, 통천궁은 뭉쳐 있는 무인들만 노려 대량학살을 자행했다.

멍청하다고 알려진 단우비가 어떻게 이리도 얄밉게 치고 빠지는 전술을 사용하는 건지 송평은 울화가 치밀었다.

그는 포기하고 도망칠 생각은 눈곱만큼도 없었다. 끝장을 보기 위해 백기회 외곽을 포위한 후 내부를 이 잡듯이 뒤졌다.

하지만 애석하게도 단우비는 백기회 내부에 없었다. 한 식경 전 유유히 포위망을 벗어나 서쪽 오십여 장 떨어진 화령객잔 지붕 위에 숨어 있었다.

처음 계획과 달리 전투를 도중에 중단한 이유는 세 가지였다. 날이 밝아 숨어 다니기 힘들어졌고, 팔십 발의 화살과 예비용 활시위를 모두 소모한데다 적귀대가 감감무소식이었기 때문이다.

그는 슬쩍 주변을 훑었다. 백기회 근처에 구경꾼들이 모여 있고, 족히 잡아도 수백 명이 넘는 사람들이 짐을 싸들고 성문 쪽으로 이동 중이었다.

성문의 경비가 사라진 틈을 노려 연산을 따나려는 것이다. 그동안 연산을 이 잡듯이 뒤지며 핍박하는 백기회 때문에 고초를 겪었으니 무리도 아니었다.

단우비의 눈에 이채가 번뜩인 것은 그때였다.

'적귀대도 원인을 파악하는 대신 연산을 빠져나가기로 한 건가? 하긴 좋은 기회이긴 하지. 그렇다면 누군가의 눈에 뜨였을지도 몰라.'

여기까지 생각한 그는 몸을 일으켰다. 우선 텅 빈 화령 객잔 내부로 들어가 차가운 물로 몸을 씻었다. 정신이 번쩍 들며 밤샘 노동으로 인한 피로가 사라졌다. 몸에 묻은 땀과 이물질들을 모두 제거해 기분이 상쾌하기도 했다. 상처는 하나도 입지 않아 따로 치료를 할 필요는 없었다.

객실을 뒤져 평범한 마의로 갈아입었고, 때 묻은 천으로 무기들을 한데 묶어 돌돌 감쌌다. 그것을 등에 맨 뒤 옷가지들을 잔뜩 넣은 보따리 두 개를 양손에 들었다. 머리칼을 흩뜨려 얼굴을 절반쯤 가리자 그런대로 짐을 싸서 떠나는 거주민처럼 보였다.

객잔 밖으로 나온 그는 서쪽으로 향했다. 자연스럽게 사람들 무리에 섞여 열린 서문을 통과해 연산 밖으로 나왔다. 잠시 동안 무리와 함께 이동하다가 슬그머니 이탈해 북서쪽으로 방향을 바꾸었다. 일단 부하들과 합류할 작정이었다.

북서쪽 숲에서 그를 반겨준 이는 흑요였다. 나머지 세 명은 보이지 않았다.

단우비는 다짜고짜 흑요를 추궁했다.

"어떻게 된 거야?"

"새벽 즈음부터 주변이 소란스러워졌습니다. 조사해 보니 연산을 떠난 이주민들이 북쪽으로 가고 있더군요. 원래 강서 사람들이었는데 지금까진 참고 살았지만 더는 견딜 수 없어 강서로 완전 이주할 거라고 합니다."

"그들뿐이었어? 적귀대는 없었고?"

"예."

"계속해."

"성문이 열렸고 경비들이 사라졌다는 것도 알게 되었습니다. 그래서 모두 가주님을 찾으러 갔습니다. 저는 가주님이 돌아올 경우를 대비해 남았고요."

"엇갈렸구만. 지시한 대로 이곳에 대기하고 있을 것이지!"

눈살을 찌푸린 단우비는 백기회 주변에 있던 구경꾼들을 더 자세히 살펴보지 않은 걸 후회했다. 잠시 고민한 그는 양손에 든 보따리를 흑요에게 던졌다.

"그 안에 든 옷 중 하나로 갈아입어."

그러나 흑요는 보따리를 풀지 않았다. 대신 무표정한 얼굴로 단우비를 빤히 쳐다보았다.

"찾으러 가자는 겁니까?"

"그래."

"그럴 필요 없습니다."

"응?"

그녀는 품에서 호각 세 개를 꺼냈다. 각각 일(一), 이(二), 삼(三)자가 새겨져 있었다.

"강 조장님이 전서구 세 마리를 남겨두고 떠났습니다. 일 번은 부가주님과 이 번은 강 조장님과 삼 번은 도련님과 연락이 가능하도록 만들어 두었습니다."

고개를 끄덕인 단우비는 가부좌를 틀고 앉았다.

"강 조장에게 연산을 떠난 무리들을 전부 조사하라고 해. 적귀대가 섞여 있을 가능성이 높아. 대추에게는 이곳으로 돌아오라고 전하고."

"예."

흑요는 우선 이 번 호각을 불었다. 잠시 후 근처에서 쉬고 있던 비둘기 한 마리가 날아왔다. 그녀는 휴대용 지필묵으로 전서를 작성해 비둘기 다리에 묶어 하늘로 날렸다. 그 뒤 삼 번 호각을 불어 같은 일을 반복했다.

그 사이 단우비는 운기를 시작해 고갈된 내력을 채워나갔다.

한 시진 반이 흘렀다.

황추 일행 대신 그들에게 날렸던 전서구가 돌아왔다. 다리는 매끈했고, 왼쪽 날개에 붉은 점이 하나 찍혀 있었다.

흑요와 단우비는 동시에 붉은 점으로 얼굴을 가져가 냄새를 맡았다. 그러기 무섭게 안색을 굳혔다.

붉은 점의 정체는 피였기 때문이다.

단우비는 서둘러 무기들을 감싸둔 천을 풀며 외쳤다.

"말들을 가져와."

동 일행이 백기회에 발각되었을 가능성이 높았다. 연산으로 돌아가야 하는데, 은밀하게 움직일 여유가 없었다. 지금은 최대한 빨리 동 일행과 합류하는 것만 생각해야 했다.

흑요의 눈망울이 흔들렸다.

"강 조장님이 여섯 마리 모두 가져갔습니다. 동 소협이 그렇게 하자고 제안했습니다."

"흐!"

인상을 구긴 단우비는 통검과 천검, 귀곡도만 챙겼다. 화살과 활시위를 다 소모해 궁술은 쓸 수 없었다.

"나 혼자 간다. 너는 남아. 짐을 하나 더 늘리기는 싫어."

"안 됩니다. 도련님이 살아계셔야 제 꿈을 이룰 수 있습니다."

흑요의 태도는 완강했다. 실랑이 하는 시간이 아까워 단우비는 딱 잘라 말했다.

"위험하다 싶으면 바로 도망쳐. 거치적거리지 말란 말이야. 알겠어?"

"예!"

우렁차게 대답한 흑요는 다른 짐을 포기하고 쌍검만 챙겼다. 그런 뒤 일 번 호각을 불었다. 숲에 있던 전서구가 날아왔다. 그녀는 두 마리로 늘어난 전서구를 새장에 넣어 등에 맸다.

호각 소리가 들리지 않을 정도로 멀리 떨어져 있으면 전서구를 사용할 수 없다. 이곳으로 돌아오지 못할 가능성도 있다 보니 짐이 되더라도 전서구는 반드시 챙겨 두어야 했다.

숲 밖으로 나간 두 사람은 연산 북문으로 향했다. 떠날 사람은 다 떠났는지 성문 주변엔 아무도 없었다.

성 안으로 들어가려던 단우비는 멈칫했다.

"삼 번 전서구 꺼내서 날려. 그걸 추적하면 헤매지 않아도 돼."

"그렇군요."

좋은 계책이라 흑요는 얼른 새장에서 왼쪽 날개에 피가 묻어 있는 전서구를 꺼냈다. 단우비가 신호를 주자 그녀는 전서구를 하늘로 던졌다.

창공을 두어 바퀴 선회한 전서구는 남쪽의 연산 내부가 아니라 동쪽 벌판으로 날아갔다.

흑요와 단우비는 혼란에 휩싸였다. 머뭇거릴 시간이 없어 그들은 일단 전서구를 뒤쫓았다. 벌판을 지나 논밭을 가로질러 마을을 지나쳤다.

단우비는 계속 전서구를 시야 안에 둘 수 있었다. 다행히 따라갈 수 있는 수준이라는 뜻이었다. 문제는 점점 뒤처지고 있는 흑요인데, 그는 속도를 늦추지 않기로 했다.

고개를 돌린 그는 차갑게 외쳤다.

"내 발자국을 보고 따라와!"

말할 여유조차 없는지 흑요는 머뭇거리다 억지로 고개를 끄덕였다. 그러고는 천천히 속도를 낮추었다. 무리해서 따라가는 걸 포기한 것이다.

얼마 지나지 않아 그녀는 단우비의 시야에서 사라졌다. 흑요를 머릿속에서 지운 단우비는 동남쪽으로 방향을 바꿔 날아가는 전서구에게만 집중했다.

잠시 후 전서구는 전면에 똬리를 틀고 있는 야산으로 들어가 나무들 사이로 모습을 감추었다.

막 야산에 오른 단우비는 전서구를 놓쳐 얼굴을 구겼다. 그는 일단 전서구가 사라진 방향으로 달리며 청각을 집중했다.

한 식경쯤 달렸을 때 저 멀리서 병장기 소리가 들려왔다. 눈을 빛낸 그는 다리에 박차를 가하며 통검과 천검을 뽑아 하나로 연결했다. 병장기 소리의 근원지인 암석 지대에 뛰어들며 귀곡도마저 뽑아 전투태세를 갖추었다.

동 일행은 백기회나 사검대가 아니라 농민 복장에 검을 든 삼십 명의 괴한들과 혈전을 벌이고 있었다.

수적으로는 동 일행이 열세였지만 무력의 차이가 커 이미 승기를 잡은 상태였다. 벌써 괴한 십여 명이 부상당해 피를 흘렸고, 나머지 이십여 명도 지친 기색이 역력했다.

청명한 쇳소리와 함께 단우비가 발산하는 무시무시한 살기가 장내를 짓누르자 양측은 흠칫하며 고개를 돌렸다.

단우비를 보자마자 동 일행과 괴한들은 동시에 소리쳤다.

"대장!"

"가주님?"

"뭐?"

단우비는 두 눈을 동그랗게 떴고, 동 일행과 괴한들도 황당하다는 표정으로 서로를 노려보았다.

전투는 이미 중단된 뒤였다.

동 일행이 백기회에 도착한 것은 단우비가 화령 객잔 내부로 숨어든 직후였다.

단우비가 포위되었다고 판단한 그들은 도주 경로를 만들어 주기로 했다. 단우비를 믿지만 그래도 혹시나 하는 불안 때문이다.

그들은 오른쪽으로 백기회의 외벽을 따라 이동하며 기척이 가장 적게 느껴지는 곳, 포위망의 가장 허술한 부분을 찾아나갔다.

어느 순간 동이 누군가에게 미행당하고 있음을 깨달았다. 눈짓으로 대화를 주고받은 세 사람은 아무것도 모르는 척 행동하다 민첩하게 움직여 미행자를 덮쳤다.

농민 복장을 한 이십 대 중반의 청년이었는데, 황추가 얼굴을 알아보았다. 그들 근처에서 다른 구경꾼들과 함께 구경을 하던 자였다.

청년은 재빨리 도망쳤다. 쫓고 쫓기는 추격전이 벌어졌는데, 백기회와 어느 정도 거리가 벌어지자 청년이 돌연 도주를 멈추었다.

대치한 동 일행과 청년은 상대의 정체를 알려고 언쟁을 벌였다. 그러나 어느 쪽도 먼저 정체를 밝히지 않아 시간만 헛되이 흘러갔다.

결국 동 일행은 청년을 제압한 뒤 심문하기로 했다. 청년은 겁먹지 않았다. 오히려 자신감 가득한 미소를 머금으며 쌍장을 뿌렸다.

청년의 미소가 무참하게 박살 난 것은 황추와 일초식을 교환한 직후였다. 심히 당황한 그는 꼬리 만 개처럼 부리나케 도망쳤다.

이 차 추격전이 벌어졌고, 그것은 연산 동문 밖까지 계속되었다. 동문 밖엔 수백 명의 이주민들이 이동 중이었다. 개중엔 성벽에 등을 기대고 앉아 휴식을 취하는 아홉 명의 사내들도 포함되어 있었다.

사내들은 청년과 동 일행을 보자마자 신속하게 짐 속에 숨겨놓은 무기를 뽑아 들었다. 청년과 합세해 동 일행을 공격했다.

수적으로 불리했지만 동 일행은 열 명의 사내들을 압도적으로 밀어붙였다. 그 정도로 실력 차가 컸다.

비둘기 한 마리가 황추의 어깨에 내려앉은 것은 그때였다.

황추가 비둘기의 다리에 묶여 있는 전서를 읽을 때, 빠르게 시선을 교환한 열 명의 사내들이 그 기회를 놓치지 않고 쏜살같이 도망쳤다.

동 일행은 사내들을 쫓았다. 답장을 쓸 시간이 없어 동이 엄지를 깨물어 피를 비둘기의 날개에 묻힌 뒤 하늘로 던졌다.

예전의 단우비라면 이것의 의미를 모르겠지만, 지금의 단우비라면 대번에 상황을 파악하고 달려올 것이라 믿었다.

단우비만 합류하면 적의 수가 더 늘어난다고 할지라도 전혀 문제될 것이 없었다. 그래서 그는 끝까지 추격하기로 결심했다.

이 암석 지대까지 추격했을 때 적이 스무 명 더 튀어나왔다.

그리하여 삼 대 삼십의 전투가 벌어지게 된 것이었다.

사십여 일 전 백리산의 서찰을 받은 누염신은 적귀대에게 명령을 내렸다. 중요한 임무를 내릴 것이니 성벽 경비를 그만두고 모두 화령 객잔에 집합하라고 말이다.

그런 한편 백기회도들에게는 완전 무장한 채 정문 안쪽에 대기하라고 지시했다. 적귀대 전원이 화령 객잔 안으로 들어가면 즉각 포위한 뒤 공격하라고 덧붙였다.

그러며 그는 단우세가의 반란을 부하들에게 알렸다.

백기회도인 토추검(土趨劍) 형종(炯棕)은 경악했다. 그는 대장간에 맡겨놓은 무기를 찾아온다는 핑계를 대고 동료들을 떠나 남문으로 달려갔다.

남문은 적귀대 사부가 경비를 맡은 곳이었다. 다들 누염신의 명령을 받은 상태라 화령 객잔으로 이동 중이었다.

형종은 사부 사조원 철쇄검(鐵碎劍) 효중(梟衆)을 만나 정보를 전했다.

두 사람은 같은 조직에 속한 무인들로 형종은 오 년 전, 효 중은 삼 년 전부터 각각 백기회와 적귀대에 들어가 첩자 생활을 하고 있었다.

조직의 목표는 오직 하나, 정검회의 궤멸이었다.

그 정검회의 왼팔이라고 생각했던 단우세가가 반란을 꾸미고 있다니, 삼 년 동안이나 적귀대에 몸담고 있었건만 전혀 눈치채지 못했던 효중은 형종보다 두 배는 더 큰 충격을 받았다.

두 사람은 사부장 뇌고검 양무에게 백기회의 음모를 밝혔다. 조직과 단우세가의 목적은 같으니 더는 적이 아니기 때문이다.

이모저모 따져본 양무는 두 사람의 말이 사실일 가능성이 높다고 판단했다.

백기회도들에게 돌아가지 않으면 의심을 살지도 몰라 형종은 중부로 떠났고, 양무는 긴급 연락용 전서구를 적귀대주 마정에게로 날렸다.

동문을 출발해 화령 객잔에 반쯤 다가간 상태였던 마정은 반신반의했다.

그는 일단 부하들을 정지시킨 후 한 명을 백기회로 보냈다.

돌아온 부하는 형종과 효중의 말대로 백기회도들이 완전무장한 채 정문에 대기 중이라고 보고했다.

마정은 세뇌해 조종하던 귀천검 민종과 귀지검 종민을 단칼에 죽였다. 그런 후 긴급 연락용 전서구를 날려 성문을 지키는 이백 명과 숨어 있는 삼백 명 전원에게 한시바삐 연산을 탈출하라고 명령했다.

누염신은 무언가 일이 잘못되었다는 것을 깨달았다. 서둘러 연산을 봉쇄한 후 백리산에게 전서구를 날렸다. 적귀대의 머릿수가 이백이 아니라 오백이라는 것을 알게 되어 낭인들도 삼백 명 고용했다. 지원 병력이 올 때까지 연산을 철저하게 봉쇄하기 위함이었다.

그가 몰랐던 것은 적귀대 대부분이 연산이 봉쇄되기 전에 이미 탈출해 버린 뒤였다는 것이다. 탈출하지 못한 자들은 삼십 명으로 사부 사조, 팔부 이조, 구부 삼조였다.

팔부 이조와 구부 삼조는 조원 몇 명이 짐을 싼다고 늑장을 부려 연산을 못 빠져나간 것이지만 사부 사조는 달랐다. 그들은 효중 때문에 탈출하지 못했다.

효중은 형종이 자리를 이탈한 일로 백기회에 의심을 받아 정체가 발각되었을까 봐 걱정했다.

첩자 생활을 하기 전부터 십 년 이상 우정을 쌓아 온 동갑내기 친구였기에, 그가 무사하다는 것을 눈으로 확인하기 전까지는 연산을 떠날 수 없었다.

효중은 사부 사조원들에게 먼저 떠나라고 했지만, 그들은 일언지하에 거절했다. 삼 년 동안 자신들을 속여 온 첩자인 건 괘씸하나 적귀대가 그에게 구명지은을 입은 건 주지의 사실이기 때문이다.

다행히 형종은 무사했고, 수색조에 포함된 덕분에 적귀대 삼십 명은 안전하게 숨어 지낼 수 있었다.

그런데 오늘 백기회 내부에서 사건이 터졌다. 수색조인 형종 뿐 아니라 성벽의 경비들까지 모두 소집되었다.

삼십 명은 이 기회를 이용하기로 했다.

탈출한 적귀대는 이 야산에 집결하기로 되어 있었다. 팔부 이조와 구부 삼조는 마정을 만나 자신들의 생존과 백기회의 변고를 알리기 위해 먼저 떠났다.

사부 사조는 보다 상세한 정보를 입수한 뒤에 탈출하기로 했다.

열 명 모두 백기회로 가는 건 위험해 아홉 명은 동문 근처에서 대기하고 효중 혼자 백기회로 갔다. 형종의 안위가 걱정되어 상황을 파악하는 임무에 자원했다.

그는 조마조마한 심정을 억누른 채 구경꾼들 틈에 섞여 백기회 내부를 살폈다. 그런 때에 근처에서 수상한 움직임을 보이는 세 청년을 발견했다.

그들이 어딘가로 이동하자 효중은 미행을 해 보기로 했다. 정체를 파악해 둘 필요를 느꼈다.

실력에 자신이 있어 미행이 발각된 뒤엔 제압해 심문하려고 백기회와 떨어진 장소로 유인했다.

그러나 세 청년은 엄청나게 강했다.

그의 실력으론 그중 한 명조차 이기지 못할 정도였다.

양측의 이야기가 끝나자 단우비는 어이가 없어 실소를 터뜨렸다. 그는 모두를 노려보며 윽박질렀다.

"서로를 몰라봤다는 게 말이나 돼?"

다들 입이 열 개라도 할 말이 없어 고개를 푹 숙였다. 동과 사부 사조장 명민검(明敏劍) 도계(渡界) 두 사람만 억울하

단 표정을 지었다.

먼저 도계가 변명했다.

"저희 모두 지난 육 년 사이에 입대한 신규 대원들입니다. 가주님과 호위대 분들을 한 번도 만나 뵌 적이 없습니다. 다행히 가주님께선 개성이 뚜렷해 바로 알아봤습니다만, 호위대 분들은 그렇지 않으셔서 알아보지 못했습니다. 죄송합니다."

뒤이어 동이 적귀대원들을 가리키며 투덜거렸다.

"아무도 적마검법을 쓰지 않았어. 그뿐 아니라 비도술, 장법, 권법같이 검을 안 쓰는 사람들마저 있었고. 그런데 어떻게 적귀대라고 생각할 수 있겠어?"

도계는 동에게 눈을 흘기며 반박했다.

"적마검법을 쓰면 정체가 발각될지도 모르는데, 어떻게 쓸 수 있단 말입니까? 그래서 다들 입대하기 전에 익혔던 무공만 사용한 겁니다."

예리한 지적에 동은 뭐라고 받아치지 못했다. 그때 춘이 뚱한 표정으로 도계를 쏘아붙였다.

"나는 적마검법을 썼는데 왜 못 알아 본 거죠?"

그러자 적귀대원들은 말도 안 된다고 웅성거리며 춘을 불신 가득한 눈빛으로 쳐다보았다.

동이 모두의 의문을 해결해 주었다.

"춘삼 형, 형이 익힌 적마검법은 이미 원형을 알아보기 힘들 정도로 크게 변형된 상태야. 몰라본 것도 무리는 아닌 거지."

다들 납득해 웅성거림이 잦아들자 단우비는 적귀대를 훑으며 안도의 한숨을 내쉬었다.

"아무도 안 죽은 게 그나마 다행이군."

그의 말대로 적귀대 십여 명이 부상을 당하긴 했으나 사망자는 없었다. 동료들끼리 싸워 사망자가 나왔다면 앞으로 얼굴을 보기 껄끄러워졌을 테니 정말 다행이었다.

단우비는 도계를 지목하며 화제를 바꾸었다.

"그런데 여기서 모두 모이기로 했다면서 왜 나머지 사백칠십 명은 보이지 않는 거지?"

대답은 팔부 이조장 소사검(燒思劍) 허웅(許熊)이 해 주었다. 그는 효중을 가리키며 말했다.

"저희도 그에게 들은 건데, 이곳은 일차 목적지이고 이차 목적지는 무이산 하부의 추남촌(秋南村)이라고 합니다. 주변을 조사해 대주님께서 남겨 놓은 암호문을 찾았습니다. 과연 추남촌으로 오라는 명령이더군요."

단우비는 효중의 위아래를 훑으며 추궁했다.

"추남촌에 뭐가 있는 거지?"

"그곳은 저희 조직의 본거지입니다. 숨을 장소가 필요하니 사부장님께 그곳으로 가시라고 조언을 드렸습니다."

"흠, 그렇군. 일단 적귀대를 구해줘 고맙고, 너희 조직에 대해 말해 봐."

효중은 순순히 대답해 주었다.

"조직의 이름은 정참맹(正斬盟)입니다. 명칭 그대로 정검회를 처단하는 게 목적이며, 구성원은 육 년 전 가주님과 마찬가지로 반란 혐의를 받아 멸문당한 열한 개 방파의 생존자들입니다."

단우비 일행뿐 아니라 적귀대마저 입을 쩍 벌렸다. 그들도 조직에 대해 처음 들었기 때문이다. 단우비는 눈을 빛냈다.

"전멸당한 줄로만 알았더니 생존자가 있었군."

효중은 치를 떨며 분개했다.

"사천, 무인이 사천 명이나 되었는데 살아남은 건 겨우 삼백팔십 명뿐이었지요. 아녀자나 아이들 같이 무공을 모르는 사람들까지 합치면 무려 팔천여 명이 놈들에게 죽임을 당했습니다! 우리는 마지막 한 명이 남을 때까지 이 원한을 갚기로 하늘에 맹세했습니다!"

"삼백팔십 명이라……."

말끝을 흐리는 단우비의 얼굴에 떠오른 감정은 실망이었다. 정참맹을 무시하는 건 아니지만 머릿수가 너무 적었다.

그것을 파악한 효중은 힘주어 외쳤다.

"지금은 구백 명입니다! 지난 육 년간 머릿수를 불렸지요. 또한 열한 개 방파의 비전무공들을 합쳐 세 개의 개세적인 절학을 완성했습니다. 전원 이 무공들을 절치부심 익힌 상태, 개개인의 전력은 정검회 여섯 개 검대원들과 견줄 정도라고 자부합니다!"

실망을 지운 단우비는 씨익 웃었다.

"그 정도라면 얘기가 다르지. 추남촌으로 안내해. 마 대주와 정참맹주를 만나 봐야겠어."

"그건……."

"무슨 문제라도 있나?"

"앞서 들으신 대로 백기회엔 제 친구가 있습니다. 그의 생사를 확인하기 전엔……."

"아, 그랬지."

단우비는 우선 모두에게 백기회에 쳐들어가 행한 일들을 밝혔다.

다들 단우비의 압도적인 무력에 혀를 내둘렀다.

혼자서 활 하나만 가지고 백기회와 사검대 삼백삼십여 명을 처리한데다 누염신 부부와 백리손까지 죽였다니, 기가 막히다 못해 어이가 없을 정도였다.

단우비는 효중을 응시하며 진심을 담아 말했다.

"솔직히 말해 네 친구가 내 손에 죽었는지 아닌지 모르겠어. 너는 백기회로 가서 그의 생사를 확인해. 추남촌엔 우리끼리 갈 테니까. 만약 그가 내 손에 죽은 거라면, 복수해도 좋아. 기회를 줄게."

들은 것과는 단우비의 성격이 너무도 다르고 배포마저 커 효중은 적잖은 감동을 받았다. 그는 크게 머리를 조아렸다.

"감사합니다."

단우비에게 추남촌의 위치와 대략적인 정보를 알려준 효중은 연산으로 떠났다.

남은 사람들은 부상자들을 치료했는데, 그 무렵 흑요가 헐떡대며 도착해 사정을 전해 들었다.

모두 모이자 일행은 남쪽 무이산을 향해 달려갔다.

굴복

"살아 있었으면서 왜 그동안 연락을 하지 않은 거야?"

단우비의 추궁에 도계는 화들짝 놀랐다.

"예? 대주님께서 세가에 전서구를 보내지 않은 겁니까?"

보아하니 아무것도 모르는 것 같아 단우비는 입맛을 다셨다.

"쩝, 마 대주에게 직접 물어봐야겠네."

"……죄송합니다."

"아냐, 됐어. 살아 있는 걸로 충분해."

그 후에도 일행은 간단간단한 대화를 나누며 길을 재촉했다.

하루 뒤 강진에게 날렸던 전서구가 돌아왔다. 시키는 대로 연산 주변으로 가서 이주민들을 조사하겠다고 답장을 보냈다.

단우비는 다시 전서구를 날려 지금 임무를 중단하고 이전 임무로 돌아가라고 지시했다.

이랬다저랬다 똥개 훈련시키는 것 같아 미안하지만 적귀대를 찾았으니 어쩔 수 없었다.

사흘 후 단우비 일행은 무이산에 다다랐다.

무이산 남쪽에 위치한 추남촌은 십일 년 전 사마후가 불태워 잿더미로 만든 마을 중 하나였다.

당시 재건 사업에서 추남촌은 배제되었다. 가난한 마을이라 재건할 가치가 없다고 판명된 까닭이다.

이곳을 재건하느니 다른 마을에 힘을 더 보태 줘 마을 사람들을 그곳으로 이주시키는 것이 더 나았다. 그래서 추남촌에 살던 사람들은 근처 다른 마을들로 뿔뿔이 흩어졌다.

버려진 추남촌이 다시 활기를 띤 것은 오 년 전부터였다.

어디선가 사람들이 찾아와 조금씩 마을을 재건시켜 나갔고 불탄 대지도 일구어 작물을 재배하기 시작했다.

그런 노력 덕분에 현재 추남촌은 칠 할 이상이 재건되었으며 인구수는 이천여 명에 육박했다. 마을 주변엔 제법 넓은 논밭이 펼쳐져 있었다.

추남촌을 재건한 이들의 정체는 운 좋게 살아남았지만

갈 곳이 없어 방황하던 정참맹도들이었다.

이곳에 정착한 그들은 열한 개 방파의 친족들과 정검회에 불만을 품은 자들을 수소문해 하나둘씩 끌어들여 머릿수를 불렸다. 낮에는 농업에 종사했고 밤이 되면 무공을 수련해 복수의 칼날을 갈았다.

이천여 명 중 무인은 구백 명이었고, 나머지는 일가친척들이었다.

현재 마을에 머무는 무인은 팔백 명이었다. 나머지 백 명 중 칠십 명은 복건 전역에 흩어져 정보를 수집 중이며, 삼십 명은 형종이나 효중처럼 정검회 산하의 방파에 들어가 첩자 생활을 하고 있었다.

촌부로 위장한 상태인 단우비 일행은 논밭 사이사이에 만들어진 소로를 걸어 추남촌으로 접근했다.

논밭엔 수많은 농민들이 비지땀을 흘리며 일하고 있었다. 그들은 너 나 할 것 없이 단우비 일행을 힐끔거렸다. 개중 소로 근처에 있던 몇몇이 단우비의 얼굴을 보고는 화들짝 놀랐다.

그들은 얼른 단우비에게로 달려가려고 했는데, 가장 먼저 신형을 날린 사십 대 중반의 사내가 손을 들어 나머지를 막았다. 그런 뒤 손짓으로 지시를 내렸다.

그 지시는 사람에게서 사람으로 전해져 삽시간에 추남촌을 에워싼 논밭 전체에 퍼졌다. 구십여 명의 농민들이 하던 일을 중단하고 마을로 이동한 것은 그 직후였다.

단우비의 앞에 선 사십 대 중반의 사내는 정중히 부복했다.

"가주님!"

"오랜만이야, 양무 아저씨. 사부장이 되었다지? 축하해."

양무는 단우비와 동행한 적귀대원들을 훑으며 옅게 웃었다.

"감사합니다. 보아하니 연산으로 가셔서 저 녀석들을 구출해 이곳으로 오신 것 같군요."

"뭐, 그렇지. 다들 정참맹의 위장에 동참하고 있는 거야?"

"그건 아닙니다. 그저 밥만 축내는 것이 미안해 자진해서 교대로 농사를 돕고 있을 뿐입니다. 오늘은 삼부와 저희 사부 차례이고요."

"흠, 마 대주는?"

단우비의 얼굴에 짜증이 떠올랐다가 사라졌다. 그의 심기가 불편해졌다는 것을 간파한 양무는 난처한 빛을 띠며 마을 쪽으로 손짓했다.

"대주님께로 안내하겠습니다."

단우비 일행은 양무를 따라 마을로 향했다.

호위대를 살핀 양무는 단우비에게 넌지시 운을 띄웠다.

“그런데 장 호위대주는 따로 임무를 받아 가주님의 곁을 지키지 않는 겁니까?”

동 일행은 침통한 표정으로 눈을 내리깔았고, 단우비도 대답을 회피했다.

“자세한 건 마 대주를 만난 뒤에 말할게.”

양무는 장무에게 무언가 좋지 않은 일이 일어났음을 직감했다. 꽤 친했던 터라 그는 불안을 억누르지 못하며 발걸음을 서둘렀다.

단우비 일행이 마을 내부로 들어서자 소식을 들은 적귀대원들과 정참맹도들이 속속 몰려들었다. 동행한 이십구 명은 적귀대의 대열로 이동했고, 단우비 일행은 중부로 나아갔다.

적귀대주 마정과 부대주 양섬검(陽閃劍) 단우고(段宇固)는 마을 중부의 허름한 초가 앞에 대기하고 있었다.

올해 서른다섯 살인 단우고는 오 년 전 단우세가 수뇌들이 억지로 적귀대에 투입한 인물이었다. 그들로선 단우가의 혈족이 아닌 자가 적귀대주란 것이 못내 마음에 걸려 마정을 견제할 인물이 필요했기 때문이다.

사족을 달자면 위와 같은 이유로 적마대의 부대주 역시 단우가의 사람이 차지하고 있었다.

“가주님!”

마정과 단우고의 인사를 받은 단우비는 일단 안으로 들

어가자고 손짓했다.

초가 내부는 겉모습과 마찬가지로 허름해 탁자가 없었다. 그래서 단우비는 상석의 바닥에 앉고 호위대는 뒤편 벽에 붙어 시립했다. 맞은편에 마정과 단우고, 부장 열 명이 무릎 꿇고 앉았다.

마정은 그간 어떻게 지냈는지 안부를 물으려고 했는데, 단우비가 참았던 분노를 터뜨렸다.

"왜 세가에 연락을 하지 않은 거지? 전쟁이 시작되었는데 세가의 최대 전력이 왜 이곳에 처박혀 노닥거리고 있는 거냔 말이야."

무시무시한 살기가 방 안을 짓눌렀다. 적귀대 열두 명은 미미하게 몸을 떨며 숨조차 제대로 내쉬지 못했다.

심히 당황한 마정은 억지로 평정을 회복했다. 그는 최대한 침착하게 입을 열었다.

"변명을 들어주시겠습니까?"

"해 봐."

"반란이 발각되었다는 건 세가 내부에 첩자가 있다는 뜻입니다. 누가 첩자인지 모르니 아무도 믿을 수 없었습니다. 제게 도망치라고 전서구를 보내신 양지각주님과 가주님 두 분 외엔 말이지요."

"양지각주는 믿을 수 있다며 왜 답장을 보내지 않은 거야?"

"양지각주님 곁에 있는 자가 첩자일지도 모르기 때문입니다. 그럴 경우 본대가 연산을 탈출한 상태라는 것과 이곳의 위치까지 정검회에 알려집니다. 본 대뿐 아니라 정참맹마저 위험해지는 겁니다. 가주님은 어디 계신지 몰라 연락할 방법이 없었고요."

혀로 입술을 훔친 마정은 눈을 진지하게 빛내며 말을 이었다.

"조만간 가주님께서 반격을 할 거라고 믿었습니다. 저는 그때를 기다리며 전력을 온전히 보전해두는 게 최선이라고 판단했습니다. 가주님의 말씀대로 본 대는 세가의 최대 전력이기에, 섣부른 행동으로 전력을 상실할 위험을 무릅쓸 수 없었습니다."

단우비는 살기를 거두었다.

"좋아. 나를 납득시켰군. 더는 이 문제로 추궁하지 않을게."

"감사합니다."

마정과 적귀대 수뇌부는 안도의 한숨을 내쉬었다.

단우비는 동에게 손짓했다. 그러자 동이 한 걸음 앞으로 나와 좌중을 둘러보았다.

그는 단우세가에 첩자는 없다는 것부터 장무와 사마영영의 죽음, 이곳까지 오게 된 경위를 간략하게 설명해 주었다. 적귀대 수뇌부도 단우비가 사천마황의 전설을 좇은 것을 알고 있기에, 풍황과 풍마신장에 대한 것 역시 사실대로 밝혔다.

이야기를 다 들은 마정은 혀를 내둘렀다.

"그런 일들이 있었군요."

닫힌 방문을 한 번 쳐다본 단우비는 화제를 바꾸었다.

"정참맹에 대해 말해 봐."

"예. 맹주는 신풍각주의 둘째 아들인 풍도신검(風道神劍) 현휘(炫徽)로 절정고수입니다. 그 외 절정고수가 열한 명 더 있고, 일류고수는 오백여 명입니다. 나머지 사백여 명도 젊은이들이 많아 몇 년 후면 절반 이상이 일류고수로 성장할 가능성이 높습니다. 게다가 소규모, 대규모 진법도 수련하고 있어 집단전에서는 전력 이상의 힘을 발휘할 겁니다."

정참맹의 전력은 거대 방파 두셋을 합친 것 이상이었다.

육 년이란 짧다면 짧은 시간 동안 이 정도 전력을 구축하다니, 현휘는 얕잡아볼 사람이 아니었다.

"꽤나 상세하군. 그 정도 정보를 얻으려면 이쪽의 정보도 어느 정도 줘야 했겠지?"

"허험, 뭐…… 세가의 전력과 동맹 방파들이 많다는 것 정도입니다. 그 이상은 밝히지 않았습니다."

"정참맹은 앞으로 어떻게 할 작정이래?"

"일단은 숨겨주겠지만, 동맹을 맺을 건지 아니면 계속 독자적으로 행동할 건지는 가주님을 직접 만나 본 후에 결정하겠다고 하더군요. 사실 맹주는 저와 함께 가주님을 만나겠다고 했지만, 제가 거절했습니다. 제가 먼저 만난 후 나중에 맹주를 만나러 가는 게 나을 것 같아서요."

"흠, 불러와."

"이곳으로 말입니까?"

"그럼 내가 갈까?"

단우비의 차가운 눈빛을 받은 마정은 급히 고개를 저었다.

"아, 아닙니다. 당연히 맹주 쪽에서 가주님을 만나 뵈러 와야지요. 기다리십시오. 곧 데려오겠습니다."

마정과 적귀대 수뇌부는 방 밖으로 나갔고, 단우비는 말없이 생각에 잠겼다.

맹주의 거처로 향하며 마정은 뒤편의 초가를 힐끔거렸다.

"풍기는 기도가 판이하게 달라지셨군. 사람 자체가 바뀐 것 같아."

단우고가 자신의 생각을 밝혔다.

"가주님께 장무는 호위대장 이상의 존재였습니다. 공공연히 당신의 심장이라고 부르셨을 정도였으니까요. 더구나 첫사랑마저 잃으셨으니……."

"그렇군. 흣, 장무에겐 미안하나 세가로썬 잘된 일이다. 전 대 대주님께서 그토록 바라셨던 대로, 드디어 아주 듬직

한 가주가 되셨어."

다들 동의한다고 고개를 끄덕였다.

그때 일부장 흑설검(黑雪劍) 옹일(壅一)이 머리를 긁적였다.

"맹주가 가주님의 환영 연회를 벌인다고 준비를 하던데, 이쪽으로 오라고하면 불쾌해하지 않을까요?"

마정은 딱 잘라 내뱉었다.

"우리의 주군은 가주님이다! 가주님의 명령이 최우선! 맹주의 심기가 불편하든 말든 상관할 바 아니야!"

"예! 죄송합니다."

옹일은 급히 머리를 조아렸고, 마정은 맹주의 거처로 성큼성큼 걸어갔다.

정참맹주 현휘는 부맹주 수빙고검(水氷古劍) 애달(崖澾)을 대동한 채 단우비의 맞은편에 앉았다.

그의 나이는 마흔다섯 살이었고 육 척 장신을 자랑했다. 근육이 우락부락한데다 얼굴도 큼지막하고 거칠어 상당한 위압감을 풍겼다.

그는 단우비와 백리소연의 혼례식에 참석하지 못했다. 강서무림과 벌인 대전투 당시 중상을 입어 치료를 위해 곧장 신풍각으로 옮겨졌기 때문이다. 그 덕분에 정검회의 마수에서 살아남을 수 있었다.

부상이 다 나았을 무렵 반란 혐의를 받아 승산이 없는 전쟁을 벌이게 되었다. 아버지와 후계자인 형이 혼례식 당시에 죽어 신풍각주가 된 그는 정검회의 사주를 받은 수많은 방파들과 치열하게 싸웠다.

몇 주 동안 악전고투를 벌이고 있을 무렵 다른 열 개 방파의 생존자들이 신풍각으로 몰려들었다. 다른 곳은 다 무너졌지만, 이곳만은 끈질기게 버티고 있으니 여기서 결사항전을 벌이기로 한 것이다.

패색이 짙어지자 다들 마지막 한 명이 남을 때까지 싸우다죽자고 외쳤다. 그러나 현휘의 생각은 달랐다. 그는 살아남아 훗날을 도모해야한다고 생존자들을 설득해 필사의 도주를 감행했다.

삼백팔십 명이나 살아서 도망친 건 운도 따랐지만 현휘의 지도력 덕분이었다. 그가 아니었다면 전멸했을 것이었다.

그러니 그가 만장일치로 정참맹주에 추대된 건 지극히 당연한 일이었다.

현휘는 못마땅한 표정을 감추지 않으며 맞은편에 앉은 단우비, 호위대, 마정을 훑어보았다. 단우비에게 시선을 고정하고는 일단 치하의 말을 건넸다.

"죽은 줄로만 알았던 자네가 살아 있고, 단우세가주가 되었으며 복수를 준비해 왔다니, 허! 실로 대단하군."

단우비도 옅게 웃으며 화답했다.

"적귀대를 구하고 숨겨준 것 고맙게 생각해."

"그런데 말이야, 자네가 왔다기에 다들 허리띠를 졸라매고 있지만 무리해서 한 상 거하게 차렸단 말일세. 마 대주도 자네가 내 거처로 올 거라 했고. 왜 말을 바꿔 이곳으로 부른 건가?"

"그 밥을 먹을지 말지는 지금 대화에 달려 있어. 결과가 안 좋다면 찜찜한 기분으로 먹게 되겠지. 그건 싫어."

"후하하하! 과연, 맞는 말이로군."

단우비의 솔직한 대답에 현휘는 불만을 지우고 호탕하게 웃었다. 그런 한편으론 경각심을 일깨웠다.

'예상보다 더 어려운 상대로구만. 하긴, 내가 아는 건 미친놈처럼 전장을 헤집고 다니던 열다섯 살짜리 꼬맹이뿐이니까. 그 후 나만큼 많은 일을 겪었을 테니 이렇게 변한 것도 무리는 아니겠지.'

그의 속내를 모르는 단우비는 본론으로 접어들었다.

"단도직입적으로 말할게. 타협은 없어. 받아들이든지 말든지 둘 중 하나뿐이야."

강경한 태도에 멈칫한 현휘는 안색을 굳혔다.

"나도 솔직히 말하지. 애초부터 본 맹의 계획에 단우세가는 없었어. 이걸 염두에 두고 제안하길 바라네."

"그러지."

방 안에 있는 모두가 숨죽인 채 단우비를 주시했다.

조금 뜸을 들인 단우비는 지극히 진지한 얼굴로 현휘를 응시하며 한 자 한 자 힘주어 내뱉었다.

"당신도 알겠지만 세가의 전력은 정참맹을 능가해. 준비도 훨씬 더 많이 해 두었고. 가장 중요한 건 내가 당신보다 강하다는 거야."

"헛험, 나도 그리 호락호락하지는, 헙!"

당당하게 말하던 현휘는 헛바람을 집어삼켰다. 단우비의 두 눈에 불꽃이 일렁이더니 그야말로 무시무시한 기운이 폭발적으로 내뿜어져 삽시간에 방을 터뜨려버릴 것처럼 가득 메웠다.

단우비의 뒤에 앉아 있던 호위대와 마정은 그나마 사정이 나았지만, 마주 보고 있던 현휘와 애달은 의지와 상관없이 떨리는 몸을 멈출 수가 없었다. 두 사람 다 절정고수인데도 말이다.

그들의 얼굴에 비지땀이 흘러내렸고, 몸의 경련은 더욱 거세어져 갔다. 숨이 턱턱 막혀 죽을 맛이었다.

단우비는 기운을 거두지 않으며 현휘를 지그시 노려보았다.

"다시 말하지만 나는 당신보다 강해."

현휘는 뭐라고 대꾸조차 할 수 없었다.

가볍게 콧김을 내뿜은 단우비는 나직이 말을 이었다.

"정참맹의 전력은 세가와 동맹을 맺은 그 어떤 방파보다 뛰어나. 적귀대를 구해 주기도 했으니까 오른팔 자리를 제안할게. 세가가 복건의 주인이 되면 정참맹은 독고세가의 자리를 차지한다! 가(可)야 부(否)야? 지금 대답해."

현휘도 사내대장부이기에 야망이 있었다.

그 야망은 정참맹주가 되어 복수 계획을 차근차근 실행하는 사이 덩달아 거대해져 갔다.

그는 단우비가 만만하다면 일단 동맹을 맺은 후 단우세가의 문도들과 그들이 포섭한 방파를 야금야금 빼앗을 작정이었다.

최종적으로 정검회를 무너뜨리고 단우세가마저 굴복시켜 복건의 주인이 되는 것을 꿈꿨다.

그런데…….

'후훗, 격이 다르군. 헛된 꿈이었어.'

그는 지금 겨우 스물한 살밖에 되지 않은 청년에게 압도되었다. 질투나 호승심마저 느껴지지 않았고, 대신 무한한 경외심이 가슴을 가득 메웠다.

그 정도로 단우비는 그가 범접할 수조차 없는 경지에 올라 있었다.

그러니 그가 할 수 있는 대답은 오직 하나뿐이었다.

"앞으로 잘 부탁드리겠소, 단우 가주."

단우세가와 정참맹의 동맹이 결성되자 추남촌에선 잔치가 벌어졌다. 적귀대와 정참맹도들이 한데 어울려 술과 음식을 먹으며 웃고 떠들었다.

오후부터 시작된 잔치는 밤이 깊어질 때까지 계속되었다.

현휘의 집에서도 양측의 수뇌부들이 시간가는 줄 모르고 잔치를 즐겼다. 단우비는 분위기가 깨지지 않도록 눈짓으로 현휘와 마정을 불렀다.

세 사람은 집을 나서서 어두운 마을을 걷기 시작했다. 술에 취해 돌아다니던 적귀대와 정참맹의 무인들이 다가와 인사를 하려고 했는데, 마정과 현휘가 손을 들어 접근하지 말라고 엄중히 경고했다.

빠르게 단우비 일행의 주변이 한산해졌다. 그러자 마정이 단우비의 눈치를 살피며 말을 건넸다.

"어디로 가십니까?"

"아니, 목적지는 없어. 그저 걸으면 술이 깰 것 같아서 말이야."

"후후, 그렇군요."

세 사람은 맑은 공기를 마시며 말없이 한 식경 동안 걸었다.

어느 정도 술이 깨자 단우비는 마정을 바라보았다.

"마 대주, 양지각주가 보낸 전서구 아직 가지고 있어?"

"예. 혹시 몰라 보관해 두었습니다."

"잘됐군. 내일 아침에 답장을 보내. 정참맹에 관한 것과 앞으로의 계획까지 상세하게 적어."

"앞으로의 계획이라고 하면……?"

단우비는 하늘에 떠 있는 만월을 반으로 자르는 시늉을 했다.

"세가는 복건 서쪽에 있기에 예로부터 그쪽에 미치는 영향력이 커. 그로 인해 동맹 방파의 삼분지 이 이상이 서쪽에 편중되어 있지. 그러니 우선 동과 서로 편을 가를 생각이야. 동서전쟁을 벌이자는 거지."

마정과 귀를 쫑긋 세우고 있던 현휘는 두 눈을 부릅떴다. 그들의 반응을 즐기며 단우비는 세부적인 사항을 설명했다.

정참맹의 무인들은 식솔들을 추남촌에 남겨두고 적귀대와 함께 복건 서부로 이동한다.

적마대, 적혈대도 서부로 집결시켜 단우세가 수뇌부가 곳곳에 만들어 둔 은신처를 거점으로 활동한다.

미온적인 동맹 방파들의 태도를 바꾸고, 정검회 문도들을 사냥하며 그들의 편에 붙은 방파들을 회유하거나 공격해 박살 낸다.

그런 식으로 복건 서부를 단우세가의 영역으로 만들어

나간다.

현휘와 삼대무력단체의 대주는 단우세가 수뇌부와 수시로 연락을 주고받아 향후 행동에 도움을 받는다.

단우비는 호위대와 함께 복건 동부에서 유격전을 벌인다.

정검회의 시선을 단우비에게 집중시켜 단우세가가 복건 서부를 보다 원활하게 장악하도록 만든다.

단우비의 설명은 반 시진 동안 이어졌지만 대충 요약하면 위와 같았다.

마정과 현휘는 그 어떤 이견도 드러내지 않았다.

계획대로만 된다면 서부의 단우세가와 동부의 정검회로 복건이 두 조각나, 단우세가는 더 이상 숨어 다닐 필요 없이 전면에 등장해 정검회와 복건의 주인 자리를 두고 당당하게 전쟁을 벌일 수 있기 때문이다.

육 년 전의 단우비만 아는 현휘는 무공뿐 아니라 지모마저 뛰어난 무인으로 성장했다고 여겼고, 마정은 새삼 장무와 사마영영의 죽음이 단우비에게 얼마나 큰 영향을 미쳤는지를 알게 되었다.

이튿날 아침 짐을 꾸리고 가족들과 작별 인사를 나눈 정참맹도 이백 명과 적귀대 이백 명이 열 명씩 뿔뿔이 흩어져 추남촌을 떠났다.

이튿날 역시 사백 명이 떠났고, 사흘째에는 현휘와 마정을 포함한 남은 오백 명 전원이 떠났다.

마침 그날 강진에게서 전서구가 왔다.

정검회 문도 몇몇을 찾았다는 보고였다.

그래서 단우비와 호위대도 추남촌을 출발해 강진이 있는 서쪽의 삼항(三港)으로 향했다.

수상한 놈들

추남촌을 출발한 지 하루 후 단우비 일행은 넓은 평야를 가로질렀다. 그 사이 날이 저물어 노숙을 하려고 근처 숲으로 방향을 꺾었다.

숲에 거의 다다랐을 때 단우비가 갑자기 신형을 멈추더니 자세를 낮추었다. 호위대도 덩달아 긴장하며 몸을 숙였다.

"무, 무슨 일이냐?"

황추의 질문에 단우비는 차가운 눈으로 숲을 가리켰다.

"무인! 수는 삼십! 이쪽으로 온다! 흩어져 숨어!"

다급한 그의 외침에 호위대는 즉각 산개해 평야의 잡초들 속에 납작 엎드려 몸을 숨겼다. 기척도 최대한 죽였다.

마지막으로 단우비도 신형을 날려 평야에 숨었다.

다행히 날이 어두워 평야를 수색하지 않는 이상 그들을 발견하기는 어려웠다.

잠시 후 숲 속에서 일단의 무리가 밖으로 나왔다. 다섯 대의 수레를 끌고 있는 삼십 명의 흑의 복면인들이었다. 각각의 수레엔 천으로 덮어놓은 거대한 짐이 올려져 있었다.

낮도 아닌 밤에 짐을 운반하는 복면괴한들!

그야말로 수상하기 짝이 없었다.

을씨년스러운 분위기마저 풍기는 행렬은 주변을 경계하며 평야를 가로질러 남쪽으로 나아갔다.

단우비는 고뇌했다. 정검회와 관련이 있다면 제압할 가치가 있지만, 그렇지 않다면 시간 낭비였다. 지금도 삼항에선 강진이 그를 기다리고 있을 테니까 말이다.

그가 결정을 못하는 사이 흑의 복면인들과의 거리가 삼십 장 이상으로 벌어졌다.

그때 숲에서 다시 한 인영이 소리 없이 모습을 드러내었다. 그는 자세를 낮춘 채 슬금슬금 행렬을 쫓아갔다.

이십 대 중반의 청년으로 낯익은 얼굴이었다.

단우비는 신속하게 움직여 번개같이 청년의 뒤를 점했다. 한 손으론 청년의 입을, 다른 손으론 몸통을 움켜쥐었다.

기겁을 한 청년은 탈출하려고 애썼지만 허사였다. 꼼짝

달싹할 수 없었다.

"진정해, 나야."

효중은 두 눈을 부릅떴다. 얼른 고개를 돌렸는데 정말 단우비였다.

"맙소사! 가주님?"

"왜 저들을 미행하는 거지?"

닷새 전 효중은 백기회가 시체 수습으로 어수선한 틈을 노려 내부로 숨어들었다. 더는 형종이 밖으로 나오길 기다리고 있을 수 없어 그의 생사만 확인한 뒤 추남촌으로 갈 작정이었다.

전투가 벌어진 지 사흘이 지났기에 시체 수습은 어느 정도 마무리된 상태였다. 형체를 알아볼 수 없을 만큼 크게 훼손된 이백여 구의 시신은 화장되었고, 그나마 성한 백삼십여 구의 시신 중 백여 구는 관에 넣어졌다. 남은 것은 나머지 삼십 여 구의 시신을 넣을 관을 만든 뒤, 백삼십여 개의 관을 묘지로 옮겨 매장하는 것뿐이었다.

밤이 되자 백기회와 낭인들은 하던 일을 중단하고 숙소로 돌아갔다.

주변에 아무도 없음을 확인한 효중은 혹시나 하는 불안을 느껴 관들과 시체들이 보관된 천막들을 하나씩 뒤졌다.

기우이길 바랐건만 빌어먹게도 세 번째 천막에서 싸늘한 주검으로 화해 있는 형종을 찾았다.

울분을 삼킨 그는 형종을 백기회가 지정한 묘지가 아니라 친족들이 있는 추남촌에 묻어주기로 했다.

그런데 그가 형종의 시신을 들쳐 업으려고 할 때 갑자기 밖에서 인기척들이 느껴졌다. 인기척들은 곧장 그가 숨어 있는 천막 쪽으로 다가왔다.

다급해진 형종은 입구 반대편으로 달려가 천막 아랫부분을 위로 올려 공간을 만들었다. 얼른 밖으로 나가 주변을 두리번거렸다. 다행히 옆에 관을 만들고 남은 목재들이 쌓여 있어 그 뒤에 몸을 숨기곤 귀를 열었다.

그러나 천막 안으로 들어간 삼십여 명 중 누구도 입을 열지 않았다.

한 식경 후 모두 천막 밖으로 나갔다. 천막 안에 있던 삼십 개의 관 전부를 각자 어깨에 하나씩 멘 채 어딘가로 이동했다. 그들이 시야에서 사라지자 따라가지 않은 두 명이 나직이 대화를 주고받았다.

"백기회가 묻거든 뭐라고 대답해야 하는지 알지?"

"예. 부패가 심해 이 천막의 시신들을 우리가 먼저 묘지에 묻었다. 그러니 너희는 남은 시신들만 처리하면 된다고 둘러대겠습니다."

"그렇지. 아무튼 우리 일은 여기까지다. 돌아가서 쉬어라."

"예, 일부장님!"

두 사람마저 사라지자 형종은 얼른 관을 메고 이동한 자들을 쫓았다.

무슨 일이 벌어지고 있는 건지 알 수 없지만, 기회를 틈타 효종의 시신을 되찾아야 하기 때문이다.

설명을 끝낸 효중은 적개심에 불타는 눈으로 단우비를 노려보았다.

단우비는 착잡한 속마음을 뒤로하고 애써 딱딱하게 내뱉었다.

"백삼십여 구의 시체들 중 삼십 구를 선별해 어딘가로 옮기는 중이라는 거군."

"그렇지요. 놈들이 왜 이런 짓을 하는 건지는 모르나 무슨 수를 써서라도 막을 겁니다. 반드시 제 친구를 추남촌에 묻어줄 겁니다."

생각을 정리한 단우비는 냉정하게 말했다.

"놈들을 제압해서 추궁하는 것보다는 이대로 계속 미행하는 게 더 낫겠어. 네게는 미안하지만 놈들의 목적지와 꿍꿍이를 알아내는 게 먼저야. 형종을 되찾는 건 그 후에 하자."

"……잔인하시군요. 가주님이라면 저들쯤은 순식간에!"

"이건 부탁이 아니야. 명령이지."

"끄응! 기회를 주겠다는 말씀 변함이 없겠지요?"

"훗, 물론. 때가 되면 나를 찾아와."

"감사합니다."

단우비는 손짓으로 호위대를 불렀다.

그들은 흑의 복면인들과 삼십 장 간격을 유지하며 미행했다.

흑요만 멀찍이 떨어져 그들의 흔적을 따라갔다. 전서구 세 마리를 소지한 상태이다 보니 그녀는 미행에 적합하지 않았다.

흑의 복면인들은 낮에는 으슥한 곳에서 쉬고 밤에만 움직였다.

매일 밤 출발하기 전에 빙공을 익힌 흑의 복면인 하나가 시체들에 내공을 흘려 넣어 부패하지 않도록 신경 썼다.

그렇게 부패 걱정이 없어서인지 그들은 서두르지 않고 주변을 경계하며 천천히 신중하게 이동했다.

마을이나 도시 근처로는 얼씬도 하지 않았고 매일 노숙을 했다. 그뿐 아니라 자신들이 머문 흔적을 철저하게 지운 뒤 떠났다.

엿새 후 새벽 무렵 흑의 복면인들은 복건 중부의 이름 모를 야산을 올랐다. 남쪽 중턱에 자리 잡은 크고 허름한 관제묘 앞에 멈추었다.

흑의 복면인 하나가 관제묘 안으로 들어가더니 이내 밖으로 나왔다. 혼자가 아니라 역시 복면으로 얼굴을 가린 흑의 사내 두 명과 함께였다.

수레들을 살핀 두 흑의 사내는 나직이 투덜거렸다.

"요즘은 하루가 멀다고 오는군요. 몇 구입니까?"

수레 앞에 서 있던 건장한 체격의 흑의 복면인이 대답했다.

"삼십 구다."

"단고상회 놈들입니까? 요즘 오는 건 그놈들뿐이라서 말입니다."

"아니."

"예? 그러면……?"

건장한 흑의 복면인은 살기를 흘리며 윽박질렀다.

"문지기 따위가 왜 이리 꼬치꼬치 캐묻는 거지? 우린 어서 일을 끝내고 돌아가야 한다!"

바짝 겁먹은 두 흑의 사내는 더 입을 열지 않았다. 관제묘 입구의 양옆에 서서 주위를 감시했다.

수레의 천을 벗긴 흑의 복면인들은 각자 관 하나를 어깨에 메었다. 그러고는 한 명씩 순서대로 관제묘 안으로 걸어갔다.

모두 들어가자 두 흑의사내도 마지막으로 주변을 한 번 더 훑어본 뒤 안으로 이동해 문을 닫았다.

십오 장 떨어진 나무 위에 숨어 그 모든 과정을 지켜본 단우비 일행은 문제가 상상 이상으로 심각하다는 것을 깨달았다.

동이 독백하듯 중얼거렸다.

"최근에 시작한 일이 아니야. 오래전부터 복건 각지에서 강호인들의 시체를 은밀하게 이곳으로 운반해 왔어. 대체 목적이 뭐지? 이미 죽은 자들인데……."

피부가 따끔거려 그는 반사적으로 고개를 돌렸다. 단우비가 오싹한 살기를 내뿜으며 관제묘를 노려보고 있었다.

"정검회에 발각되어 죽은 단고상회의 내 부하들이 여기로 옮겨져 능욕당하고 있다니! 죽어서도 편히 쉬지 못하다니! 으드드득!"

듣고 보니 화가 나 호위대와 효중도 새삼 정검회에 치를 떨었다.

반나절이 지나 저녁이 되었다.

닫힌 관제묘의 문이 열리고 삼십 명의 흑의 복면인들이 밖으로 나왔다. 그들은 다섯 대의 빈 수레를 끌고 천천히 관제묘를 떠났다.

관제묘와의 거리가 이백여 장으로 벌어졌을 때, 별안간 좌우의 숲에서 여섯 남녀가 튀어나왔다.

양손에 통검과 천검을 쥔 단우비는 건장한 체구의 복면인에게 짓쳐 들었다. 천검을 휘둘러 그의 뒷목을 후려갈겼다.

건장한 체구의 복면인 뭐가 어떻게 된 건지도 모른 채 기절했다.

그 후 단우비와 호위대, 효중은 기습으로 정신을 못 차리는 흑의 복면인들에게 맹공을 퍼부었다.

관제묘와 거리가 있다지만 누군가가 크게 비명을 지르면 거기까지 들릴지도 몰라 다들 집요하게 흑의 복면인들의 목만 노렸다.

황추는 힘을 바탕으로 한 수 한 수 절도 있게 쌍도를 휘둘렀고, 흑요는 쌍검으로 황추와 비슷한 초식을 구사했다.

춘은 현란하게 변화하는 허초들 속에 빠르고 강맹한 실초를 숨겼다. 동은 상대의 급소에 예리한 일격을 뿌리고 회피하는 전법을 반복했다.

마지막으로 효중은 단우세가 삼대무력단체의 상징인 적마검법을 썼다.

기습인데다 개개인의 무력 또한 단우비 쪽이 우세해 전투, 아니 일방적인 학살은 삽시간에 종료되었다.

병장기 소리가 몇 번 터지긴 했으나 그뿐, 비명은 일절 울려 퍼지지 않았다.

바닥에 나뒹구는 스물아홉 구의 시체를 뒤로하고 단우비 일행은 기절한 흑의 복면인에게 모였다.

단우비는 흑의인의 복면을 벗겼다. 사십 대 중반의 산적 같이 거칠고 험상궂은 얼굴이 공개되었다.

잠시 중년인의 면상을 쳐다보던 단우비는 주저 없이 그의 사지를 부러뜨렸다. 고통이 극심한지 기절했던 그가 번

쩍 깨어났다.

"으윽! 으흐허으어!"

중년인은 눈이 반쯤 풀린 채 연신 신음을 토했다. 단우비는 그의 뺨을 여러 번 후려쳐 억지로 정신을 차리게 만들었다.

"넌 누구야?"

"토, 토, 통천귀? 큭! 이, 이럴 수가!"

단우비는 거칠게 중년인의 멱살을 움켜쥐었다.

"넌 누구냐니까."

이제야 상황을 파악한 중년인은 처절한 독기를 내뿜으며 단우비를 노려보았다.

"이익! 불과 며칠 전에 싸운 내 얼굴을 벌써 잊었단 말이냐?"

"흠, 사검대로군. 지위는?"

"사부장 초평(憔萍)이다!"

"다행이군. 역시 네가 책임자였어. 묻는 말에 사실대로 대답한다면!"

"하!"

단우비의 말을 끊으며 냉소를 터뜨린 초평은 일말의 망설임도 없이 혀를 깨물었다. 잘린 혀와 핏방울들이 마주 보고 있던 단우비의 얼굴에 뿌려졌다.

동 일행과 효중은 짜증과 안타까움이 뒤섞인 탄식을 흘

렸다. 단우비는 피 묻은 얼굴을 닦지도 않고 흰자위를 드러내며 허물어지는 초평을 지그시 노려보기만 했다.

아직 초평의 숨은 미약하게 붙어 있었지만 치료해서 대답을 듣는 건 무리였다. 쓰레기 던지듯 그를 바닥에 버린 단우비는 나직이 한숨을 내뱉었다.

"아무런 정보 없이 들어가야 하나? 정검회보다 자기 목숨을 더 중요하게 생각하는 졸개를 생포할 걸 그랬어."

몸을 일으킨 그는 호위대와 효중을 스윽 훑었다. 그의 입이 반쯤 열렸을 때, 무언가를 직감한 동이 울분을 터뜨렸다.

"또, 또 혼자 가겠다는 거야? 우리에게도 활약할 기회를 주겠다고 했잖아? 우리는 대장의 도움이 되고 싶어 이날 이때까지 뼈를 깎는 수련을 해온 거란 말이야!"

단우비는 두 손으로 동의 어깨를 굳건히 잡으며 다독였다.

"그런 게 아니야. 너희에게는 더 중요한 임무를 맡기고 싶어."

"거짓말 하지 마! 그냥 짐이 된다고 말해! 그러면 우리는 서부로 가서 그쪽의 일을 도울게. 대장에겐 우리가 필요 없으니까!"

동은 서러워 눈물마저 글썽였다. 다른 이들도 불만 가득한 표정이었다. 특히나 효중은 억지로라도 쫓아가서 반드시 자신의 손으로 형종의 시신을 되찾겠다고 의지를 불태웠다.

피식 웃은 단우비는 어깨를 늘어뜨리며 마음을 바꾸었다.

“하긴, 이곳에 남으라고 해 봤자 또 연산에서처럼 멋대로 행동하겠지. 대장의 명령을 똥으로 여기는 괘씸한 것들이니까.”

비난이라기보다는 농이 섞여 있는 체념한 어조였다. 그래서 춘은 배시시 웃으며 가슴을 탕탕 쳤다.

“우헤헤헤, 당연하지!”

동과 황추도 불만을 지우고 키득거렸다. 흑요는 언제나처럼 감정을 드러내지 않았고, 효중은 안도의 한숨을 내쉬었다.

천으로 피 묻은 얼굴을 닦은 단우비는 일행과 함께 관제묘로 걸어갔다. 그곳에 도착한 후 흑요가 소지한 전서구 세 마리를 근처 숲에 풀어주었다. 잠입에 방해가 되니 일을 끝내고 돌아와서 회수하는 게 나았다.

단우비는 감각을 끌어올려 관제묘 내부의 기척을 살폈다. 가까운 지하에서 두 명의 숨소리가 들렸다. 조금 전에 본 문지기들이 분명했다.

기척을 죽인 단우비 일행은 관제묘 안으로 들어갔다.

내부의 구조는 단순했다. 문 맞은편에 거대한 관우의 목상이 놓여 있고, 그 앞에 작은 제단이 만들어져 있었다. 그게 다였다.

동이 신중하게 목상과 제단을 조사했다.

반 각 후 그는 모두에게 손짓해 밖으로 나갔다. 안에서 대화를 나누는 건 위험했다.

"대장, 목상 아래에 입구가 있어. 문제는 바깥에 열쇠가 없다는 거야. 아무래도 안에서만 열리는 구조 같아."

단우비는 눈살을 찌푸렸다.

"문지기들에게 소리로 신호를 주면 입구를 연다?"

"응. 우리는 그 신호를 모르니까 강제로 열던가, 아니면 다른 운반꾼들이 오길 기다리는 게 좋겠어. 놈들의 말에 따르면 자주 온다고 했으니까."

잠시 생각을 정리한 단우비는 결정을 내렸다.

"화려하게 가자. 그게 내 역할이니까."

이견을 드러낸 사람은 없었다. 오히려 드디어 날뛸 수 있게 되었다고 흥분을 주체하지 못했다.

그때 흑요가 단우비에게 물었다.

"조용히 할 필요가 없다면 전서구들을 다시 회수할까요?"

"아니, 됐어. 네가 움직이는데 방해될 테니까. 네 목숨만 신경 써. 너희들도 마찬가지야. 멋대로 죽으면 절대 용서 안 해! 모두 알겠어?"

다들 걱정 말라고 눈을 빛냈다.

단우비 일행은 각자 무기를 뽑아 전의를 끌어올렸다.

준비가 끝나자 성큼성큼 관제묘 안으로 들어갔다.

황추와 춘은 목상의 좌우에 섰다. 단우비가 신호를 주자 황추가 발로 목상의 하체 부분을 호쾌하게 걷어찼다.

요란한 타격음과 함께 목상이 부러지며 바닥이 덜컹거렸다. 천장까지 뛰어오른 춘이 모든 체중을 두 다리에 실어 바닥을 짓밟았다.

굉음과 함께 바닥이 박살 나며 춘의 몸이 지하로 빨려 들어가듯 사라졌다. 단우비, 황추, 흑요, 동, 효중은 순서대로 신속하게 지하로 신형을 날렸다.

입구 바로 아래에는 지하로 이어진 길쭉한 계단에 놓여 있었다. 다행히 오 장 간격으로 왼쪽 벽에 등잔이 꽂혀 있어 시야가 확보되었다.

착지할 때 몸을 바로잡지 못해 춘은 계단을 데굴데굴 굴렀다. 열다섯 계단이나 구른 뒤에야 가까스로 몸을 멈출 수 있었다.

전면 아래에 가로세로 이 장 길이의 평지와 그 너머에 역시 아래로 이어져 있는 계단이 보였다. 평지 좌우에는 문이 하나씩 만들어져 있었다.

왼쪽 문이 벌컥 열리더니 두 청년이 밖으로 튀어나왔다. 그들이 계단 위를 올려다보며 두 눈을 부릅뜰 때, 춘을 스쳐 지나간 단우비가 통검과 천검을 투척했다. 활과 화살이 없다 보니 던질 게 이것뿐이었다.

목에 구멍이 뚫린 두 청년은 가래 끓는 소리를 내며 쓰러졌다.

잽싸게 두 청년의 목에 박힌 무기들을 회수한 단우비는 왼쪽 문 안으로 뛰어들었다. 다섯 평 크기의 방에 침상 두 개와 가구들, 생활용품들이 놓여 있었다. 다른 사람은 보이지 않았다.

밖으로 나온 그는 오른쪽 문을 열고 안을 살폈다. 식량과 옷가지, 등잔에 쓰이는 기름병들만 쌓여 있었다.

아무래도 문지기들은 이곳에 장기간 거주하며 관리까지 맡고 있었던 것 같았다.

등 뒤에서 동의 투덜거림이 들려왔다.

"한 명은 살려 두지……."

단우비는 퉁명하게 대꾸했다.

"내 감각 밖에 있는 놈들이 소리를 듣고 달려올 테니 심문할 여유가 없다고 판단했어. 그런데…… 조용하군."

춘도 영문을 모르겠다는 듯 동조했다.

"그러게 말이야. 너무 멀리 있어서 못들은 건가?"

그럴 듯한 추측이라 다들 그쪽으로 무게를 주었다. 그 말인 즉, 이 계단이 엄청나게 길다는 뜻이었다.

이미 돌입한 상태, 머뭇거릴 이유는 없었다. 단우비는 계단 아래로 달리며 외쳤다.

"내 뒤에 바짝 붙어! 절대 긴장을 늦추지 마!"

여섯 남녀는 쾌속하게 질주했다.

추측이 맞는지 계단은 정말 끝도 없이 길었다. 무려 한 시진을 달린 뒤에야 겨우 평지를 만나게 되었다. 남쪽으로 이어진 너비 이 장의 길쭉한 통로가 그들을 반겨주었다.

왠지 저 통로가 뱀의 아가리처럼 음산한 느낌을 풍겼지만 단우비 일행은 과감하게 신형을 날렸다.

다시 한 시진이 흘렀다.

변한 것은 아무것도 없었다.

통로는 계속되었고 적은 단 한 명도 출현하지 않았다.

황추가 참고 참았던 짜증을 분출했다.

"제기랄! 조바심 나 미치겠군! 차라리 적이라도 튀어나왔으면 좋겠어!"

모두의 심경을 대변한 말이었다. 무변화가 그들의 인내심을 바닥나게 만들고 있었다.

춘이 갑자기 바보처럼 웃었다.

"으헤헤, 옛날 생각나네."

전원 분위기 파악 못하는 춘에게 눈총을 퍼부었다.

움찔한 춘은 뿌루퉁하게 입을 내밀며 항변했다.

"다, 다들 기억 안 나? 육 년 전에도 이런 적 있었잖아? 그 왜, 정검회를 탈출할 때 말이야."

말이 끝나기 무섭게 동이 깜짝 놀라며 탄성을 터뜨렸다.

"맙소사! 맞아! 그런 거였군! 그런 거였어!"

모두의 시선이 동에게 집중되었다. 단우비가 대표로 물었다.

"무슨 뜻이야?"

"이 통로! 남쪽으로 이어진 이 기다란 통로!"

"그게 왜?"

단우비가 눈살을 찌푸리자, 동은 답답하다는 듯 가슴을 치며 얼른 부연 설명했다.

"이 야산 남쪽 가까운 곳에 남평이 있어. 우리가 죽인 자들은 관제묘에 들어가고 일곱 시진 후 나왔지. 그건 남평 중부의 진조방(陣造房)을 왕복하는 시간이었던 거야!"

그제야 감 잡은 단우비는 확인 차원에서 물었다.

"진조방의 비상 탈출구?"

"바로 그거야! 숨겨진 통로이니 은밀하게 시체를 운반하는 용도에도 안성맞춤이지."

단우비의 눈이 섬뜩한 냉기로 물들었다.

"진조방에 대해 말해 봐."

동은 흥분을 감추지 못하며 열변을 토했다.

"조각이 맞춰지고 있어! 남평은 정검회의 출발점이야. 오백여 년 전 남평에서 문파를 열고 강호에 뛰어들었거든. 복주로 이주한 뒤엔 진조방이 터전을 물려받았고."

흠칫한 단우비는 통로를 지목하며 추궁했다.

"진조방의 자리에 정검회가 있었다? 설마 이 통로도?"

"응. 정검회 시절에 만들어졌을 가능성이 높아! 그래서 시체를 모으는 일에 진조방을 이용하기로 한 거야."

"이놈들은 그 정도로 정검회에 충성하는 거야?"

"그럴 수밖에 없지. 진조방주 만계추선(萬計錘扇) 조황(造篁)은 백리산의 장인이니까. 백리산의 정실부인이 조황의 딸이야. 그 때문에 세가는 애초부터 진조방을 회유 대상에 포함시키지 않았어."

단우비는 이를 갈았다.

"한 몸이나 마찬가지라는 거군. 대체 무슨 일을 꾸미는 거지?"

"거대한 음모가 있어! 반드시 알아내서 철저하게 박살 내야 해!"

전원 초조함을 지우고 새 마음 새 뜻으로 전의를 북돋웠다.

목적지가 진조방이란 것을 안 이상 굳이 이 통로로 탈출할 필요가 없어졌다. 탈출 방법이 많아져 부담감 하나를 덜은 일행은 생기 넘치는 얼굴로 통로를 질주했다.

두 시진 후 그들은 다리를 멈추었다. 단우비가 전면 이십 장 너머에서 기척 여러 개를 감지했다. 넷은 제 자리에 서 있고 다른 기척들은 이리저리 움직였다.

통로는 곧지 않고 약간씩 구불구불했기에 사각이 존재했다. 그 덕분에 문지기로 추정되는 자들은 단우비 일행을 보지 못했다.

전투의 때가 다가와 단우비 일행은 우선 뒤로 삼십여 장 물러났다. 그리고 교대로 운기를 해서 피로를 회복했다.

계획은 변함이 없었다.

'화려하게 가자!'

뜨거운 눈빛을 주고받은 그들은 성난 멧돼지처럼 맹렬하게 돌진했다.

기생충

진조방 북부엔 백병고(百兵庫)란 거대한 건물이 세워져 있었다. 대외적으로는 무기와 책, 그 외에 잡다한 물건들을 쌓아두는 창고였다.

과거 정검회는 칠검진천문 몰래 이 건물 안에서 무기와 무복을 만들어 전쟁을 준비했다.

복건의 주인이 되려는 정검회의 야망이 시작된 장소이기에 진조방은 다른 건물들은 다 자신의 색깔로 보수했지만, 백병고만은 옛 모습 그대로 남겨두었다.

백병고는 지상 삼 층, 지하 삼 층으로 구성되어 있었다. 지상은 각각 백 평이었고 지하 일 층은 삼백 평, 이 층과 삼 층은 오백 평이었다.

자정이 훌쩍 넘은 야심한 시각, 백병고 지하 삼 층엔 이십 명의 진조방도가 서성거리고 있었다. 다들 육 년 가까이 낮과 밤이 뒤바뀐 생활을 해오고 있어서 그런지 생기가 넘쳤다.

몇몇은 한쪽 구석에 쌓인 빈 관들을 분해했고, 몇몇은 일정한 간격을 두고 정렬해 있는 천여 개의 철관들을 돌아다니며 관리했다.

철관 속엔 시커먼 약물이 가득 채워져 있었다. 그리고 팔백여 개의 철관은 약물 속에 시체가 한 구씩 잠겨 있었다.

이십 명 중 나머지 두 명은 동쪽 벽 중앙의 철문 앞에 서서 하품을 하며 시간을 때웠다.

갑자기 두 사람의 등 뒤에서 기묘한 쇳소리가 들려왔다.

"적이다! 컥!"

문 안쪽에 있는 동료 두 명의 비명마저 터졌다.

헛바람을 집어삼킨 두 문지기는 상황을 파악하기 위해 얼른 몸을 돌려 철문을 열려고 했다. 그런데 허리가 불로 지진 것처럼 뜨거웠다.

두 사람은 행동을 멈추고 멍하니 전면을 보았다. 어느 샌가 철문과 양옆의 벽에 사 장 길이의 가느다란 선이 수평으로 생겨나 있었다.

'이게 뭐……?'

그들은 생각을 이어 나가지 못했다. 허리가 두 동강 났으니 당연한 일이었다.

흐려지는 그들의 눈에 잘린 철문을 발로 걷어차며 내부로 뛰어드는 작달막한 청년이 보였다. 청년의 오른손엔 날이 시퍼렇게 벼려져 있는 구환도가 들려 있었다.

검기로 문지기 네 명과 철문까지 단번에 잘라 버린 단우비는 빠르게 내부를 훑었다.

엄청난 규모의 공간에 놓여 있는 천여 개의 철관들!

곳곳에 꽂힌 횃불들이 일렁이며 그 철관들을 더욱 을씨년스럽게 보이도록 만들었다.

그는 일순 할 말을 잃었고, 뒤따라 들어온 동 일행도 입을 쩍 벌렸다.

"으아아악! 적이다! 적의 기습이다!"

열여덟 명의 진조방도가 고함을 지르며 서쪽 벽에 놓인 계단으로 달려갔다.

그들의 목소리 덕분에 단우비 일행은 정신을 차렸다.

단우비 일행은 일단 관들을 뒤로하고 흩어져 진조방도들을 추격했다.

경공의 차이가 커 거리가 너무 멀었던 일곱 명을 빼고는 모조리 숨통을 끊을 수 있었다.

일곱 명이 위층으로 사라졌을 때 단우비 일행은 계단에 도착했다. 위층은 시장바닥처럼 시끄러웠다. 고함과 발소리들로 귀가 먹먹할 정도였다.

단우비는 계단을 오르며 효중에게 지시했다.

"네 친구를 찾아!"

"예! 감사합니다!"

효중은 반색을 하며 철관들로 달려갔다.

지하 이 층도 삼 층과 같은 구조였다. 천여 개의 철관들이 대부분의 공간을 차지하고 있었다.

문제는 지하 일 층으로 이어진 계단이 반대편인 동쪽에 있다는 점이었다. 위층으로 가려면 철관들을 가로질러야 했다.

동쪽 계단 근처에 도망친 일곱 명과 지하 이 층에 있던 이십 명이 모여 있었다. 그들이 위층으로 올라가지 않은 이유는 동료들이 속속 아래로 내려오고 있기 때문이었다.

왼손에 통천검을 오른손에 귀곡도를 움켜쥔 단우비는 동쪽으로 질주하며 외쳤다.

"너희는 모여서 싸워! 손에 사정을 두지 마! 모조리 죽여! 생포는 진조방주 하나면 족해!"

"예!"

춘이 저도 모르게 경어를 쓰며 얼른 단우비의 뒤를 따랐다. 나머지도 우렁차게 대답한 후 신형을 날렸다.

육십 명으로 불어난 진조방도는 마주 달려가지 않고 대형을 갖춘 채 대기했다.

두 패의 거리가 십 장으로 좁혀졌다.

저공으로 뛰어오른 단우비는 귀곡도를 횡으로 세 번 연속

그었다. 철관들 보다 높은 곳에 위치했기에 세 발의 날카로운 검기는 거침없이 대기를 찢어발기며 무인들을 덮쳤다.

진조방도들은 빠르게 흩어졌지만 너무 늦었다. 아니 검기가 너무 빨랐다. 게다가 제자리에 정렬해 있던 것이 역효과를 불러와 무려 삼십여 명의 진조방도가 즉사했다. 십여 명은 생존했으나 사지 중 하나가 잘리는 등의 중상을 입었다.

피와 팔다리가 튀어 오르고 비명이 난무할 때 두 패가 격돌했다.

동 일행은 단순한 전법을 썼다.

황추와 춘이 무식하게 돌격해 베고 때려눕히면 동과 흑요가 잽싸게 숨통을 끊고 뒤로 빠졌다.

다들 합공을 연습한 적은 없지만 오랜 세월 함께했다 보니 손발이 척척 맞았다.

단우비는 상처 하나 입지 않고 신속하게 적들을 처리해 나가는 부하들에게 적잖이 놀랐다. 그동안 그들을 과보호, 과소평가한 것이 미안할 정도였다.

도와줄 필요가 없을 것 같아 그는 계단으로 뛰어올랐다.

지금도 지원군들이 아래로 내려오고 있었다. 그러나 계단이 좁아 많은 수가 동시에 그를 공격하기 힘들었다.

앞에 있는 놈부터 하나씩 베고 꿰뚫던 단우비는 전법을 바꾸었다.

그는 뒤로 일곱 계단 뛰어내렸다. 그러기 무섭게 두 다리에 힘을 주어 튕기듯 위로 돌진했다.

환상검법 제십이초식 추환!

통천검이 적들을 터뜨리고 귀곡도가 시체와 부상자들을 옆으로 밀어 계단 아래로 던져 진로를 확보했다.

그는 한 번의 멈춤도 없이 쾌속하게 지하 일 층까지 올라갔고, 이십여 명이 추환의 제물이 되었다.

지하 일 층 계단 근처에 서서 아래로 내려갈 차례를 기다리고 있던 수십여 명은 혼비백산했다. 단우비는 주저 없이 그들을 덮쳤다. 그러며 빠르게 주변을 훑었다.

이곳은 지하 이삼 층과 구조가 달랐다.

수백 개의 좁은 감옥이 이백 평을 차지했고, 나머지 백 평엔 각양각색의 약물들과 기괴한 도구들이 즐비하게 늘어서 있었다. 한쪽 구석엔 머리부터 발끝까지 시커먼 시체 수십 구가 쓰레기더미처럼 아무렇게나 쌓여 있었다.

시체에게서 풍기는 역한 냄새가 코를 찔렀다.

"그르르르……!"

감옥은 비어 있지 않았다. 모든 감옥마다 역시 머리부터 발끝까지 시커먼 괴인들이 하나씩 감금되어 있었다. 사지가 두꺼운 쇠사슬에 묶여 운신이 어려운 상태였다.

개중 삼십여 명은 나직이 으르렁거리며 때때로 몸부림쳤고, 나머지들은 미동조차 없이 축 늘어져 있었다.

"토, 통천귀? 맙소사! 이렇게 강해졌다니!"

흠칫한 단우비는 얼른 고개를 돌렸다.

지상으로 이어진 계단 근처에 세 노인이 서 있었다.

다른 두 명은 몰랐지만 고함을 지른 중앙의 노인은 아는 자였다.

육 년 전 혼례식 한 달 후, 정검회 정뇌정주의 자리를 대제자에게 물려주고 원로원에 칩거한 일지선 옹축!

정검회 최고 두뇌 중 한 명인 그가 이곳에 있었다!

뜻밖의 거물의 등장에 단우비는 씨익 웃었다. 조무래기들을 무시하고 곧장 옹축에게 달려갔다.

다급해진 옹축은 좌우의 두 노인에게 몇 마디 속삭인 후 부리나케 지상으로 도망쳤다.

두 노인은 제자리에 굳건히 서서 절대 지상으로 올려 보내지 않겠다고 무시무시한 투기를 내뿜었다.

'절정고수! 게다가 최소 삼십 두 이상! 이 영감탱이가 엄청난 호위를 무려 둘이나 데리고 있었구만!'

단우비는 이를 갈았다. 일 대 일이라면 몰라도 이 대 일은 장담할 수 없는 고수들이었다. 게다가 적은 저들 두 명뿐이 아니었다.

'일단 조무래기들부터!'

다리를 멈춘 그는 몸을 돌려 추격중인 사십여 명의 적들에게로 마주 달려갔다.

단우비가 일방적으로 무인들의 머릿수를 줄여 나가고 있

건만 이상하게도 두 노인은 합세하지 않았다. 그저 계단을 지키기만 했다.

이유는 모르지만 단우비로선 잘 된 일이었다.

사십여 명 중 절반이 쓰러졌을 무렵 동 일행이 지하 일 층으로 올라왔다.

단우비는 쾌재를 불렀다.

“이놈들을 맡아! 절대 저쪽 계단 근처로는 오지 마!”

얼른 대답한 동 일행은 이십여 명을 맡아 치열하게 싸웠다.

그들은 단우비가 바쁘니, 형종의 시체를 회수한 효중이 합류했지만, 왔던 길로 돌려보냈다는 보고는 나중으로 미루기로 했다. 형종이란 짐이 있어 효중은 그리 도움이 되지 않기 때문이다.

아무튼 동 일행을 뒤로하고 단우비는 두 노인에게 달려가며 귀곡도를 허리춤에 꽂았다. 통천검을 분리해 양손에 하나씩 쥐었다.

노인들 주변엔 탁자 같은 방해물들이 많아 기다란 무기보다는 짧은 무기가 더 효과적이라고 판단해서였다.

두 노인은 각자 삼 척 장검을 뽑았다. 검고 윤기가 흐르는 것으로 보아 귀곡도와 마찬가지로 현철로 만들어진 보검이 분명했다. 현철은 최강의 강도를 자랑하기에 통검과 천검으로도 쉽게 부술 수 없었다.

'풍황은 인간이 아니니까 제외하고, 삼십사 두가 된 이후 처음으로 승패를 장담할 수 없는 강자들을 만났어! 내가 얼마나 강해졌는지 시험할 좋은 기회야!'

단우비는 전의를 불태우며 태양환광검을 시전하려고 했다. 그런데 그때 왼쪽의 오 척 사 촌 단구에 왜소한 노인이 문득 입을 열었다.

"단우천은 강했다."

멈칫한 단우비는 신경질적으로 내뱉었다.

"그건 나도 알아!"

오른쪽 육척 장신의 노인이 말했다.

"직접 싸워봤기에 그의 강함을 안다."

"뭐라고?"

단우비는 두 눈을 부릅떴다. 왜소한 노인이 말을 이었다.

"육 년 전 우리 원로 열 명은 단우천과 맞서 싸웠다. 중독된 상태였건만 우리는 그의 적수가 되지 못했어. 후훗, 그의 태양환광검은 산전수전 다 겪은 노부조차 오금을 못 쓰게 할 정도였지."

장신의 노인은 씁쓸하게 웃었다.

"무려 네 명이 죽었고, 우리도 죽음을 기다리는 처지였다. 독이 퍼져 전투 불능이 되지 않았다면 전멸했을 게야."

단우비의 전신이 부들부들 떨렸다. 두 눈을 질끈 감은 그는 힘겹게 한 마디씩 내뱉었다.

"당신들이…… 할아버지를…… 죽였나?"

왜소한 노인이 대답했다.

"노부가 그의 목을 쳤다. 그가 마지막으로 한 말이 뭐였는지 아느냐?"

"……."

"너만은 살려달라고 회주에게 애원했다. 복건제일의 고수가 손자를 살리기 위해 체면을 포기하고 간절하게 애원하더군."

감긴 단우비의 두 눈에서 뜨거운 눈물이 흘러내렸다.

부릅뜬 그의 두 눈은 미증유의 분노를 발산하고 있었다.

"곱게 죽여주지 않겠어……. 네놈들을 곱게 죽여주지 않을 거란 말이야!"

중얼거림이 이내 차가운 일갈로 변했다.

살기로 무장한 단우비는 두 노인에게 달려갔고, 통검과 천검이 뜨겁게 불타올랐다. 그야말로 용암처럼 시뻘건 불꽃이었다.

두 자루의 검과 태양환광검이 격돌했다.

힘에서 밀린 건 노인들 쪽이었다. 얼굴을 일그러뜨린 그들은 충격의 반동을 이용해 한 바퀴 회전하며 단우비의 왼쪽 다리와 오른쪽 옆구리를 노렸다.

단우비는 즉각 공격들을 쳐낸 후 환상검법을 뿌렸다. 왜소한 노인은 유(柔)에 기반을 둔 만상무검법(萬象霧劍法)을,

장신의 노인은 강(强)에 기반을 둔 초열화검법(超熱火劍法)으로 응수했다.

'도발이 먹히지 않다니, 들은 것과 다르군.'

두 노인은 변 씹은 표정을 지었다.

그들의 말대로 단우비는 분노하면서도 한편으론 냉정과 침착을 유지하고 있었다. 그 덕분에 공격 일변도가 아니라 방어에도 신경 쓰는 것이 가능했다.

절정고수들 간의 사투이다 보니 세 사람을 중심으로 살벌한 풍압이 발생했다. 그로 인해 주변의 탁자들과 갖가지 약물들이 모조리 박살 나 버렸다.

삽시간에 삼십여 초식이 교환되었다.

어느 쪽도 승기를 잡지 못했다.

순수 무력은 단우비 쪽이 우세했으나 두 노인은 따로따로 싸우지 않고 얄미울 정도로 연계해 서로를 도왔다. 절정고수 두 명의 합공은 단순히 일 더하기 일이 아니라 그 몇 배의 상승작용을 일으켰다.

그러나 두 노인은 극심한 굴욕감을 맛보는 중이었다.

단우천에게 패배나 다름없는 승리를 거둔 이후 절치부심 노력해 육 년 전보다 훨씬 더 강해졌고 합공까지 하고 있건만, 단우천도 아닌 그의 손자를, 이십 대 초반의 핏덩이 하나를 쓰러뜨리지 못하고 있기 때문이다.

단우가의 저력은 그야말로 무시무시했다.

이십여 초의 공방이 더 이어졌을 무렵 조금씩 흐름이 단우비에게로 넘어왔다. 그의 공세는 더욱 매섭고 날카로워졌다. 반대로 두 노인은 점점 공격보다 방어에 치중하게 되었다.

두 자루의 태양환광검이 환상검법 제사초식 박환으로 노인들을 사정없이 내려찍었다. 두 노인은 현철검에 내력을 듬뿍 쏟아 막는데 급급했다.

"큭!"

여태까지 잘 버텼던 왜소한 노인의 현철검이 이가 빠졌다. 그 좁쌀만 한 크기의 파편이 키 큰 노인의 오른쪽 어깨에 박혔다.

미약한 부상이었지만 파급력은 엄청났다. 키 큰 노인은 통증으로 한순간 움찔했고, 허점이 노출되었다.

단우비는 그 기회를 놓치지 않았다. 내려찍던 왼손을 기습적으로 올려 그어 왜소한 노인을 뒤로 두어 걸음 물러나게 만든 다음, 오른손으로 환상검법 제육초식 육환을 시전해 키 큰 노인을 밀어붙였다.

키 큰 노인은 정신없이 검을 휘두르며 뒷걸음질 쳤다. 그런데 갑자기 등에 무언가가 부딪쳤다.

어느 샌가 벽까지 물러난 것이다!

왼쪽엔 시체들의 산이 쌓여 있는데다 반대편 대각선 위치를 단우비가 차지했다. 빌어먹게도 한순간에 도망칠 방위가 사라졌다.

'한 번만 더 막으면 된다!'

그러면 튕겨난 동료가 합류할 터, 다시 이 대 일로 싸울 수 있었다.

독기를 품은 키 큰 노인은 초열화검법의 절초, 열증갑(熱蒸鉀)을 펼쳤다.

촘촘한 검의 막이 키 큰 노인을 감쌌다.

단우비는 이번 공방이 승패의 분기점이란 것을 직감했다. 그러니 가진 모든 것을 쏟아 붓는 것이 좋았다.

삼십사 두의 무지막지한 내력이 오른손에 들린 천검에 집중되었다.

'환상검법 제십팔초식 유성환(流星幻)!'

천검이 번쩍이더니 말 그대로 사라져 버렸다.

굉음과 함께 다시 나타난 천검은 키 큰 노인의 심장에 틀어박혀 있었다. 열증갑은 박살 났고, 단단한 현철검마저 조각조각 부서졌다.

그 어떠한 변화도 없는 극쾌(極快)의 찌르기!

이것이 바로 유성환이었다!

천검을 회수한 단우비는 반 바퀴 회전하며 환상검법 제일초식 정환을 뿌렸다. 그의 등에 검을 꽂아가던 왜소한 노인은 속으로 욕설을 퍼부으며 물러났다.

'빌어먹을! 왜 정면으로 막아? 옆의 시체들을 던진 후 내게로 몸을 빼내면 됐잖아?'

동료의 멍청한 선택 때문에 이제부턴 혼자서 단우비와 싸워야 한다. 왜소한 노인은 단우비보다 멋대로 뒈져 버린 동료에게 더 화가 났다.

그의 노안이 절망으로 뒤덮였고, 반대로 단우비의 입가엔 잔인한 미소가 하나 가득 걸렸다.

저 왜소한 노인이 단우천을 죽였다. 자신이 저 영감탱이를 죽이면 단우천의 원한도 조금은 풀릴 것이었다. 단우비는 그게 너무 기뻤다.

그가 두 자루의 태양환광검을 앞세워 왜소한 노인을 덮치려고 할 때 지상이 소란스러워졌다. 이내 계단으로 네 명이 모습을 드러내었다.

옹축과 녹의를 입은 칠십 대 중반의 노인, 흑의로 머리부터 발끝까지 가린 복면괴한 두 명이었다.

상황을 파악한 옹축은 왜소한 노인에게 분통을 터뜨렸다.

"허! 내 분명 시간만 끌면 된다고 하지 않았소! 그런데 그 잠깐을 못 막았단 말이오? 여덟 명 밖에 없는 원로원에 공석이 생기다니!"

"잠깐? 일각이 넘게 흘렀는데, 잠깐이라고 했소?"

"그게 잠깐이 아니면 무어요?"

"이이! 대체 왜 이렇게 늦었소?"

"자고 있던 방주를 깨우고, 나머지 백 명의 방도를 곳곳에 배치했으며, 인근 방파들에 전서구를 날려 지원을 요청했소.

단우세가가 총공격을 감행한 걸지도 모르니까. 누가 놓았는지 아시오?"

"하! 자고 있었다고?"

왜소한 노인은 분노의 화살을 녹의 노인, 진조방주 조황으로 바꾸었다.

조황은 기가 막혔다. 그는 이 인간들처럼 낮과 밤이 바뀌지 않았다. 지금은 밤이니 자는 게 당연한 일이었다.

더구나 옹축이 깨운 것도 아니었다. 문제가 생겼다는 부하의 보고를 받고 깨어나 이곳으로 달려오는 길에 그를 만난 거였다.

분위기가 너무 험악해 뭐라고 받아치기 힘들어 더욱 짜증났다.

단우비는 세 노인이 싸우든 말든 관심 없었다. 그는 등을 보이고 있는 왜소한 노인에게 왼손으로 환상검법 제삼초식 륜환을 먹였다.

흠칫한 왜소한 노인은 얼른 몸을 빼냈다. 그와 동시에 조황이 두 복면괴한에게 외쳤다.

"놈을 죽여라!"

계단 중간에 서 있던 복면괴한들은 순식간에 단우비와 왜소한 노인 사이로 이동했다. 그로 인해 그들이 륜환을 받게 되었다.

멍청하게도 그들은 뜨겁게 불타며 회전까지 하는 륜환을

장갑 낀 맨손으로 쳐올렸다.

단우비는 두 복면괴한의 손이 터질 거라고 확신했다.

그 확신은 격돌 직후 경악으로 바뀌었다.

장갑만 터졌을 뿐 복면괴한들의 시커먼 손은 멀쩡했다. 더구나 그가 힘에서 밀려 몸이 휘청거렸고 태양환광검은 위로 튀어 올랐다.

이를 앙 다문 단우비는 오른손의 천검으로 왼손의 통검을 내려찍었다. 한데 포개진 두 태양환광검이 복면괴한들의 손을 재차 공격했다.

복면괴한들은 손을 회수하며 단우비의 좌우로 이동했다. 번개같이 그의 관자놀이에 주먹을 꽂았다.

잽싸게 두 걸음 전진해 주먹을 피한 단우비는 양손의 검을 역으로 고쳐 잡아 뒤를 향해 찔렀다.

섬뜩한 파육음이 터지며 태양환광검이 두 복면괴한의 복부를 관통했다. 검을 회수한 단우비는 몸을 돌리며 회심의 미소를 머금었다.

'이것들은 대체 뭐지?'

단우비는 기가 막혔다.

복부에 구멍이 뚫리고, 상처가 불에 지져졌건만 복면괴한들은 쓰러지지 않았다. 아니 그 정도가 아니라 전혀 타격을 입지 않은 것 같았다. 부상을 입기 전과 마찬가지로 강맹한 공세를 퍼부었으니까 말이다.

더 충격적인 일은 다음에 일어났다.

삐직! 삐지직! 소리와 함께 구멍 난 복면괴한들의 복부가 빠른 속도로 재생되었다. 이내 상처의 흔적조차 보이지 않을 만큼 말끔해졌다.

이런 일은 처음이라 단우비는 당황했다. 그 당황이란 감정이 그의 손발을 무뎌지게 만들었다.

일방적으로 공격하는 복면인들과 방어에 급급한 단우비의 전투를 지켜보던 조황은 놀람을 감추지 못했다.

"저 육체를 단 한 번의 공격으로 꿰뚫었단 말인가?"

옹축은 코웃음을 쳤다.

"흥! 하지만 바로 원상회복 되었소."

"문제는 저 육체가 손상되었다는 것 자체요!"

"놈의 무기는 현철 이상의 강도를 가진 신병이기요. 육 년 전엔 한 자루였는데, 그 사이 한 자루 더 만들었군. 거기에 태양환광검마저 더해졌으니 무리도 아니지."

"그러나 당신은 분명 내게 그 어떤 무기로도 흠집 하나 낼 수 없는 천하제일의 육체라고 호언장담 했잖소?"

미간을 찌푸린 옹축은 조황을 노려보았다.

"말이 그렇다는 애기지, 그걸 곧이곧대로 믿는 멍청이가 어디에 있단 말이오?"

"끄응! 어떻게 될 것 같소? 혹시라도 진다면……."

"걱정 마시오! 내가 창조한 묵인(墨人)의 진면목은 이 정도가 아니니까."

옹축은 강한 어조로 조황의 우려를 일축했다.

그때 왜소한 노인이 별안간 신형을 날리며 외쳤다.

"내가 가세한다면 확률은 더욱 높아지겠지. 갚아줄 빚도 있으니 말이오!"

"자, 잠깐! 멈추시오!"

옹축이 다급하게 왜소한 노인을 불렀다. 그러나 왜소한 노인은 옹축의 말을 무시했다. 두 묵인 사이에 끼어들어 단우비에게 검을 뿌렸다.

십여 초의 공방이 이어졌을 무렵 왜소한 노인은 절호의 기회를 포착했다.

묵인 하나가 기어이 단우비의 왼 손목을 움켜쥐었다. 다른 묵인은 단우비의 배후에서 뒤통수를 후려갈겼다.

왜소한 노인은 얼른 단우비의 오른쪽으로 이동해 명치에 전력을 다한 일검을 찔렀다.

단우비는 이를 앙다물었다. 두 다리를 발목까지 바닥에 박은 다음 매섭게 허리를 회전하며 양손을 횡으로 휘둘렀다. 삼십사 두의 내력을 모두 쏟아 부은 한수였다.

그의 왼 손목을 움켜쥔 묵인의 몸이 검을 반쯤 찌른 왜소한 노인과 충돌했다. 오른손의 태양환광검은 등 뒤에 있던 묵인의 머리를 터뜨려버렸다.

묵인과 왜소한 노인은 한 덩어리가 되어 가까운 감옥으로 날아갔다. 쇠창살을 크게 우그러뜨리며 처박혔다. 묵인은 그런대로 멀쩡했지만 왜소한 노인은 달랐다. 내장이 파열되고 수십 개의 뼈가 부서졌다.

묵인의 터진 머리에서 피부만큼 시커먼 핏방울들이 뿌려졌는데, 단우비는 황급히 물러나 피를 한 방울도 뒤집어쓰지 않았다. 피 속에 꿈틀거리는 무언가를 본 것 같았기 때문이다.

착각이 아니었는지 바닥에 쏟아진 핏방울들이 마치 살아 있는 것처럼 불규칙하게 일렁였다. 소름이 오싹 돋을 만큼 기분 나빴다.

괴사는 계속되었다.

흩어져 있던 핏방울들이 하나로 뭉쳐져 마치 살아 있는 뱀처럼 바닥을 이동해 머리가 터진 묵인에게 다가갔다.

그의 발을 타고 위로 올라가 너덜너덜한 목 속으로 사라졌다. 이제 보니 목 주변에 흐르던 피마저 한 방울도 남김없이 목 속으로 이동한 상태였다.

그때 둔탁한 파육음이 터졌다. 단우비는 얼른 그쪽으로 시선을 옮겼다.

쇠창살을 벗어난 묵인이 부상으로 피를 토하는 왜소한 노인의 머리를 양손으로 잡아 으깨는 중이었다.

옹축은 왜소한 노인의 처참한 시체를 노려보며 분통을 터뜨렸다.

"저런 멍청한 놈을 봤나? 왜 다된 밥에 재를 뿌려? 묵인은 사람처럼 피아 구분을 하지 못해! 올곧게 주인의 명령대로만 움직이고, 그 명령에 방해가 되면 아군이라고 할지라도 주저 없이 죽인단 말이야!"

왜소한 노인만 아니었다면 묵인들이 단우비를 처리했을지도 모른다. 이미 수세에 몰린 상태였으니 가능성은 충분했다.

너무 아깝고 분해 옹축은 화를 삭이지 못했다.

'내 손으로 죽이고 싶었건만!'

단우비는 묵인에게 왜소한 노인을 빼앗겨서 아쉬웠다.

더 아쉬운 건 단우천을 떠올리며 상념에 젖어 있을 시간이 없다는 거였다. 왜소한 노인을 죽인 묵인이 달려오는데다, 기가 막히게도 머리가 터진 묵인마저 주먹을 휘두르고 있었다.

'벌레들! 약물로 생전보다 강화된 시체의 몸에 벌레를 심어 조종하고 있어! 백리산! 이 정도로 미친놈이었구나!'

묵인의 몸을 움직이는 건 피 속에서 본 벌레들이었다. 그러니 머리가 있든 말든 전혀 상관없는 것이다.

'어떻게 처리해야 하는 거지?'

그는 생각을 이어 나가지 못했다. 두 묵인의 주먹이 지척에 다다라 있었다.

집중하지 않으면 이전처럼 수세에 몰린다.

같은 실수를 반복할 수는 없었다.

태양환광검을 다시 전개한 단우비는 민첩하게 발을 놀려 묵인들의 공격을 피했다.

냉정을 유지하고 있으니 안 보이던 것이 하나둘씩 보였다.

묵인들은 마구잡이가 아니라 체계가 잡힌 무공 초식을 쓰고 있었다. 내공마저 사용했다.

놀랍게도 생전에 쌓은 내공과 무공을 묵인으로 변한 지금도 사용할 수 있는 것이다!

내공의 양은 십오 두 정도로 추정되었다. 일류고수 중에서도 최하급의 수준이었지만, 힘과 속도가 대폭 상승된 사기적인 육체로 인해 종합적인 무력은 이십오 두 정도의 절정고수와 비슷했다.

'일류고수를 절정고수로 바꾼다! 기가 막히는군! 하나, 내 상대는 아니야!'

단우비는 전법을 바꾸어 거침없이 공격했다. 상대의 수준을 알았으니 겁먹을 이유가 전혀 없었다.

지금까지 받은 빚을 모두 갚아주기 위해 그는 두 묵인을 머리부터 발끝까지 난타했고 뼈를 부쉈으며 몸 군데군데에 구멍을 뚫었다.

하지만 그럼에도 불구하고 묵인들의 기세는 조금도 약해지지 않았다.

다리를 박살 냈건만 걷고 팔을 부러뜨려도 주먹을 휘둘렀으며 몸에 뚫린 구멍마저 빠른 속도로 메워졌다.

정말 소름 끼치는 회복력이었다.

실력의 차이가 역력한데 전투를 끝낼 방법이 없어 단우비는 울화가 치밀었다.

그때, 뒤편에서 가뭄의 단비 같은 외침이 들려왔다.

"대장! 회복할 시간을 주지 마! 불꽃을 최대한 크게 만들어! 일부가 아니라 몸 전체를 단번에 태워 버려!"

맡은 적들을 모두 처리한 동 일행이 이쪽으로 달려오고 있었다. 다들 몇 군데 잔부상을 입었을 뿐 멀쩡했다.

단우비는 반신반의했지만 일단 동을 믿어보기로 했다.

뒤로 물러나 묵인들과 거리를 벌린 뒤 태양환광검을 거두고 통검과 천검을 하나로 연결했다. 왼손으로 통천검을 움켜쥐며 재차 태양환광검을 만들었다.

태양환광검은 양강의 내력이 불로 화해 응집된 것이었다. 응집력을 약화시키면 위력이 줄어드는 대신 불꽃의 규모가 커진다.

시뻘겋던 태양환광검의 색이 옅어졌다. 그렇게 옅어지는 만큼 거대해져 종내에는 묵인들의 키보다 커졌다.

우선 환상검법으로 두 묵인을 흠씬 두들겨 팬 단우비는 잽싸게 머리 없는 묵인의 목 위로 뛰어올라 검을 수직으로 삼 척 이상 꽂았다.

순식간에 화염이 묵인의 목부터 발끝까지 집어삼켰다.

부글부글 끓는 소리와 함께 묵인의 몸이 급속도로 타들어 갔다. 희뿌연 연기가 피어오르고 그야말로 역한 냄새가 코를 찔렀다.

묵인은 미친 듯이 몸부림쳤다. 그때마다 단우비는 왼손에 힘을 준 채 오른손과 발로 묵인의 팔다리를 후려갈겼다.

그 순간, 묵인의 전신 모공에서 흡사 지렁이를 시커멓게 물들이고, 머리카락보다 가늘고 새끼손톱만큼 짧게 줄인 것 같은 벌레들이 우르르 튀어나왔다.

하지만 단 한 마리도 탈출하지 못했다. 피부 밖으로 나오는 족족 불태워졌다.

이내 묵인은 한줌 재가 되었다.

그것으로 끝이었다.

지랄 맞은 묵인을 드디어 끝장낸 것이다!

신이 난 단우비는 나머지 묵인을 걷어차 자빠뜨렸다. 자세를 낮춘 채 달려 묵인의 사타구니에 태양환광검을 깊숙이 꽂았다.

머리가 있는 묵인 역시 형체도 없을 만큼 타버렸다.

후련한 미소를 하나 가득 머금은 단우비는 동을 칭찬하기 위해 몸을 돌렸다.

그런데 동을 비롯해 부하들 전원이 보이지 않았다. 그뿐 아니라 계단 쪽에 있어야 할 옹축과 조황마저 어딘가로 사라진 상태였다.

대신 저 멀리 감옥들이 밀집해 있는 장소에서 병장기 소리가 끊임없이 들려왔다.

'이런!'

묵인 처리에 너무 집중한 나머지 시야가 좁아졌다. 자책한 단우비는 쾌속하게 소리가 들려오는 방향으로 신형을 날렸다.

힘든 일은 끝났다고 생각해 부하들에게 달려가는 그의 발걸음은 경쾌했다.

그러나 그건 그의 착각이었다.

지옥은 끝난 것이 아니라 이제부터 시작이었다.

최악의 사태

동 일행은 감옥 사이사이에 있는 통로에서 옹축과 일전을 벌였다.

정검회 원로원은 은퇴한 절정고수만 들어갈 수 있었다.

단, 예외가 하나 있었는데, 그건 바로 정뇌정주였다.

역대 정뇌정주들은 그 지모로 정검회에 이바지한 공적을 인정받아 절정고수든 아니든 간에 본인이 원하기만 하면 무조건 원로원에 들어가 노후를 보낼 수 있었다.

이십일 두의 내공을 소유한 옹축도 그 예외 덕분에 원로원의 일원이 되었다.

그러니 단우비의 입장에서 보자면 옹축의 무력은 별것 아니었다.

하지만 동 일행에겐 너무도 벅찬 상대였다. 네 명이 힘을 합쳐 전력을 다하고 있건만 점점 몸에 상처가 하나둘씩 늘어갔다. 그 와 반대로 옹축은 생채기 하나 없었다.

부하들의 위기를 목격한 단우비는 맹렬하게 돌진하며 외쳤다.

"모두 내 쪽으로 와!"

분명 그의 목소리를 들었을 텐데 누구 하나 몸을 빼지 않았다. 계속 싸우며 동이 외쳤다.

"오지 마! 오른쪽! 진조방주가 그쪽으로 갔어! 그를 막아! 우리가 이 영감의 발을 묶은 게 아니라, 이 영감이 우리의 발을 묶은 거야! 진조방주를 방해하지 못하도록 말이야! 어서!"

"젠장! 버틸 수 있겠어?"

"응! 걱정하지 마! 진조방주만 신경 써!"

"믿는다!"

오른쪽으로 방향을 바꾼 단우비는 빠르게 주변을 훑었다. 감각도 끌어올렸다. 오른쪽 대각선 이십여 장 떨어진 곳에서 조황의 기척이 느껴졌다.

칠 장으로 거리를 좁혔을 때 막 한 감옥 밖으로 나오는 조황을 발견했다.

그는 단우비를 보고도 도망치지 않았다. 겁먹은 기색도 아니었다. 오히려 회심의 미소를 지으며 감옥 안을 응시했다.

"나오너라."

감옥 안에 감금되어 있던 육 척 장신의 묵인이 걸어 나와 조황의 옆에 섰다.

조황은 이빨 자국이 선명하게 새겨져 있는 오른 팔뚝을 보란 듯이 들어 올리며 이죽거렸다.

"이미 늦었다. 비활성화 상태인 이 녀석에게 노부의 피를 먹여 주종 계약을 맺었어! 비활성화 상태인 묵인과 주종 계약을 맺어 활성화 상태가 된 묵인은 하늘과 땅 차이! 더구나 옹 원로의 말에 의하면 이 녀석은 올해 만들어진 묵인 중 최강이라더군. 후하하하하하!"

단우비는 차갑게 가라앉은 눈으로 조황을 노려보았다.

"아무나 피만 먹이면 된다는 거야?"

"아니, 그건 아니다. 노부의 몸엔 귀활양고(鬼活陽蠱)가 기생하고 있지. 묵인에겐 귀활음고(鬼活陰蠱)가 기생중이고."

벌써부터 승리의 쾌감에 젖은 조황은 신이 나서 묻지도 않은 것까지 술술 불었다.

묘강의 오지에 서식하는 귀활음양고는 독특한 방법으로 양분을 얻었다.

귀활양고는 한 자 길이에 젓가락 하나 굵기로 귀활음고보다 몇 백 배 더 컸다.

그 한 마리의 귀활양고가 수없이 많은 귀활음고를 거느린다.

한 번이라도 귀활양고의 체액을 맛본 귀활음고들은 죽는 그날까지 그 맛을 잊지 못한다. 그 맛에 지배되어 귀활양고에게 무조건적으로 충성한다.

귀활양고는 그렇게 체액으로 지배한 귀활음고들을 죽은 곤충이나 작은 짐승의 몸 안으로 들여보낸다. 살아 있는 생물은 조종할 수 없지만, 시체는 조종해서 움직일 수 있기 때문이다.

귀활음고들은 시체를 조종해 다른 생물들을 사냥한다.

일부는 자신들의 양분으로 삼고, 일부는 귀활양고에게 바친다.

귀활음고는 귀활양고 없이 양분만으로 자가 번식이 가능했다. 재생력 또한 경이적이었으며 교활함마저 갖추었다.

그 덕분에 기생중인 시체의 몸에 알을 낳아 자신이 죽더라도 알에서 태어난 새끼가 계속 조종할 수 있었다.

또한 시체가 상처를 입으면 바로바로 회복시켜 반영구적인 사냥이 가능했다.

그뿐 아니라 보다 사냥이 수월하도록 시체의 신체 능력을 극한까지 끌어 올려 생전보다 더 강력하게 만들었다.

"문제는 귀활음고가 곤충이나 작은 짐승의 시체에만 기생하고 인간 시체엔 잘 기생하지 않는 놈들이라는 게야. 억지로 인간 시체에 넣었는데 기준이 아주 까다로워. 조금만 마음에 안 들어도 기생하지 않아. 사지 멀쩡하게 붙은 십오 두 이상의 강호인만 골라, 옹 원로가 특수 조제한 약물에 한 달 이상 푹 담가 강화시켜 주고 있는 데도 기생이 성공할 확률은 겨우 오 푼 정도밖에 되지 않거든."

조황을 주변 감옥들을 가리키며 미간을 찌푸렸다.

"올해 다섯 달 동안에만 무려 육백 구에 귀활음고를 넣었지. 그런데 묵인이 된 건 겨우 삼십 구 뿐이야. 나머지는 또 폐기처분해야 해. 에이잉!"

"귀활양고는 당신처럼 살아 있는 사람의 몸에도 기생하는 건가?"

"다행히 귀활양고는 입맛이 까다롭지 않거든. 양분만 충분히 얻을 수 있다면 사람이든 짐승이든, 살았든 죽었든, 기생하든 말든 상관하지 않아. 노부는 하루에 여섯 끼, 이십인 분을 먹는단다. 대부분 귀활양고의 뱃속으로 들어가지. 제법 만족하는 것 같더구나. 노부의 피에 체액을 주입해, 그 피를 귀활음고에게 먹여 조종할 수 있게 만들어 주니까 말이다. 헐헐헐."

"그렇군. 당신은 장소를 제공해 주는 대가로 백리산에게 귀활양고와 묵인 둘을 받은 거야."

"뭐 그렇지. 이젠 네 녀석 덕분에 더 많은 묵인을 거느리게 되었고. 반년마다 묵인들을 정검회에 납품하는데, 옹 원로가 이번 분기 묵인들은 모두 내게 주겠다고 했거든."

단우비는 주먹을 떨며 호통 쳤다.

"같은 복건무림인들을, 편히 쉬어야 마땅한 그들의 시신을 능욕하고 있는데, 아무런 죄책감도 느끼지 않아?"

가볍게 어깨를 으쓱인 조황은 비릿하게 웃었다.

"복건무림이 아니란다. 중원 남부야! 그 광대한 대지에서 갓 죽어 따끈따끈한 시신들 중 기준에 맞는 놈들을 모조리 이곳으로 데려오고 있지. 최근 십 개월은 호남과 호북 놈들이 대다수더구나. 전쟁 중이라 그런지 시체가 엄청나게 많거든. 단고상회 놈들도 요즘 부쩍 늘었고. 후하하하!"

이런 미친놈에겐 일말의 자비심도 과분했다. 단우비의 두 눈이 음산한 살기로 물들어갔다.

"묵인을 조종하는 당신과 귀활양고를 먼저 죽여야겠군. 외롭진 않을 거야. 나는 오늘 이 빌어먹을 곳을 철저하게 박살 내버릴 거니까!"

움찔한 조황은 얼른 묵인의 등 뒤에 숨었다.

"과연 네 뜻대로 될까?"

유들유들한 어조로 비아냥거린 그는 단우비를 가리키며 묵인의 귀에 속삭였다.

"놈을 죽여! 절대 내 근처에 오지 못하게 막아!"

말이 끝나기 무섭게 묵인이 단우비에게 돌진했다. 단우비도 마주 달려갔다. 하지만 그의 표적은 묵인이 아니라 조황이었다.

지금은 하나뿐이지만 감옥엔 조종 가능한 묵인이 스물아홉 구나 더 있다. 만약 조황이 그들 전원을 조종하게 된다면……. 뒷일은 상상만 해도 끔찍했다.

'이놈을 후려친 뒤 단번에 조황의 숨통을 끊는다!'

계획을 되뇐 그는 통천검을 들어 올렸다.

묵인과의 거리가 사 장으로 좁혀졌다.

그 순간, 묵인이 손이 닿는 거리가 아닌데도 불구하고 쌍장을 내질렀다. 그의 양손에서 거대한 장풍이 발출되어 단우비를 덮쳤다.

'격공장? 이런 미친!'

장풍이나 검기는 최소 이십 두 이상의 내공이 있어야 시전 가능했다.

올해 만들어진 묵인 중 최강이라는 말은 허언이 아니었던 것이다!

장풍은 통로 전체를 뒤덮을 정도로 컸다. 피할 방위도, 시간도 없어 단우비는 륜환을 장풍의 중심에 꽂았다.

귀가 멍멍한 폭음이 터졌다. 장풍이 박살 나며 기의 회오리가 사방으로 퍼졌다.

단우비는 그 여파에 휩쓸려 일 장여를 밀려났다. 황급히 조황을 찾았는데 빌어먹게도 벌써 시야에서 사라진 상태였다. 왼쪽에서 기척이 느껴져 신형을 날렸다.

그런데 어느 샌가 코앞에 다다른 묵인이 진로를 막으며 쌍장을 무차별적으로 뿌렸다. 얼굴을 일그러뜨린 단우비는 통천검을 쾌속하게 휘둘러 받아쳤다.

그는 힘으로 묵인을 밀어내 진로를 확보, 조황을 쫓을 작정이었다. 그래서 한 수 한 수에 전력을 다했다.

하지만 그는 묵인을 한 발자국도 밀어낼 수 없었다. 오히려 그가 밀려났다.

묵인의 힘이 더 강한 것이다!

'절정고수? 하! 절정고수의 시체마저 확보했다니!'

일류고수가 절정고수로 강화되었다. 그렇다면 절정고수는?

단우비는 승패를 장담하기 어렵다는 걸 직감했다. 이런 괴물과 싸우는 건 시간 낭비였다. 어떻게든 뿌리친 후 조황을 처치하는 게 최선이었다.

이를 앙다문 그는 묵인과의 승부를 피하며 몸을 빼내려고 노력했다. 그러나 번번이 실패했다. 묵인은 얄미울 정도로 집요하게 그의 진로를 막았다.

초조해진 단우비가 이러지도 저러지도 못할 때, 더 심각한 상황이 발생했다. 뒤편 통로에서 오 척 단구의 묵인이 쾌속하게 달려와 날카롭게 세운 수도를 휘둘렀다.

조황이 벌써 묵인을 하나 더 수중에 넣은 것이다!

'조황을 신경 쓸 때가 아니군. 집중하지 않으면 죽는다!'

필사적으로 마음을 차분하게 가라앉힌 단우비는 조황을 머릿속에서 지웠다. 이런 인간도 아닌 벌레들 따위에게 죽고 싶지는 않았다.

통천검이 시뻘건 불꽃을 내뿜고 귀곡도가 뽑혔다.

두 묵인과 몇 수 교환한 단우비는 키 작은 묵인이 키 큰 묵인보다 훨씬 더 약하다는 걸 깨달았다. 그래서 키 작은 묵인을 집중 공격했다.

우선 태양환광검으로 키 작은 묵인의 가슴팍을 후려갈겨 삼 장 떨어진 쇠창살에 처박았다. 그 즉시 귀곡도로 검기를 날렸다.

날카로운 검기가 키 작은 묵인의 오른팔을 잘랐다. 단우비는 신속하게 신형을 날려 허공으로 튀어 오른 오른팔을 태양환광검에 꽂았다.

맹렬한 불꽃이 삽시간에 오른팔을 집어삼켰다. 미친 듯이 요동치던 오른팔은 이내 시커먼 숯덩이로 화했다.

키 작은 묵인의 어깻죽지에선 오른팔이 재생되지 않았다. 상처를 재생하고 잘린 팔을 붙이는 건 가능해도, 팔 자체를 다시 만드는 건 불가능한 것이다!

'이거 좋군!'

계획적이 아니라 본능적으로 한 건데 아주 쓸 만했다.

키 큰 묵인이 쌍장을 뿌리며 짓쳐 들었다. 단우비는 태양환광검으로 응수하며 기회를 엿보다 잽싸게 귀곡도를 휘둘러 키 큰 묵인의 왼쪽 무릎을 베었다.

무릎을 썰어 버릴 심산이었는데 애석하게도 피부에 혈선만 생겼다. 그 혈선마저 순식간에 재생되었다.

'허하! 호신강기? 내공으로 피부를 보호할 수도 있어?'

이 묵인은 정말이지 골치 아픈 놈이었다. 헛웃음이 나올 정도로 강했다.

키 큰 묵인은 재차 쌍장을 휘둘렀고, 왼편에서 외팔이가 된 묵인도 수도를 사선으로 그었다.

문득 어떤 생각이 뇌리를 스쳐 단우비는 두 묵인의 사이로 이동했다. 그러자 묵인들은 공격의 궤도를 바꾸었다.

그들의 공격이 단우비의 가슴팍과 등짝을 박살 내기 일보직전, 단우비는 번개같이 몸을 빼냈다. 그로 인해 두 묵인의 공격은 서로에게 짓쳐 들었다. 거리가 너무 가까워 손을 거두거나 피하기엔 이미 늦었다.

외팔이 묵인이 바닥에 엎드리고 키 큰 묵인이 저공으로 뛰어오른 건 직후였다. 그들의 공격은 아슬아슬하게 빗나갔다.

두 묵인은 같은 귀활양고에게 지배당하고 있어 본능적으로 상대를 공격하지 않았다.

정말이지 지랄 맞은 벌레들이었다.

서로 공격하게 만드는 건 실패했지만 그래도 잠깐이나마 허점이 노출되어 단우비는 긍정적으로 생각했다.

그는 이 기회를 놓치지 않고 저공으로 뛰어오른 키 큰 묵인에게 태양환광검을 있는 힘껏 후려갈겼다.

운신이 어려운 상태이다 보니 키 큰 묵인은 삼 장 떨어진 천장과 충돌한 후 오 장을 더 날아가 바닥에 처박혀 데굴데굴 굴렀다.

그 사이 단우비는 귀곡도로 외팔이 묵인의 나머지 팔과 두 다리를 모조리 썰어 버렸다. 그러자마자 태양환광검으로 잘린 팔다리 세 개를 꼬치 꿰듯 꿰었다.

역한 냄새와 함께 팔다리들이 타들어 갔다.

모두 숯덩이가 되었을 무렵, 키 큰 묵인이 몸을 일으켜 단우비에게 달려갔다. 부상을 입지 않은 건지, 아니면 부상을 모두 회복한 건지 멀쩡한 모습이었다.

사지가 없는 묵인마저 조금 남은 허벅지로 아장아장 걸으며 입을 쩍 벌렸다. 아직 이빨이란 무기가 남아 있다고 외치는 것만 같았다.

진저리를 친 단우비는 사지 없는 묵인의 정수리에 태양환광검을 수직으로 꽂아 사타구니까지 깊숙이 찔러 넣었다. 그렇게 그를 불태우며 귀곡도를 전면에 내밀어 키 큰 묵인의 공격을 대비했다.

그때, 전면 삼 장 오른편의 통로에서 새로운 묵인이 등장했다.

"빌어먹을!"

단우비가 욕설을 퍼붓거나 말거나 묵인들은 속속 모습을 드러내었다. 힘을 합쳐 단우비에게 살수를 퍼부었다.

통로의 폭이 좁다는 게 그나마 다행이라 한 번에 여섯 명 이상은 단우비를 공격하지 못했다. 나머지는 단우비를 에워싼 채 기회를 엿보았다.

시간은 흘러갔고 단우비의 몸에 상처가 하나둘씩 생겼다. 체력이 소모되며 태양환광검의 위력도 줄어들었다.

그는 귀곡도의 검기로 몇 차례 대량 학살을 시도했는데, 그때마다 전면의 키 큰 묵인과 다섯 번째로 등장한 후면의 뚱뚱한 묵인이 잽싸게 앞으로 달려 나와 호신강기로 막았다.

이 두 놈은 다른 묵인들과는 차원이 다를 정도로 강했다.

그렇다고 해서 그가 마냥 당하기만 한 것은 아니었다. 무려 일곱 명의 묵인을 불태웠다. 그뿐 아니라 계속 기회를 엿보며 묵인들의 사지를 자르고 태워 나갔다.

어느 시점부터 단우비는 시간도 장소도 잊고, 이곳에 온 목적마저 잊었다. 그저 살기 위해, 죽지 않기 위해, 환상검법과 천진만변도법의 정수를 뿌려대며 필사적으로 발버둥 쳤다.

한편, 스물일곱 명의 묵인을 수중에 넣은 조황은 나머지 셋마저 조종하기 위해 감옥들을 두리번거렸다.

묵인들도 호흡을 하기에 기척을 읽는 것이 가능했다.

문제는 단우비 쪽에서 우레 같은 폭음이 연신 터지고 있어 그의 감각을 방해하고 있다는 것이었다. 그래서 그는 어쩔 수 없이 감옥 하나하나를 눈으로 확인하고 있었다.

'찾았다!'

잠시 후 그는 한 감옥 앞에 서서 쾌재를 불렀다. 나직이 으르렁거리며 몸을 움직이는 것으로 보아 쓸모없는 시체가 아니라 묵인이 분명했다.

양팔에 스물일곱 개의 이빨 자국이 새겨져 있고, 피도 상당한 양을 잃었지만 아직은 버틸 만했다.

한 번 주종 계약을 맺은 묵인은 주인을 바꾸지 않는다.

삼십 구나 되는 묵인을 정검회에 주지 않고 영원토록 자신이 조종할 수 있는 것이다!

단우비 일행에게 많은 부하들을 잃었기에 묵인을 한 구라도 더 많이 가져야 했다.

단우세가의 반란으로 정검회의 왼팔 자리가 공석이 되었다.

삼십 구의 묵인을 사용하면 그 자리를 진조방이 차지하는 것도 꿈은 아니었다.

장밋빛 미래에 벌써부터 조황의 입이 귀에 걸렸다.

조황은 얼른 열쇠로 쇠창살을 열었다. 오른 소매를 걷으며 감옥 안으로 한걸음 들어갔다.

그 순간, 입구 안쪽의 천장에서 한 자루의 날카로운 검이 수직으로 찔러져 조황의 정수리에 파고들었다.

전혀 예상치 못한 기습이었고 방심한 상태였지만 조황은 이십이 두의 백전노장이었다. 그는 반사적으로 머리를 꺾으며 엎드렸다.

"크아아악!"

조황은 피했다고 확신했는데, 빌어먹게도 소모된 피가 많아 몸이 생각한 것보다 아주 조금 늦게 반응했다.

그 대가로 그는 왼쪽 어깨에 검이 꽂히는 신세가 되었다. 그것은 심장 바로 위까지 파고들었다. 그러기 무섭게 맹렬하게 회전하며 뽑혔다. 살이 터지고 피가 분수같이 뿜어졌다.

즉사는 면했지만 치명상을 입은 것이다!

바닥에 엎어진 조황은 몸을 돌려 위를 보았다. 십 대 후반의 미청년이 피 묻은 검을 든 채 그를 빤히 응시하고 있었다. 어디선가 나타난 세 남녀마저 미청년의 곁으로 모였다.

네 명 모두 크고 작은 부상을 입어 피투성이였다.

조황은 믿을 수 없다는 듯 두 눈을 부릅떴다.

"네놈들이 어떻게……? 설마 네놈들 같은 조무래기들에게 옹 원로가 당했단 말이냐?"

미청년, 동은 차갑게 내뱉었다.

"한 가지를 제외하곤 그가 모든 면에서 우리보다 월등했어.”

“한…… 가지……? 우욱, 쿨럭쿨럭!”

“체력! 나이는 못 속이는 법이니까. 그래서 우리는 지구전을 사용해 그의 체력을 소모시키는 데에 집중했어. 작전이 먹혀 조금 전에 그의 숨통을 끊을 수 있었지.”

“이, 이이……!”

“당신이 조만간 이 감옥에 올 거라고 확신했어. 그래서 미리 문을 따고 안으로 들어와 숨었지.”

“교활한……! 후하하하! 컥컥! 흐으어! 네, 네놈들이 무슨 짓을 저질렀는지 아느냐?”

춘이 당당하게 외쳤다.

“괴물을 처리했지!”

조황은 거칠게 도리질 쳤다.

“아니야! 네, 네놈들은 흐흐하! 지옥문을…… 여, 연 거다!”

동 일행은 영문을 몰라 시선을 교환했다. 죽어가는 조황의 미소가 왠지 너무도 불길하게 느껴졌다.

황추가 득달같이 추궁했다.

“지옥문이라니 무슨 뜻이냐?”

“귀활양고는 약하다. 아귀처럼, 으, 으어! 시, 식욕만 있을 뿐, 귀활음고 같은 재생력이 없어. 후후후! 커커컥! 그, 그 귀활양고는…… 노부의 심장 근처에 산다. 녀석이 죽었다는 게 느껴져. 네놈이 녀석을 죽인 게야! 크크카하! 우웨에에엑! 헉헉!"

"잘 된 거 아니야?"

황추는 고개를 갸웃거렸다. 그러자 조황은 씨익 웃었다.

"먼저 가서 기다리마! 절망으로 뒤덮인 네놈들의 얼굴이 벌써부터…… 크크크크……."

악착같이 생명을 끈을 붙잡고 있던 조황의 몸이 끝내 축 늘어졌다. 그는 죽어서도 미소 짓고 있었다.

동 일행은 빠르게 시선을 교환했다. 다들 정체 모를 두려움에 몸을 떨고 있었다.

그때였다.

"크와아아아악!"

"우워어어어!"

"끼이에에!"

지하 일층을 뒤덮고 있던 폭음이 씻은 듯이 사라지고 대신 각양각색의 괴성이 울려 퍼졌다. 바닥이 진동하며 수십 개의 발소리가 어딘가로 이동했다.

그 어딘가는 바로 자신들 쪽이었다. 곧장 이쪽으로 달려오고 있었다.

당황한 동 일행은 안절부절못했다.

동이 큰 소리로 모두를 일깨웠다.

"대장! 대장에게로!"

과연 단우비와 합류하는 게 좋을 것 같아 다들 전력으로 질주했다.

이상하게도 발소리들은 그들을 따라 방향을 바꾸지 않았다.

'우리를 노리는 게 아니야?'

고개를 갸웃한 동은 손을 들어 일행을 멈추었다. 잠시 고민하다가 용기를 내어 기척을 죽인 채 도둑 걸음으로 왔던 길을 되돌아갔다. 황추가 무슨 미친 짓이냐고 만류했지만 듣지 않았다. 반드시 확인해야 할 일이 있었다.

동 일행은 조황의 시체가 있는 감옥에 칠 장쯤 접근했다. 감옥에 몰려 있는 열여섯 개의 기척이 느껴졌다. 느닷없이 고기를 씹는 섬뜩한 소리가 들려왔다.

기척들이 조황의 시체를 뜯어먹고 있었다!

식사는 삽시간에 끝났다. 제 자리에서 서성거리던 기척들은 다시 어딘가로 달려갔다.

자신들 쪽이 아니라 동 일행은 안도했다. 단우비의 안위가 걱정되어 서둘러 신형을 날렸다.

거친 숨을 토하는 단우비는 피투성이였다. 십여 개의 크고 작은 부상을 입었다.

그럼에도 불구하고 그는 독기를 내뿜으며, 사지가 잘린 상태이건만 악착같이 이빨로 공격하는 세 묵인과 싸우고 있었다. 개중 하나의 정수리에 태양환광검을 깊숙이 찔러 넣어 불태웠다.

동 일행의 기척을 느낀 그는 몸을 돌렸다.

"무슨 일이야?"

황추가 반문했다.

"우리가 묻고 싶은 말인데?"

"갑자기 괴성을 지르더니 사라졌어. 조금만 더 공격하면 나를 죽일 수 있었는데 말이야. 이놈들도 따라갔는데, 또 갑자기 몸을 돌려 이전처럼 나를 공격하기 시작했어."

그는 동을 노려보았다.

"아는 거 없어? 아무 짓도 하지 않은 거야?"

동은 부지런히 머리를 굴리며 대답했다.

"우리는 조황과 귀활양고를 죽였어."

"잘했어! 그러면 놈들이 죽어서 묵인들이…… 뭐지? 도대체 영문을 모르겠네!"

"다는 모르겠지만 몇 가지는 알 것 같아."

"말해 봐."

"묵인들은 주인인 조황의 죽음을 감지했어. 대장을 죽이라는 조황의 마지막 명령을 받드는 것보다, 그의 죽음을 확인하는 게 우선이 된 거지."

"과연, 그래서 싸우다 말고 사라진 거군."

"응. 그들은 조황의 시체를 뜯어먹었어."

"뭐라고?"

기가 막혀 단우비는 두 눈을 부릅떴다. 그의 눈에 불신의 빛이 서려 있음을 파악한 동은 힘주어 대답했다.

"진짜야. 우리가 확인했어."

"지랄 같군!"

동은 이를 드러낸 채 아장아장 걸어오는 두 묵인을 노려보며 분통을 터뜨렸다.

"더 지랄 같은 건 묵인이 활성화 상태를 유지하고 있다는 거야! 귀활양고가 죽으면 비활성화 상태로 돌아갈 거라고 생각했는데 아니었어!"

단우비와 춘 일행도 묵인들에게 시선을 집중했다.

동이 씹듯이 내뱉었다.

"조황의 시체를 먹은 거나, 우리를 먹으려고 하는 걸로 봐서 저놈들은 사냥 중이야. 이거 하나는 분명해!"

흠칫한 단우비는 동을 추궁했다.

"묵인들은 어디로 갔지?"

"아아아악!"

"뭐, 뭐, 크아아!"

동이 뭐라고 대답하기도 전에 지상에서 처절한 비명이 연신 터졌다.

이를 간 단우비는 통천검을 분리했다. 양손의 태양환광검으로 남은 두 묵인을 동시에 꿰어 불태웠다.

묵인들을 모두 처리한 그는 부하들에게 외쳤다.

"남은 묵인은 열여섯! 이놈들 중 하나라도 남평 시내로 풀려나면 상황은 그야말로 끔찍해져! 무슨 수를 써서라도 막는다! 다들 각오 단단히 해!"

"응!"

우렁차게 대답한 동 일행과 단우비는 지상으로 신형을 날렸다.

인간 대 벌레

백병고 지상 삼 층은 옹축의 연구실로 수많은 책이 보관되어 있었고, 이 층에선 귀활음고를 인위적으로 번식시켰다.

그리고 일 층은 통짜 쇠로 만든 열 대의 마차가 보관되어 있었다. 묵인을 정검회로 옮기는 용도였다.

일 층에는 사람이 아무도 없었다. 대신 바깥에서 폭음과 비명이 쉬지 않고 들려왔다.

단우비 일행은 서둘러 백병고 밖으로 나갔다.

때는 아침으로 사위가 밝았다. 그 따사로운 아침 햇살이 진조방에 현신한 지옥도를 생생하게 비추었다.

열여섯 명의 묵인이 한데 뭉쳐 학살극을 벌이고 있었다.

그냥 죽이는 게 아니라, 죽여서 뜯어먹었다. 산 채로 먹히고 있는 자들마저 있었다. 그들은 실로 처참하게 울부짖었다.

묵인들이 가는 곳마다 피와 살점들이 뿌려지고 비명이 난무했다.

무공을 모르는 진조방도들의 일가식솔, 하인, 시녀들은 혼비백산해 도망쳤다. 몇몇은 공포에 먹혀 바닥에 퍼질러 앉아 짓쳐 드는 묵인들을 그저 멍하니 바라보기만 했다.

진조방도 백여 명은 그들을 지키기 위해, 죽음을 각오하고 묵인들을 쫓으며 공세를 퍼부었다.

그러나 조족지혈이었다.

진조방도들은 단 한 명의 묵인도 처리하지 못했다. 오히려 그들마저 묵인들의 식량이 되어 버렸을 뿐이다.

단우비 일행은 비명과 폭음이 터지는 곳으로 달려갔다. 그곳에 묵인들이 있을 테니까 말이다.

그렇게 달리던 도중 한 건물의 벽에 등을 기대고 쪼그려 앉아 있는 이십 대 후반의 진조방도와 조우했다. 그는 무릎 사이에 얼굴을 파묻은 채 부들부들 떨었다.

단우비가 어깨를 치자 그는 기겁을 하며 고개를 들어 올렸다.

"으아악! 사, 살려! 살려 주……? 어?"

눈살을 찌푸린 단우비는 그의 뺨을 후려갈겼다.

"정신 차려!"

"통…… 천귀?"

이십 대 후반의 사내는 뺨을 붙잡은 채 몽롱한 얼굴로 단우비를 바라보았다. 그러다 폭발적으로 살기를 내뿜으며 벌떡 일어나 단우비의 멱살을 움켜쥐었다.

"대체, 대체 무슨 짓을 저지른 거냐?"

단우비는 가볍게 사내의 손을 뿌리치며 재차 뺨을 때렸다.

"묵인들이 무서워 도망친 녀석이, 나는 무섭지 않나 보지?"

"그, 그건, 그건! 나는! 나, 나는!"

"아아, 닥쳐! 네 어리광 따위 받아줄 시간 없어! 묻는 말에만 대답해! 알겠어?"

"빌어먹을!"

사내가 어느 정도 평정을 되찾자 단우비는 단도직입적으로 물었다.

"묵인에 대해 알아?"

"그건……."

"후우!"

짜증을 담아 한숨을 내뱉은 단우비는 사납게 윽박질렀다.

"지금은 비밀 유지 따위에 신경 쓸 때가 아니야! 너도 묵인들이 남평으로 풀려나면 어떤 일이 벌어질지 잘 알잖아?"

몇 번 입술을 달싹이며 고민한 사내는 이윽고 결심을 굳혔다.

"대충은 안다. 놈들은 활성화 상태인 거냐?"

"그래."

"본방이 보유한 귀활양고는 한 마리뿐, 할아버님이 활성화 시켰나?"

"할아버님?"

"나는 할아버님의 손자인 조준(造駿)이다."

"흠, 그렇군. 맞아."

조준은 단우비를 원독에 찬 눈으로 노려보았다.

"그리고 네놈이 할아버님을 죽였군. 할아버님을 죽였어! 아버님도 내 눈앞에서 묵인들에게 먹혔는데, 할아버님마저! 이이익!"

단우비는 손을 들어 올려 한 대 더 때리려는 시늉을 하며 물었다.

"방주와 귀활양고가 죽었는데 왜 저놈들은 비활성화 상태로 돌아가지 않는 거지?"

"하! 이런 미친! 아무것도 모르면서 할아버님을 죽이다니! 네놈 때문에, 네놈이 이 괴물들을 활개 치도록 만든 거다! 아버님께서 돌아가신 것도, 이 지옥도도 다 네놈 탓이야!"

"애초에 묵인을 만든 것 자체가! 아니, 됐다. 이딴 대화 나눌 여유 없으니까 간략하게 설명해. 어서!"

"끄응! 이제야 알겠군! 한 번이라도 귀활양고에게 지배당하는 쾌감을 맛본 귀활음고는 절대 예전으로 돌아가지 못해. 영원히 그 감정에 속박당하지. 자신들을 지배하던 귀활양고의 죽음은 귀활음고를 극심한 공황 상태로 몰아넣어. 그때부터 귀활음고는 새로운 귀활양고가 나타나 지배해 줄 때까지 먹고 번식하는 일만 기계적으로 반복할 뿐이다. 저놈들은 배가 채워지면 조건에 맞는 시체를 찾아 동료를 늘려나갈 거야!"

이제야 묵인들의 상태를 알게 된 단우비는 솔직한 심정을 토했다.

"정말로 개떡 같은 벌레 새끼들이군!"

"방법은 하나뿐이다. 어서 정검회에 전서구를 날려 귀활양고를 보내달라고 해야 해."

"최소 며칠이 걸릴 텐데 뭔 개소리야!"

"그, 그래도 방법은 그것밖에!"

단우비는 힘주어 말했다.

"아니, 한 가지가 더 있어."

"뭐라고?"

"기름이 필요해. 최대한 많이."

집중해서 듣던 조준은 바로 비웃음을 던졌다.

"하! 소문대로 멍청하군! 벌레가 불에 약하다는 약점을 옹축 원로님께서 그대로 내버려 뒀을 것 같으냐? 시체를 특수 조제한 약물로 강화해 불에 타지 않도록 만들었어!"

"내부에서부터 태우면 돼."

"하하하! 환장하겠군! 잘 들어라. 저놈들의 피부는 도검으로 백날 찔러 봤자 생채기 하나 생기지 않는다. 설사 부상을 입힌다고 하더라도 바로바로 회복되지. 그런데 어떻게!"

"너나 잘 들어. 나는 이미 묵인 몇 놈을 불태워 처리했어."

두 눈을 부릅뜬 조준은 믿지 못했다.

"마, 말도 안 돼! 그런 말도 안 되는!"

"닥쳐! 더 이상 너랑 낭비할 시간 없어! 기름이 있는 장소나 말해!"

조준은 더듬더듬 동쪽을 가리켰다.

"저곳, 저곳에 주방이 있다. 아마 그곳에 기름이 있을 거다."

단우비는 바로 부하들에게 지시했다.

"이놈 데리고 주방으로 가! 기름을 끼얹은 후 불을 붙여. 나머지는 내가 알아서 하겠어! 어서!"

즉각 고개를 끄덕인 동 일행은 조준의 뒷목을 낚아채 동쪽으로 달려갔다. 단우비는 비명이 터지는 북쪽으로 신형을 날렸다. 그러며 그는 빠르게 몸 상태를 점검했다.

내공이 절반 이상 소모되었고 크고 작은 부상으로 온몸이 욱신거렸다. 피도 꽤 많이 흘렸다.

이 상태로 묵인 열여섯 명을 처리해야 한다. 더구나 개중 둘은 일 대 일로도 승부를 장담하기 힘든 괴물이었다.

그야말로 최악인데 왠지 모르게 웃음이 나왔다.

하늘을 보니 오월의 태양이 뜨겁게 빛나고 있었다.

'후훗, 필사적으로 발버둥 쳐보는 수밖에 없지!'

통천검과 귀곡도를 굳게 움켜쥔 그는 다리에 박차를 가했다.

묵인들과 오십여 명의 진조방도들은 북부의 잘 관리된 화원에서 혈투를 벌이는 중이었다.

진조방도들이 묵인들의 발을 묶은 것은 아니었다. 묵인들 스스로 이곳에 똬리를 틀었다.

여섯 명의 묵인이 바깥쪽을 향한 채 원을 그리며 서 있고, 그 안에 한 명이 쪼그려 앉아 있었다. 나머지 아홉 명은 진조방도들을 사냥해 자신이 먹지 않고 원 안으로 던져 넣었다.

이미 원 안에는 열다섯 구의 뼈만 남은 시체와 먹히는 중인 한 구, 아직 먹히지 않은 네 구의 시체가 쌓여 있었다. 쪼그려 앉아 있는 한 명의 묵인이 그 모든 시체를 독차지했다.

'이건 또 뭐야?'

단우비는 혼란에 잠겼다. 조준에게 이런 말은 듣지 못했다.

폭식 중인 묵인은 조황이 최초로 지배한 육 척 장신의 그 괴물이었다.

'가장 강한 놈에게 식량을 몰아준다? 왜?'

눈살을 찌푸린 단우비는 세차게 머리를 흔들었다. 이유 따위 알 필요 없었다. 모조리 죽이기만 하면 충분했다.

그는 전투에 끼어들며 외쳤다.

"누가 책임자야?"

악전고투를 벌이던 진조방도들은 단우비의 등장에 경악했다. 그런데 그가 자신들이 아니라 묵인을 공격하자 또 한 번 충격에 휩싸였다.

오십 대 후반의 노인, 진조방 총관 익장검(翼長劍) 수동(羞東)은 마주 고함을 질렀다.

"나다!"

"모두 데리고 물러나! 멀찍이 떨어져 포위망을 구축해! 한 놈도 바깥으로 내보내선 안 돼!"

"어, 어찌하려는 게냐?"

"어쩌긴 뭘 어째? 네놈들이 싸지른 똥을 치우려는 거지! 어서 움직여!"

우렁차게 호령하는 단우비의 전신에서 태산과도 같은 기도가 내뿜어졌다.

진조방도들은 한순간에 단우비에게 압도당했다. 거역은 꿈도 못 꿀 정도라 다들 서둘러 묵인들과 거리를 벌렸다.

안타깝게도 그 과정에서 세 명이 더 죽어 육 척 장신의 묵인에게 던져졌다.

그들을 죽이고 던진 것은 뚱뚱한 묵인이었다. 절정고수는 아니나 그에 근접한 내공을 소유해 육척 장신의 묵인 다음으로 강한 괴물이었다.

더 이상의 희생자를 내지 않도록 단우비는 묵인들의 무리 속에 몸을 던졌다. 묵인들이 자신에게 집중하기를 바랐다.

계획은 적중해 묵인들은 진조방도들을 무시하고 사냥을 방해하는 단우비만 노렸다.

태양환광검이 장내를 화려하게 수놓고 귀곡도가 춤사위를 벌였다. 기묘한 쇳소리와 폭음이 끊임없이 터지며, 살벌한 기의 폭풍이 화원을 뒤덮어 꽃잎들이 위태롭게 흩날렸다.

단우비는 뚱뚱한 묵인을 회피하며 약한 놈부터 조졌다. 귀곡도로 사지를 자르고 태양환광검에 꽂아 불태웠다.

한 식경 동안 그는 두 명의 사지를 없앴다. 하나는 머리와 몸만 남아 전투 불능이었고, 나머지 하나는 머리부터 사타구니까지 태양환광검에 꿰여 재가 되었다.

하지만 그 대가로 그는 등짝에 큼지막한 자상을 입었다.

진조방도들은 쩍 벌어진 입을 다물지 못했다. 그들 중 누구도 묵인들의 몸에 생채기 하나 만들 수 없었다. 강철보다 더 단단한 피부였기 때문이다.

그런데 단우비는 너무도 수월하게 묵인들을 토막 내었다. 그뿐 아니라 불사신이라고 믿어 의심치 않았던 묵인 하나를 완전히 끝장내 버리기까지 했다.

뜨겁게 불타는 태양환광검은 성스러울 정도로 아름다웠고, 귀기 넘치는 귀곡도는 천지를 베어 버릴 것처럼 날카로웠다.

한 손에 불타는 칼을, 다른 손에 귀신의 칼을 든 채 악귀와 맞서 싸우는 전신!

실로 그들이 꿈꾸던 이상적인 무인의 모습 그 자체였다.

몇몇은 감동을 주체하지 못해 눈물마저 글썽거렸다.

"크억!"

그때 필사적으로 피해 다녔던 뚱뚱한 묵인이 기어코 단우비에게 짓쳐 들어 수십 발의 주먹을 퍼부었다.

단우비는 대부분을 막고 피했으나 애석하게도 하나를 놓쳤다.

그 놓친 하나의 주먹이 옆구리 끝을 강타해 살을 한 움큼 이상 터뜨려 버렸다. 내장이 상하진 않았지만 피가 분수처럼 뿜어졌다.

충격으로 단우비는 한쪽 무릎을 꿇었다. 묵인 여럿이 짓쳐 들어 그는 옆으로 데굴데굴 굴렀다. 얼른 몸을 일으키려는데, 그러기도 전에 뚱뚱한 묵인이 그의 안면에 발차기를 날렸다.

단우비의 머리가 터지기 일보직전, 십여 명의 진조방도가 달려와 뚱뚱한 묵인에게 맹공을 퍼부었다.

뚱뚱한 묵인은 단우비를 처치하지 못하고 뒤로 밀려났다.

다른 진조방도들마저 우르르 신형을 날려 재차 묵인들과 싸워 나갔다.

죽었다 살아난 단우비는 어안이 벙벙했다. 수동이 주저앉아 있는 그의 앞에 나타났다.

"물러나라고 했잖아?"

단우비가 쏘아붙이자 수동은 손을 내밀며 온화하게 웃었다.

"네 말대로 우리가 싸지른 똥이니 돕게 해다오. 그리 도움은 되지 않겠지만 말이다."

"쳇! 이놈이고 저놈이고 말 한번 더럽게도 안 듣는구만!"

거칠 말투와 달리 단우비도 웃고 있었다. 그는 흔쾌히 수동이 내민 손을 잡아 몸을 일으켰다. 수동은 친절하게도 금창약을 단우비의 터진 옆구리에 바른 뒤 옷을 찢어 단단히 묶어주었다.

금창약의 효과가 뛰어나 출혈이 어느 정도 멎었다.

뜨거운 시선을 주고받은 단우비와 수동은 동시에 묵인들에게로 달려갔다.

진조방도들과 단우비는 힘을 합쳐 묵인들을 상대했다.

단우비가 힘겹게 묵인을 하나 더 불태웠을 때, 진조방도 십여 명이 살해되어 육 척 장신의 묵인에게로 던져졌다.

이제 진조방도는 서른일곱 명밖에 남지 않았다. 단우비 역시 언제 쓰러져도 이상하지 않을 만큼 지쳤다.

"대장! 대장!"

드디어 동 일행과 조준이 장내에 도착했다. 쾌재를 부른 단우비는 진조방도들에게 외쳤다.

"모두 물러나! 작전이 있어! 어서!"

진조방도들은 단우비를 믿고 몸을 빼냈다.

단우비는 조금 전처럼 묵인들 무리에 뛰어들어 한데 모았다.

동, 황추, 흑요, 조준은 기름병 여섯 개를 들었고, 춘은 자기 몸통만큼 거대한 기름통을 어깨에 메고 있었다.

그들이 오 장 앞까지 다가오자 단우비는 악을 질렀다.

"지금이야! 모두 던져!"

스물네 개의 기름병과 기름통이 쾌속하게 허공을 가로질렀다.

그것들이 자신과 묵인들을 덮치기 직전, 단우비는 번개같이 오 장여를 물러나며 태양환광검을 기름통에 투척했다.

그런데 너무 지친 탓일까? 태양환광검은 기름통이 아니라 다섯 자 이상 떨어진 허공으로 날아갔다.

'안 돼! 움직여! 안 돼! 거기가 아니야! 움직여! 제발!'

단우비는 분통을 터뜨리며 헛수고란 것을 알면서도 간절하게 염원했다. 절호의 기회를 병신같이 날려 버리다니, 억울하고 분해 미칠 것 같았다.

바로 그 순간, 직선으로 쏘아지던 태양환광검이 궤도를 바꾸어 기름통에 꽂혔다. 굉음과 함께 불붙은 기름의 비가 묵인들의 머리 위로 쏟아졌다.

단우비는 두 눈을 휘둥그레 떴다.

휘어지라고 염원하긴 했지만 정말로 휘어질 줄은 꿈에도 몰랐다.

통천궁처럼 투척할 때 조작을 가하지 않고 그냥 힘껏 던졌다.

그런데…….

스물네 개의 기름병들이 묵인들의 코앞까지 짓쳐 들었다.

기름병이 깨져 몸이 기름으로 뒤덮이고, 불의 비가 쏟아지면 그들은 삽시간에 활활 타오르게 된다.

몸이 타지 않더라도 어느 정도는 행동에 제약을 받을 것이다.

그것이면 충분했다.

귀곡도로 한 놈씩 수십 조각으로 썰어 버리면, 잘린 단면마저 기름 묻은 불에 지속적으로 태워질 테니 재생은 불가능할 것이다.

귀곡도로 썰리지 않는 놈은 태양환광검으로 꿰뚫어 내부에서부터 태워 버리면 되었다.

지금부터가 너무 중요해 단우비는 태양환광검의 궤도 변경을 뒤로 미루고 눈앞의 상황에만 집중했다.

애석하다면 애석한 일이었다.

이 선택으로 인해 후에 환상어검(幻像馭劍)이라 명명될 무적의 무공은 그 탄생이 먼 훗날로 미뤄지게 되었으니 말이다.

불의 비와 기름병들이 묵인들을 덮치기 일보직전, 뚱뚱한 묵인이 괴성을 지르며 양팔을 활짝 펼쳤다. 그는 두 손을 빠르고 기묘하게 휘저어 허공에 거대한 공을 만들었다.

바람이 뚱뚱한 묵인이 만드는 구체 쪽으로 휘몰아쳤다. 그뿐 아니라 기름병들과 불의 비마저 하나도 남김없이 빨려 들어갔다.

이내 구체는 뜨거운 불덩어리가 되었다.

뚱뚱한 묵인은 그것을 저 멀리 던져 버렸다.

장내가 적막에 휩싸였다.

여섯 묵인과 사지 없는 묵인은 멀쩡했고, 동 일행과 진조방도, 단우비는 할 말을 잃었다.

제발 현실이 아니길 바랐다. 이 악몽에서 깨어났으면 했다.

수동이 부르르 떨며 신음을 토했다.

"태극심공(太極心功)……. 그랬지. 그자마저 묵인이 되었지. 흐으……."

단우비는 이글거리는 눈으로 수동의 멱살을 움켜쥐었다.

"저 괴물은 대체 누구야?"

죄책감을 떨치지 못해 수동은 단우비의 시선을 회피하며 기어들어가는 어조로 대답했다.

"이구(二口)의 주인, 넉 달 전에 지병으로 사망한 묘가장주(描家場主) 태극무한권(太極無限拳) 묘돈(描豚)이라네. 이십사 두의 고수였지. 강하긴 했지만 이 정도 실력자는 아니었는데……."

"네놈들이 강화시켰잖아!"

"……할 말이 없네. 우리는…… 우리는……."

"빌어먹을!"

믿었던 작전이 박살 나 단우비는 분통을 터뜨렸다.

"크아아아!"

묵인들이 괴성을 지르며 재차 공격을 감행했다. 다른 작전을 구상할 때가 아니라 서둘러 통천검을 회수한 그는 진조방도, 동 일행과 함께 필사적으로 맞서 싸웠다.

그러나 다들 기세가 꺾인 상태라 희생자가 빠른 속도로 늘어갔다. 시체들은 여전히 육 척 장신의 묵인에게로 던져졌다.

이대로라면 여섯 명의 묵인들에게 전멸당할 판국이었다. 아직 전투에 가세하지 않은 묵인이 일곱 명이나 더 남아 있건만 말이다.

단우비는 이를 피가 나올 정도로 앙다물었다. 분위기 전환을 위해 사지가 없는 묵인에게 달려가 정수리를 태양환광검으로 꿰뚫었다. 불태워지는 그의 몸을 하늘 높이 들어올리며 우렁차게 외쳤다.

"힘을 내! 이길 수 있어! 나를 믿어! 내가 있는 이상!"

"우와아아아!"

"와아아아!"

그는 채 말을 끝맺지 못했다.

멀리 떨어진 사방에서 수백 명의 함성이 들려왔다.

함성은 빠른 속도로 가까워졌다.

이내 팔백여 명의 무인들이 화원을 촘촘히 에워쌌다.

"토현(土縣)의 인가장(寅家場)이 왔소!"

"금현(金縣)의 축가장(丑家場)이 왔소!"

"이구의 묘가장도 왔소!"

"수현(水縣)의 진가장(辰家場) 역시 왔소!"

"지현(地縣)의 사성문(巳星門) 또한 왔소!"

다섯 방파 모두 남평 주변의 도시에 자리 잡고 있었다.

새벽에 옹축의 전서구를 받자마자 부리나케 전 병력을 이끌고 출발한 그들이 드디어 도착한 것이다!

그들은 전원 진조방에 충성을 맹세한 상태였다.

조황이 백리산의 장인이다 보니, 휘하에 들어가면 콩고물을 얻을 수 있다는 심산이 깔려 있었다.

그러니 그들로선 최대한 빨리 달려올 수밖에 없었다.

장내의 상황을 나름대로 분석한 묘가장주 태극무정권(太極無情拳) 묘교(描巧)는 단우비와 묵인들에게 삿대질을 퍼부었다.

"통천귀! 이런 인육을 먹는 악마들을 만들다니! 네놈은 하늘이 무섭지도 않더냐? 이제 안심하시오, 진조방! 우리가 통천귀와 이 괴물들을 하나도 남김없이 쓸어버리겠소!"

재차 함성을 내지른 팔백여 명의 무인들은 무기를 움켜쥔 채 묵인들을 덮쳤다. 사냥 중인 자들뿐 아니라 원을 그리고 있는 여섯 명과 그 안의 육 척 장신 묵인까지 남김없이 공격했다.

지친 진조방도들은 뒤로 물러나 휴식을 취했고, 동 일행은 단우비에게로 향했다.

한편, 다섯 방파의 주인들은 각자 호위대를 이끌고 단우비에게 달려갔다. 절대 상대에게 단우비의 머리를 넘겨주지 않겠다고 벌써부터 치열한 눈치 싸움을 벌였다.

수동은 고뇌했다.

묘교의 말대로 단우비가 묵인을 만든 것으로 꾸미면 진조방은 비난받지 않는다. 단우비와 동 일행이 죽으면 진실은 어둠 속에 묻힌다.

더구나 단우비는 반란의 주동자이니 정검회가 큰 포상을 내릴 것이었다.

하지만…… 단우비가 아니었다면 자신들은 전멸했을 것이다. 그가 적인 자신들의 목숨을 구해 주었다.

'빌어먹을!'

속으로 욕설을 퍼부은 수동은 결심이 흐려지기 전에 얼른 단우비의 앞에 서서 두 팔을 펼쳤다. 재미있는 건 조준마저 수동의 옆으로 신형을 날렸다는 것이었다.

"멈추시오!"

다섯 방파의 주인들은 기가 막혔다. 진조방의 총관과 조황의 손자가 왜 단우비를 보호하는 건지 도무지 알 수가 없었다.

"조 소협! 지금 뭐하는 건가?"

조준은 묘교의 호통을 무시하며 단우비를 채근했다.

"어서 떠나. 어서!"

수동도 조준의 말대로 하라고 눈짓으로 간절하게 부탁했다.

그러나 단우비는 떠나지 않았다. 오히려 조준과 수동, 다섯 방파의 주인들에게 한 자 한 자 힘주어 내뱉었다.

"난 아무데도 안 가!"

조준은 발을 동동 구르며 역정을 내었다.

"이런 미친! 내 마음이 바뀌기 전에 얼른 떠나란 말이다!"

"나는! 아무데도 안 간다고 했어! 저 빌어먹을 건물을 철저하게 박살 내기 전까지는 안 가! 못 가!"

"이이이!"

"정신 차려! 저기를 봐! 저 괴물들을 봐! 너희가 한 짓을 깨달으란 말이야!"

"우, 우리는! 우리는 정검회의!"

"지금까지는 정검회에 협박당했다고 변명해도 믿어 줄게. 하지만 이후부터는 아니야! 너희 스스로 선택해! 계속 괴물을 만들 거라면 나는 기필코 네놈들을 죽인다! 하지만 저 건물을 박살 내는 일에 동참한다면, 정검회의 더러운 수작을 만천하에 공표한다면, 진조방을 내 휘하에 넣어 평생토록 부려먹어 죄를 갚아 나가게 해 주겠어! 너희가 속죄할 기회를 주겠어! 선택해!"

조준과 수동, 삼십여 명의 진조방도들은 힘없이 고개를

떨어뜨렸다. 단우비의 말 한 마디 한 마디가 비수가 되어 그들의 가슴을 후벼 팠다.

다섯 방파의 주인들은 어리둥절한 표정으로 연신 눈알을 굴렸다. 그때 단우비가 묘교를 지목했다.

"당신, 묘가장주라고 했지?"

"허, 험험, 그렇다!"

"저기를 봐. 저 뚱뚱한 묵인! 그의 얼굴을 유심히 봐!"

"응?"

묘교는 영문을 몰랐지만 일단 뚱뚱한 묵인을 바라보았다. 이내 그의 두 눈이 부릅떴다. 몸마저 사시나무 떨듯 떨었다.

"혀, 형님? 마마, 말도 안 돼! 넉 달 전에 돌아가신 형님이 어떻게?"

"묻었어, 태웠어?"

"내가, 내가 직접 묻었다."

"묻기 전에 관을 열어 확인했어?"

"그건…… 맙소사! 마지막으로 형님을 보고 싶다고 했지만, 지관이 막았다. 관을 밀봉한 상태라 열면 곤란하다고 하더군."

"그 지관을 누가 고용했지?"

묘교를 휘익 고개를 돌려 조준을 원독에 찬 눈으로 노려보았다.

"진조방! 모든 장례비용을 대신 치러 주었지. 나는 그게 너무 고마워 앞으로도 진조방을 따르겠다고…… 후하하하! 이이이! 이이이이!"

치를 떤 묘교는 무시무시한 살기를 내뿜으며 조준의 멱살을 움켜쥐었다.

"이 개자식들이! 형님께선 평생을, 평생을 진조방에 충성하셨다! 그 대가가 이거냐? 돌아가신 형님께 대체 무슨 짓을 한 거냐?"

조준은 감히 묘교의 두 눈을 바라보지 못하며 기어들어가는 어조로 사죄했다.

"……미안합니다."

단우비는 진조방과 다섯 방파 모두가 들을 수 있도록 내력을 담아 외쳤다.

"묘돈 뿐만이 아니다! 당신들의 형제자매, 부모자식, 친족들 중에도 저런 괴물로 변한 사람이 있을 거다! 이게 정검회가 충성을 바친 당신들에게 한 짓이다! 그런데도 이런 미친놈들을 계속 따를 건가? 아니면! 나와 함께 정검회를 박살 내고 새로운 복건을 만들어 볼 건가?"

단우비의 전신에서 태산과도 같은 기도가 폭발적으로 내뿜어졌다. 다들 그의 기도에 압도되어 넋을 빼앗겼다.

"나는 백리산처럼 똑똑하지 않다! 계산적이지도 않다! 나는 단순한 놈이다! 은혜든 원한이든 받은 만큼 돌려준다!

나는 정검회에 할아버지와 아버지를 잃고 역도란 누명을 썼다! 그 원한을 갚아주기 위해 지금도 노력하고 있다! 나를 돕는다면, 도운 만큼 보답하겠다! 나를 공격한다면, 공격한 만큼 박살 내 주겠다! 어떻게 할 거냐? 선택해라!"

일순 장내에 적막이 감돌았다.

"우와아아아!"

누군가가 목이 터져라 함성을 내질렀다.

그게 시발점이 되었다. 하나둘씩 함성을 지르더니 이내 진조방, 다섯 개 방파의 문도들과 그 주인들까지 모조리 뭐에 홀린 것처럼 우렁차게 함성을 질러 대었다.

춘은 흐뭇하게 웃었다.

"헤헷, 역시 대장이야. 멋져."

동도 마주 미소 지었다.

"당연하지. 내가 선택한 사람인데!"

그런 두 사람과 달리 황추는 질투와 감탄이 뒤섞인 표정이었다.

"효웅이란 저런 거군. 제기랄! 어서 따라잡아야 하는데, 계속 격차가 벌어지고 있어!"

모두의 마음이 하나로 모아지자 그때부터 상황은 일사천리로 진행되었다.

다섯 개 방파 팔백여 명은 묵인 열세 명을 따로따로 떨어뜨려 고립시켰다. 무리하게 공격하지 않고 묵인들의 사지와 몸통을 후려쳐 운신을 못 하도록 막는 일에 주력했다.

실력 차가 엄청나지만 그 이상으로 머릿수 차이가 나다 보니 묵인들은 팔 한 번 휘두르거나, 한 걸음 걷는 것도 힘든 처지가 되었다.

뚱뚱한 묵인, 묘돈마저 이백오십여 명이 차륜전으로 괴롭혀 별다른 사상자를 내지 못했다.

육 척 장신의 묵인은 주변에서 싸우든 말든 계속 동료들이 던져준 시체를 먹기만 할 뿐이라 일단 내버려 두었다.

아무튼 그렇게 묵인들이 봉쇄되자, 단우비는 한 놈씩 덮쳐 귀곡도로 토막 내고 태양환광검을 찔러 불태웠다.

그런 식으로 열한 명을 처리했다.

이제 묘돈과 육 척 장신의 묵인 둘만 남았다.

묘돈은 귀곡도가 박히지 않아 태양환광검을 사지에 여러 번 꽂아 뜯어내었다. 사지를 불태운 후 머리와 몸통마저 태웠다.

묘교는 묘돈의 두 번째 죽음에 울었고, 그를 죽여 안식을 준 단우비가 고마워 다시 한 번 울었다.

그때였다.

"크아아아아아!"

끝없이 먹기만 하던 육 척 장신의 묵인이 갑자기 식사를 멈추고 괴성을 내질렀다.

백여 명이 죽어 칠백여 명으로 줄어든 다섯 방파와 진조방, 단우비 일행은 묵인을 수십 겹으로 에워싼 상태였다.

다들 묵인의 괴성에 흠칫하며 긴장했다. 단우비에게 최강의 괴물이라고 들었기 때문이다.

묵인은 무릎 꿇고 앉아 몸부림쳤다. 한눈에 봐도 고통스러워한다는 것을 알 수 있을 정도였다.

괴변은 그 직후 발생했다.

무언가가 묵인의 뱃가죽을 뚫고 밖으로 튀어나왔다. 젓가락 하나 굵기의 새빨간 지렁이 같은 벌레였다.

그것은 피로 흥건한 꽃밭으로 내려왔다. 길이가 무려 한 자나 되었다.

그 뒤를 이어 묵인의 뚫린 뱃가죽 속에서 시커먼 색에 머리카락만큼 가늘고 새끼손톱만큼 짧은 벌레들이 우르르 기어 나왔다.

한데 뭉쳐 꿈틀거리는 것이 보기만 해도 구역질이 날 정도로 끔찍했다.

그 시커먼 벌레들은 새빨간 벌레의 주변으로 모였다. 그리고 새빨간 벌레를 떠받든 채 어딘가로 이동하기 시작했다.

몸부림치던 묵인은 모든 벌레들이 밖으로 나가자 즉각 썩은 짚단처럼 허물어졌다.

조준은 혀를 내둘렀다.

"이럴 수가! 자신들을 지배하던 귀활양고가 죽자 자체적으로 새로운 귀활양고를 낳다니! 귀활양고는 원래 이런 식으로 탄생하는 건가?"

동이 얼른 물었다.

"몰랐던 겁니까?"

"그래. 몰랐어. 우리는 비활성화 상태의 귀활음고만 번식시켰거든."

"그렇다면 귀활양고는 정검회에 있습니까?"

"아아, 맞아."

"몇 마리나 되지요?"

"그건 나도 몰라. 할아버님도 모르셨고. 옹 원로와 정검회만 알 뿐이야."

"쩝, 그렇군요."

입술을 살짝 오므린 단우비는 태양환광검을 전개해 벌레들에게로 달려갔다. 주저 없이 귀활양고를 내려찍었다.

귀활양고뿐 아니라 그 아래 뭉쳐 있던 수많은 귀활음고들까지 모조리 불탔다.

수십 명을 제물로 삼아 힘겹게 태어난 귀활양고의 최후치곤 참으로 허무했다.

단우비는 재만 남은 귀활양고를 하늘 높이 치켜들었다.

그러자 칠백여 명의 무인들은 승리의 함성을 토하며 옆 사람들과 기쁨을 나누었다.

함성이 잦아들 무렵 단우비는 내력을 담아 외쳤다.

"아직 끝난 게 아니다! 저 건물 안엔 이천여 구의 시체와 비활성화 상태인 묵인들, 묵인 제조에 쓰인 약물과 귀활음고, 각종 자료들이 보관되어 있다! 시체들 중엔 당신들이 아는 사람도 여럿 포함되어 있을 거다! 그들에게 다시 안식을 주고, 저 건물을 철저하게 박살 내야 비로소 끝난다! 모두 나를 따르겠나?"

"와아아아아!"

무인들은 함성으로 대답을 대신했다.

가만히 당하고 있을 놈이 아니지

톡톡톡.

정검회주 백리산은 딱딱한 얼굴로 탁자를 두들겼다.

맞은편에 앉은 정뇌정주 냉비소(冷砒素) 빙산(氷酸)은 가시방석에 앉은 것처럼 안절부절못했다.

잠시 후 백리산이 침묵을 깨뜨렸다.

"고서탑 개조 상황은?"

"한 달 후면 모든 준비가 끝납니다. 그러면 다시 묵인을 제조할 수 있습니다."

"현재 숫자는?"

"회주님이 이백 구, 대공자님이 백 구, 이공자님이 오십 구, 삼공자님이 삼십칠 구를 소유하고 있습니다."

"적어. 삼 년 내에 세 배 이상으로 불려야 한다."

"그건……."

"못 하겠나?"

"아, 아닙니다! 반드시 해내겠습니다!"

다시 침묵이 이어졌다. 차를 한 모금 마신 백리산은 화제를 바꾸었다.

"서부는?"

"삼분지 이 가까이가 단우세가 쪽으로 넘어갔습니다. 일 년 전에 벌어진 진조방 사건이 치명적이었습니다."

"단우세가가 말도 안 되는 누명을 씌운 거라고 공작을 벌이라고 했을 텐데?"

"그게…… 좀처럼 먹히지 않습니다. 진조방 놈들이 앞장서서 소문을 퍼뜨리고 있는 까닭에……."

"아내가 조준을 설득하지 못했나?"

"예. 본 회로 돌아오시는 중이라는 전갈을 받았습니다."

"멍청한 년! 일 년이나 시간을 줬건만, 조카 하나 제대로 다루지 못하다니!"

무겁게 한숨을 내뱉은 백리산은 재차 분통을 터뜨렸다.

"무인이란 족속들은 정말 마음에 안 드는군! 제멋대로라 어디로 튈지 알 수가 없어! 그래서 더욱 묵인이 많이 필요한 거다! 내가 원하는 건 충실하게 명령대로만 움직이는 인형이니까! 비효율, 부조리로 가득 찬 무인 따위는! 으드득!"

너무 화가 나 그는 말을 끝맺지도 못했다.

빙산은 다시 백리산의 눈치를 보며 연신 마른침을 삼켰다.

“동부는?”

“…….”

“동부의 상황을 물었다.”

“죄송합니다. 화룡(火龍)을 아직 잡지 못했습니다.”

“통천귀 따위를 내 심복인 너마저 화룡이라고 추켜세우는 건가?”

“죄, 죄송합니다. 그럴 의도는 전혀 없었습니다. 용서해 주십시오.”

“자칭 화룡이라니……. 허! 정이가 추적을 맡았던가?”

“예. 대공자님께서 육검대 이백칠십 명 전원을 이끌고 추적중입니다. 회주님의 뜻대로 묵인 백 구마저 투입했습니다.”

“피해 상황은?”

“일 년 동안 여섯 개 검대 삼백사십사 명, 동부의 문파 셋 삼백이십 명이 화룡, 아, 아니 통천귀 단우비에게 살해당했습니다. 그리고 다른 동부의 문파 일곱 개가 놈과 손을 잡았습니다.”

“놈은 여전히 건재하고 말이지.”

“……죄송합니다.”

빙산은 죄송하다는 말을 참 많이 한다고 자책하며 고개를 숙였다. 백리산은 눈을 감았다가 떴다.

"진작 죽여 버려야 했거늘! 흠, 어쩔 수 없지. 정이 하나로는 못미더우니 비장의 패를 추가해야겠어."

"예? 무슨……?"

"독고세가에 인편을 보내라. 가주에게 부인, 내 막내딸과 함께 오라고 해. 참, 구 개월 전에 태어난 손자도 보고 싶군."

백리산은 비릿하게 웃었다.

〈다음 권에 계속〉